LA VIDA EN UN SUSPIRO

J. Carlos Cabezas Villaverde

A mis niñas

Sarah y Eva

J. Carlos Cabezas Villaverde

LA VIDA EN UN SUSPIRO

ISBN: 978-84-09-06298-0

Primera edición Enero de 2019

J. Carlos Cabezas
e-mail: info@juancarloscabezas.es

Índice

PRÓLOGO

«No te mueras con la música dentro de ti»
Wayne Dyer

Esta no es una novela cualquiera y su autor no pretende ser un novelista convencional. Usando sus dotes como escritor, quiso plasmar en sus letras, una profunda y reveladora historia que no solo nos lleva a adentrarnos en ella y vivirla con total intensidad, tal como el personaje vive su propia vida, sino que implícitamente nos invita a tomar de esta, una gran lección que nos lleva a darnos cuenta que La Vida En Un Suspiro puede experimentarse de muchas maneras y en nuestras manos está decidir qué tan doloroso o liberador puede ser ese suspiro.

Carlos ha sabido hilar muy bien cada etapa de la vida del personaje y de todos aquellos que conforman su mundo emocional. Esta novela es una invitación a ver la parte de cada uno que habita en Sebas, ese chico inquieto, apasionado e intenso que tenía la sensación de ser un títere de la vida, dando la impresión de que esta se ensañaba contra él, cada vez que ponía por delante sucesos que le retaban continuamente, que le llevaban a sumergirse en un tobogán de emociones a cuál más profundas y en ocasiones dolorosas, de las que sabía protegerse a su manera, hasta que un día algo muy profundo se rompió dentro de él y ya nada volvió a cobrar sentido, incluso la vida misma.

A pesar de estar acostumbrada a lidiar con los entresijos de la mente, he de decir que la historia de Sebas, no me dejó indiferente o más bien, me movió tanto que pasaron por mi mente, infinidad de personas que sufren no tanto por lo que su realidad externa les ofrece sino por la realidad interna que han construido y que les lleva a lidiar continuamente con los fantasmas de su mente, hasta un punto de sufrimiento inconmensurable que parece, no podría ser aliviado por absolutamente nada ni nadie, ni siquiera por ellos mismos.

Y es que la mente del ser humano es tan compleja como profunda y a la vez, nos ofrece una riqueza infinita que llegar a comprenderla en su totalidad, es el gran reto de todos aquellos que acompañamos a otros a transformar el dolor en aceptación, el vacío en plenitud hasta que los miedos se abracen y den espacio a que el amor impregne todo su ser y se permitan bailar con la vida, desde una absoluta paz y libertad.

Para Sebas, las fichas de dominó se fueron cayendo una a una hasta encontrarse con la pieza más importante, su propia vida. Esa que estaba nublada de tantos reproches, una inmensa sensación de carencia y en especial, de un vacío que jamás se vio llenado a pesar de la fortaleza que le ofrecía el vínculo amoroso y contenedor de Raquel, su abuela amada y la calidez de sus amigos, aquellos que, por muchos intentos de ofrecerle una mirada diferente de la vida, no lograron transmitirle su pasión para mantenerse en ella.

Tenía todas las condiciones para ser un desdichado, su tendencia a autolamentarse y revolcarse en su dolor, no le permitía ver más allá. Su mente condicionaba su vida de una manera tal que llegó a dominarla creando una distorsión de la realidad que lo mantenía en una angustia infinita.

Sebas se perdió en el mar de sus propias preocupaciones y se ahogó en sus miedos e inseguridades. Renunció a disfrutar y se ancló al sufrimiento como garantía de vida, renunció a sí mismo y con ello a su propia vida.

Pareciera que necesitaba una confirmación continua de que nada estaba bien y que incluso todo podría ir a peor. Eso era algo que se le daba muy bien, ir coleccionando momentos donde su mente grababa una vez más que su vida era muy desafortunada.

Como él, hay muchos Sebas que van por la vida, que han perdido el sentido de su propia existencia y no encuentran razones para tomar su vida como ese regalo preciado que se nos ha dado a todos.

Y es por eso que encuentro esta novela de una gran riqueza ya que implícitamente trae una maravillosa lección, una invitación a soltar aquellos lastres que pesan, que arrastramos porque creemos que sin ellos no podemos vivir, que debemos resignarnos porque es lo que nos ha tocado y pareciera que nos engrandecen cada vez que los recordamos y traemos a nuestra mente.

Cada cual es libre de elegir de qué manera vivir, en todo caso hay unos cuantos que eligen morir en vida y esa ilusión de estar vivos se apaga en su corazón, encontrando en cada suceso, un motivo más para cavar su propia tumba, olvidando que una vez dejan de mirarse a sí mismos y se abren a todo lo que hay delante de sus ojos, la vida se muestra abundante, fluida y plena de colores, emociones, sensaciones a veces dulces, a veces agrias, pero todas ellas son vida en esencia pura.

Y con ello quiero invitarte también a conectar con el sentido de tu propia vida, esa que Viktor Frankl en su libro, El hombre en busca de sentido, nos rebela recordándonos que la esencia de la existencia consiste en la capacidad del ser humano para responder con habilidad a las demandas que la vida le plantea en cada situación ya que cuando uno se enfrenta con un destino ineludible, inapelable e irrevocable, la vida está ofreciendo una oportunidad maravillosa de tomar la fuerza y el poder que hay dentro de sí para conectar con el sentido más profundo y honrar la existencia. Y en la medida que apartamos el dolor y nos dirigimos hacia algo o alguien más, distinto de uno mismo, se alcanza la trascendencia y todo cobra sentido de nuevo.

Este no es solo el viaje de Sebas, es el viaje también de Carlos, un viaje de adentro hacia fuera permitiéndose con la publicación de esta novela salir a la luz, no solo como escritor, sino también como ese hombre íntegro, lleno de talentos y habilidades que siente que es su momento para compartirlas con otros y desde la grandeza de su corazón, seguir acompañando a las personas a cumplir los sueños que como hoy, él está cumpliendo.

Te invito a que te dejes envolver por esta apasionante y sentida historia, y permitas a tu corazón latir intensamente al ritmo de la vida. Deseo que después de este viaje, tu vida sea más que un suspiro, ese acto involuntario que hacemos para no morir, entre otras de dolor.

Feliz vida

Giovanna Muñoz P.

Psiquiatra Integrativa & Coach de Bienestar
www.giovannamunoz.com

AGRADECIMIENTOS

A Charo (in memoriam) por creer siempre en mí más que yo mismo.

A Papá, Mamá y mis hermanos. Soy quién soy gracias a todos vosotros.

Especialmente a Giovanna Muñoz, mi coach y mentora en este sueño. Gracias por el hermoso prólogo y por tu gran corazón.

Y a Tino Fernández Valls, por enseñarme que sí se puede.

Pero sobre todo a mi mujer Eva y mi hija Sarah. Sois lo mejor que me ha pasado en la vida. Os amo.

Gracias, gracias, gracias.

Hoy por fin he acabado con mi vida.

Me costó mucho tomar esta decisión, pero por fin he dado el paso. Todo a mi alrededor se estaba derrumbando y mi vida no tenía sentido. Sé a ciencia cierta que de no haber tomado esta decisión me hubiese hundido inexorablemente y el sufrimiento que llevaba soportando desde hacía años se habría hecho insoportable. Mi mente estaba ganando la batalla por goleada y dominaba mi vida hasta tal extremo que me sentía como un títere, el cual, manejado por los delgados hilos de su dueño, no podía dar rienda suelta a su libertad tan soñada.

Tenía miedo de dormir porque los sueños de mi subconsciente me hacían despertar a media noche gritando desesperado y tenía miedo a la vigilia porque mi cabeza, a pesar de los esfuerzos que hacía yo, se recreaba en esos sueños dándoles un tinte de realidad que no me dejaban vivir el presente. Llegaba a la noche agotado de tanto pensar y con una sensación en mi cuerpo de dolor físico que no podía soportar. Y luego el miedo a la noche... y después el miedo al día... y así un día tras otro.

Sí. Decididamente, acabar con mi vida había sido una buena decisión.

CAPÍTULO 1

No se puede decir que haya tenido una mala infancia, aunque tampoco fue idílica. Hijo primogénito de una familia de clase media alta, unos abuelos que me querían y unos tíos que de vez en cuando, preferían la compañía de mi hermana pequeña y de mí antes que ir a pasear con los amigos, cosa que para nuestras mentes infantiles era toda una fiesta cuando esto ocurría.

Mis padres no eran perfectos, (cuales los son); mi madre había sido educada de una manera férrea donde el temor a Dios y la sumisión al hombre era una forma de vida. Esa clase de educación había hecho de ella una persona que difícilmente demostraba sus sentimientos, incluso hacia sus propios hijos, cosa que, yo no lo sabía en aquel momento, iba a dejar una profunda mella en mi forma de ser.

Mi madre deseaba una niña y llegué yo. Mi padre, en fin, creo que no deseaba ni una cosa ni la otra. Vivía absorto en su trabajo el cual era el centro de su vida y no prestaba demasiada atención a los asuntos familiares de los cuales se ocupaba mi madre.

Mi padre, esposo fiel en el escenario de cara al público, buscaba por las noches aquello que no conseguía en casa mientras mi madre, con la expresión extasiada de un mártir que sabe que sus muchos sufrimientos le abrirían las puertas del Paraíso, resistía estoicamente las debilidades de su esposo para quien secretamente contrataba misas con el objeto de conseguir la salvación de su alma. Evidentemente ni mi hermana ni yo éramos conocedores en aquellos finales de los años 70 de estas cosas; fue días después de la muerte de mi padre, que mi madre, harta de escuchar lo buena persona y mejor esposo que era su marido, se desahogó con mi hermana poco antes de que yo terminara mi servicio militar y regresara a casa. Mi hermana me contó a mi vuelta algo que yo había intuido desde hacía años, y realmente no me ayudó en nada conocer ese detalle íntimo de mis padres habida cuenta de lo que yo estaba pasando en aquellos momentos como consecuencia de los dramáticos acontecimientos que me tocó vivir en las últimas semanas de mili.

Mis abuelos, tanto paternos como maternos, no creo que se diferenciaran del resto de abuelos de cualquier persona normal; eran, dentro de la rígida educación que habían recibido, unos abuelos amantísimos de sus nietos a los cuales les consentían todo aquello que escapaba al control de mi madre, que a decir verdad, eran pocas cosas.

De los cuatro, era a mi abuela paterna, Raquel, a la que yo tenía más cariño y por la cual sentía más afinidad. Con solo mirarnos se establecía una conexión especial entre nosotros que no pasaba inadvertida a mi hermana pequeña, y por lo cual sentía (me lo confesó años más tarde en el funeral de nuestra abuela), unos celos irresistibles.

Fue el recuerdo entrañable de mi abuela Raquel el que me ayudó en momentos puntuales de mi vida a mantener la cabeza a flote, aunque finalmente ni ella fue capaz de evitar que mi vida cayera en barrena casi una década después de terminar de una forma tan cruel el servicio militar.

De mis tíos, poco supe a partir de mi adolescencia; Federico y Alonso, hermanos de mi padre, se establecieron respectivamente en Paris y Suiza, y nuestros encuentros se redujeron a visitas ocasionales cuando en agosto regresaban a España a pasar las vacaciones de verano; encuentros que desaparecieron cuando el pequeño nexo de unión familiar que existía se esfumó inexorablemente a la muerte de mi abuelo.

Mi tía Soraya, hermana de mi padre, vivía en un convento de clausura en Valladolid y me escribía regularmente intentando, como ella solía decir, que volviera al seno de la Iglesia del que nunca debí salir. Esa pequeña cruzada que mantenía por la salvación de mi alma, lejos de molestarme, me agradaba, pues disfrutaba con el intercambio de correspondencia que manteníamos. Por desgracia, ese pequeño placer que yo tenía se acabó cuando mi tía enfermó de Alzheimer. Nunca fui a visitarla al convento por cobardía, pues no quería verla en aquel estado. Siempre me arrepentiré de no haberlo hecho.

Qué decir de mi tía Silvia... La única hermana de mi madre, nacida cuando mis abuelos maternos eran ya algo mayores, se convirtió en la oveja negra de la familia Segura-Ridruejo. Su marcado inconformismo y su profundo laicismo le hacían contrastar enormemente con las rígidas ideas religiosas de mis abuelos y de mi propia madre, la cual nunca se llevó bien con su hermana debido a su carácter "libertino" como ella solía calificarlo. Mucho tiempo después comprendí que, en realidad, mi madre envidiaba la frescura y libertad que, al menos en apariencia, irradiaba su hermana. Lejos estaba por aquel entonces de comprender que como casi todo el mundo, Silvia arrastraba sus pequeñas miserias las cuales lograba esconder bajo la careta de la despreocupación y la alegría permanente.

Fue mi tía Silvia, que solo era 10 años mayor que yo, la que me descubrió los secretos del sexo poco antes de comenzar mi servicio militar. Afortunadamente nadie supo nunca de nuestro primer y único encuentro pues hubiese supuesto la estocada final para la rígida mentalidad de mi madre. Lo cierto es que lo que para ella fue un acto de debilidad y despecho hacia un exnovio, dejó en mí una profunda marca la cual condicionaría mis futuras relaciones.

Vivíamos en Salamanca, en una pequeña casa al otro lado del rio Tormes a la cual mi madre solía referirse pomposamente como el "adosado". Se trataba de un barrio en plena expansión y por aquel entonces había numerosos solares donde los niños solían pasar las tardes después de las clases. Yo me contentaba con mirarlos desde la ventana de mi casa con envidia pues tenía terminantemente prohibido ir a jugar a la calle. Mi madre solía decir que no era apropiado que alguien de nuestra posición estuviera por aquellos lugares. Yo no entendía a qué posición se refería y llevaba estoicamente el castigo que suponía tener que estar encerrado en casa en las horas que no tenía colegio.

Me encantaban las Navidades. Realmente, todos los recuerdos agradables de mi infancia están asociados a esas fechas. Aún puedo sentir el agradable aroma de los abetos de la tienda donde solía acudir con mi padre a mediados del mes de diciembre y la ceremonia de adornar toda la casa con el árbol y el Nacimiento mientras tomábamos el chocolate caliente que preparaba siempre mi madre. Solíamos pasar las fechas más señaladas en casa de mis abuelos donde nos juntábamos con el resto de la familia, y yo siempre deseaba que la Navidad no acabara nunca. Cuando me fui haciendo mayor la magia fue desapareciendo sobre todo tras la muerte de mi abuelo que marcó el inicio de la dispersión familiar. A partir de aquel momento también comencé a sentir la opresiva angustia del vacío que me agobiaba los primeros días de enero cuando las fiestas navideñas tocaban a su fin y la incógnita del nuevo año se presentaba. Además, regresar de nuevo al colegio después de las vacaciones me oprimía el pecho ante la perspectiva de volver a sufrir el acoso y las burlas de mis compañeros. Afortunadamente, creo, aquel sentimiento que me agobiaba al principio de cada nuevo año se iba atenuando poco a poco, no porque mis compañeros dejaran de meterse conmigo, sino por la cercanía de las siguientes vacaciones; y es que yo había adoptado la costumbre de construir balizas imaginarias en cada punto del calendario donde, por la razón que fuera, no tenía que acudir a clase. No es que no me gustara estudiar, no, no era eso, la razón era que la soledad se iba instalando poco a poco en mi alma y disfrutaba con ella más que con la compañía de la gente, a excepción de los pocos amigos que he tenido a lo largo de mi vida.

Me gustaba mi casa. Era mi refugio, a pesar del control de mi madre; el único lugar donde me sentía seguro y desde el cual podía viajar con mi imaginación a lugares que, como pensaba yo en mi niñez, nunca tendría oportunidad de visitar. Desde la ventana de mi habitación podía ver en todo su esplendor la catedral de Salamanca y soñaba que era el párroco de tan magnífica Iglesia. Afortunadamente y con gran pena de mi tía Soraya, mi temprana vocación se esfumó pronto y sin dejar rastro. En esto contribuyó de una forma especial el asco que le tomé al cura de mi parroquia el cual se dedicaba a manosear descaradamente a los chavales, incluido yo, a la salida de la catequesis de preparación de la primera comunión. Aunque parezca mentira, a pesar de sus profundas ideas religiosas de misa diaria, mi madre jamás procuró alentar en mí la vocación seminarista, pues pensaba que una cosa era saber cocinar y otra muy distinta hacerse cocinero.

Años más tarde y bastante antes de probar las mieles del sexo de la mano de mi tía Silvia, mi convicción de que la vida monástica no era lo mío se hizo más fuerte, debido sobre todo a que el celibato, norma de obligado cumplimiento para los sacerdotes, no me atraía en absoluto.

Recuerdo en una ocasión, en el colegio de los Hermanos Salesianos dónde yo estudiaba, que me convocaron junto con otros tres compañeros de curso a una reunión con el director del colegio y el sacerdote, pues no había escapado a su atención una cierta predisposición a la vida sacerdotal que al parecer teníamos. Habían llegado a aquella conclusión después de que nos dieran en clase un cuestionario en el cual nos interrogaban sobre nuestro parecer acerca de algunos temas religiosos. A mí siempre me había llamado la atención el valor que demostraban los misioneros para marcharse a países lejanos a ejercer su labor, no tanto por su misión evangelizadora como por su aportación humanitaria en los lugares subdesarrollados y así lo hice constar en dicho cuestionario, aunque al parecer a los hermanos salesianos les pareció una buena razón para sondear mis posibilidades como sacerdote.

Nos metieron en el despacho y nos hicieron sentar en un viejo sofá de dos plazas que nos obligaba a pegarnos los unos a los otros en una postura francamente incómoda. El padre Casares, que así se llamaba el cura, estaba sentado en una butaca de terciopelo rojo con los dedos de las manos entrelazados y sin sacarnos los ojos de encima en un intento, creo yo, de tratar de adivinar si realmente éramos carne de seminario o simplemente habíamos contestado al cuestionario con la intención de perder unas cuantas horas de clase.

El director se encontraba junto a la ventana y escrutaba el patio con las manos a la espalda. De vez en cuando se elevaba con las puntas de los pies y a mí me parecía que de un momento a otro se iba a echar a volar. Con gusto le habría abierto la ventana para facilitarle la labor...

No me caía bien el director, no así el padre Casares al cual apreciaba francamente como la mayoría de los alumnos del colegio. Nos impartía la asignatura de religión católica dos veces por semana y realmente disfrutábamos de sus clases pues las daba con un estilo muy personal y ameno. A pesar de ser un colegio religioso, sus clases acababan convirtiéndose en un debate en el cual, y bajo la figura moderadora del cura, intercambiábamos ideas y expresábamos nuestras dudas respecto a la labor de la Iglesia. Era un sacerdote de los llamados modernos por aquellos tiempos, que prefería el aprendizaje a través de la razón que a través de la imposición de las ideas.

—Creo que tenemos aquí a cuatro posibles compañeros de profesión —dijo el padre Casares con una sonrisa dibujada en su rostro. Detrás de él y sin modificar su postura el director emitió un bufido de fastidio.

Nosotros permanecimos callados y nos revolvimos algo incómodos no tanto por el comentario del Padre Casares como por la presencia del director, el cual siempre despertaba en los alumnos del colegio mucho respeto no exento de una cierta dosis de miedo por su fama de castigador severo.

—A ver; contestad algo al señor cura —nos espetó el director dándose la vuelta de repente—. No tenemos todo el día.

El Padre Casares no dijo nada pues ya conocía perfectamente el carácter impaciente del director. Nosotros nos limitamos a hundirnos más en el sofá y a observar nuestros zapatos como si fueran lo más importante del mundo. De pronto, el compañero que estaba en uno de los extremos de aquel incómodo sofá habló con una voz temblorosa y en un tono tan bajo que el cura hizo ademán de aproximarse para poder entender algo.

—Por Dios. Habla más alto —le espetó el director cada vez más impaciente y sin dejar de mirar su viejo reloj de pared.

Nuestro posible futuro compañero de seminario se armó de valor y esta vez con un tono de voz demasiado alto y agudo dijo:

—Perdón, pero yo creía que nos habían traído al despacho para hablar de la organización de las fiestas del colegio. Porque yo eso de ser cura nada de nada.

El director comenzó a ponerse rojo de ira y, al tiempo que nosotros no parábamos de reír disimuladamente, cogió por la oreja al pobre Andrés, que así se llamaba, y, al tiempo que lo convocaba a permanecer en la clase de castigo esa tarde después de las horas lectivas, lo puso de patitas en el pasillo tras lo cual volvió a entrar en su despacho no sin antes pegar semejante portazo que nos hizo enmudecer nuestra risa en una fracción de segundo.

—Y ahora —comenzó a decir mirándonos fijamente— si hay algún graciosillo despistado más que salga inmediatamente de aquí.

Permanecimos donde estábamos sin atrevernos a movernos, no porque los tres que quedábamos tuviéramos claro que nuestro destino era servir en las filas de los subordinados del Papa sino porque temíamos sufrir la misma suerte que nuestro maltrecho compañero.

—La vida de un sacerdote no es fácil y no está exenta de numerosos sacrificios —comenzó a decir el Padre—. Más que ninguna otra persona, nos vemos expuestos a numerosas tentaciones las cuales logramos superar la mayor parte de las veces gracias a la ayuda de nuestro Señor Jesucristo. Es una vida de privaciones y de estudio que nos obliga a superarnos cada día más, aunque no está exenta también de numerosas satisfacciones, y todo en aras de conseguir, al final, el premio supremo de alcanzar y gozar de la gloria divina.

Esta última parte, la de las privaciones y el estudio, no me hizo mucha gracia, a causa de que yo en lo segundo no era muy aventajado, (idea que cada vez se afianzaba más en mi mente gracias a la ayuda de mi madre, pues ella solía decirme a menudo que yo no valía para nada), y la primera porque mi carácter era más bien débil en cuanto a lo de controlar mis necesidades se refería.

—... por todo esto y muchas cosas más que seguramente me queden en el tintero —continuaba el Padre Casares— os ruego que meditéis profundamente en vuestra vocación. Sabed que podéis contar conmigo para resolver cualquier duda que tengáis y que estaré dispuesto a despejar en la medida de mis posibilidades.

El sacerdote se calló un momento, no sé si esperando algún comentario por nuestra parte, cosa que no sucedió, o para coger aire para poder seguir con su discurso. El caso es que este silencio fue aprovechado por el director para dar por finalizada la entrevista conminándonos a abandonar su despacho y a regresar a nuestra aula.

No sé si mis compañeros tuvieron la misma impresión que yo; el caso es que salí de allí con la sensación de que el Padre, en lugar de querer alentarnos para seguir la carrera sacerdotal, nos avisaba que no sería a la larga una buena decisión. Aquello me dio que pensar el resto del día y me imaginé al Casares en su época de estudiante, teniendo una reunión con el sacerdote de su colegio obligándolo a escoger un camino que no deseaba. Mis dudas se resolvieron años más tarde cuando en una de mis visitas a mi Salamanca natal me encontré cerca de la Plaza Mayor a uno de mis compañeros en aquella entrevista, el cual finalmente había elegido el camino del sacerdocio. En aquel encuentro me dijo que el Sr. Casares, como se refirió a él con un deje despectivo en la voz, había abandonado los hábitos después de conocer a una mujer en uno de los pueblos de las afueras de la ciudad al cual acudía los domingos para oficiar misa. No pude por menos que alegrarme internamente por aquel hombre por el cual sentía un gran afecto. Me abstuve de demostrar mi alegría pues mi antiguo compañero de colegio seguía despotricando contra él por haber caído, según decía, en las redes pecaminosas de una mujer. Como la conversación (o mejor dicho monólogo) iba tomando unos derroteros que no me gustaban, me despedí alegando el retraso a una cita muy importante que tenía aquella tarde.

Pero volviendo al día de la entrevista con el cura y el director del colegio, recuerdo que a partir de aquel, mi vida social en el colegio, ya maltrecha de por sí debido a las burlas de mis compañeros a causa de mi obesidad y a mis lentes, se vio totalmente destruida cuando, a los calificativos de gordo y cuatro ojos, añadieron el de curita picha floja. No sé qué tenía que ver una cosa con la otra, pero el caso es que, si antes no me gustaba ir al colegio, a partir de entonces se convirtió en un suplicio. Los domingos por la tarde eran especialmente difíciles pues no me podía quitar de la cabeza que en pocas horas tendría que volver a la escuela y pasar toda la semana soportando el maltrato por parte de mis compañeros.

Aquella situación se veía al menos un poco aminorada gracias a mi amistad con Paco. Lo había conocido al comenzar mi quinto curso de E.G.B. Era natural de Madrid y habían trasladado a su padre a la sucursal de su empresa en Salamanca. Al parecer ocupaba un puesto de mucha responsabilidad y gozaban de una buena posición económica, pero Paco nunca presumía de ello. Como teníamos ciertos rasgos físicos similares además del uso de lentes, comenzamos a compartir también las burlas y aunque esto no fuera ningún consuelo, a mí me parecía que las penas compartidas eran menos dolorosas. Era Paco un crío que, a diferencia de mí, hacía gala de una alegría que le permitía soportar con humor las burlas que le infringían. Siempre decía que llegaría el día en que sería él quien se riera de ellos. Tenía una capacidad de autocontrol tal que le permitía no contestar a las provocaciones e ignoraba totalmente a quien se las infería. Yo no era capaz de eso y maldecía internamente a todo el mundo, incluidos mis padres que me obligaban a ir a aquel sitio donde me trataban de aquella forma tan cruel.

En una ocasión me decidí a contarle a mi padre mis infortunios y, lejos de hallar en él algún tipo de consuelo, me propinó semejante bofetada que me hizo caer al suelo.

—Ningún hijo mío va a pasar por cobarde. Arregla tus problemas como un hombre como hice yo toda la vida.

Dicho esto, salió de su despacho y me dejó allí con las lágrimas que pugnaban por salir de mis ojos a pesar de que yo hacía esfuerzos por evitarlo. Él no acostumbraba a pegarme por eso aquel golpe me hizo más daño en el alma que en la cara.

Mi padre me ignoró durante la cena y mi madre, que seguramente ya se había enterado de lo ocurrido en el despacho de mi padre, no demostró la más mínima compasión por mí como era su costumbre. Aquella indiferencia, sobre todo por parte de mi madre, me dolió enormemente. No pude dormir nada aquella noche. La cabeza me daba vueltas y no podía evitar que mi mente fabricara ideas a cuál más absurda. Trataba de luchar contra mis pensamientos, pero cuanto más lo intentaba menos lo conseguía. La vorágine de pensamientos que se me venían a la cabeza me provocaba una angustia tal, que hacía que mi corazón fuera a cien por hora. Por un momento me vi tentado de acudir a la habitación de mis padres pensando que me podía dar un ataque al corazón, pero el resentimiento que les tenía en aquel momento, unido a la idea de que seguramente recibiría otro castigo por parte de mi padre y la consabida indiferencia de mi madre, hicieron que desechara tal idea.

A la mañana siguiente me dolía la cabeza y tenía el cuerpo como si hubiese corrido una maratón sin haber entrenado previamente. Mis padres me dieron los buenos días como si nada hubiese pasado. Sólo mi hermana pequeña parecía intuir que algo andaba mal en mí, pero no se atrevió a preguntarme nada.

Ya en el colegio, ni siquiera las burlas diarias de los compañeros lograron que desviara la atención de las ideas que se agolpaban en mi mente. Los sueños de la huida de casa de mis padres e incluso las terribles ideas homicidas que me habían asaltado aquella noche continuaban obsesionándome de tal forma que a menudo tenía que frotarme la frente en un vano intento de alejarlas de mi cabeza.

Ni siquiera Paco con su habitual alegría consiguió hacerme olvidar mis penas a la salida del colegio mientras regresábamos a casa, aunque sí consiguió aminorarlas a base de contarme chistes, cosa en la que era un gran experto. Yo, para no parecer ingrato ante sus sinceros intentos de animarme, esbozaba de vez en cuando una sonrisa que le animaba a continuar con su repertorio.

En un momento determinado y de repente, Paco se puso serio y quiso que le explicara exactamente lo que había sucedido la tarde anterior en mi casa.

—Estoy harto —le dije después de relatarle todo el episodio—. No soporto mi vida. Todo el mundo me desprecia, sobre todo mis padres. Te juro que se me ha pasado por la cabeza la idea de acabar con todo—. Yo era muy aficionado a ser muy tremendista y empezaba, por qué no reconocerlo, a encontrarme cómodo en el papel de víctima.

—No digas eso Sebas. Hay cosas mucho peores. Yo creo que tus padres te quieren, pero tienes que intentar ponerte en su lugar. Han tenido una educación bastante rígida y no saben actuar de otro modo.

Era la primera vez que Paco me hablaba en esos términos y me sorprendió que alguien de su edad pudiera expresarse así.

—No sé de dónde sacas esas cosas, de verdad —le dije algo irritado—. Eso que dices me parece una tontería. Soy su hijo y tendrían que tratarme mejor.

—No es una tontería —me dijo tranquilamente—. Lo mejor es que lo dejes pasar y no te lamentes más. —Pareció reflexionar un poco y de pronto me dijo:

—Te voy a prestar un libro que acabo de leer para que entiendas de lo que te estoy hablando.

Dicho esto, se despidió de repente pues dijo que tenía que hacer un recado muy importante para su madre. Yo me quedé parado en medio de la calle sin saber si regresar ya a casa o dar una vuelta por la ciudad. Opté por lo segundo y caminé distraído hacia la Plaza Mayor, lugar que me gustaba frecuentar para observar a la gente que allí se congregaba cada tarde.

Al llegar, me senté en un banco y saqué la libreta que siempre llevaba y donde acostumbraba a anotar las cosas que se me pasaban por la cabeza. En aquel momento no se me ocurrió nada y guardé de nuevo la libreta en mi mochila sin poder olvidar el comentario que me había hecho Paco acerca de intentar ponerme en el lugar de mis padres. La verdad es que me sentía mal por haber sido un poco duro con mi amigo. Este sentimiento sustituyó de repente a mi malestar por los acontecimientos ocurridos en mi casa la tarde anterior y me invadió una vaga nostalgia. Sentí soledad. Una soledad que no era normal a mi edad y que, yo no sabía en aquel momento, me acompañaría durante muchos años.

Me encaminé hacia la casa de mi abuela Raquel. Ella siempre tenía las palabras adecuadas cuando yo me sentía de aquel modo. En aquella ocasión no se encontraba en el balcón como cada tarde. Supuse que había salido a hacer algún recado, pero aun así toqué el timbre deseando que estuviera en casa. Cuando estaba a punto ya de marcharme, la dulce voz de mi abuela me contestó por el telefonillo.

—¿Quién es?

—Soy yo abuela. Ábreme.

Subí las viejas escaleras de madera de la casa y entré por la puerta que mi abuela había dejado entornada previamente.

—Estoy en la cocina —gritó.

Me dirigí hasta allí. Mi abuela estaba inclinada delante del horno de la cocina y sacaba de él en aquel momento una bandeja llena de las sabrosas galletas que solía hacer.

—Llegas justo a tiempo cariño —me dijo mientras me daba un beso—. Te voy a preparar un chocolate. Vete al salón que enseguida voy.

Me encantaba aquella casa. En mi memoria aparecía en todos los momentos felices que había pasado durante mi infancia en compañía de mi familia antes de que esta empezara a separarse poco a poco. Conocía cada rincón de la casa y cada muesca de los viejos muebles que decoraban el salón. En un rincón cerca del suelo, entre el mueble de la tele y la vitrina donde mis abuelos guardaban las copas, aun se podía ver, aunque algo desdibujado por el paso del tiempo y la humedad, mi nombre encima de un corazón y unos puntos suspensivos debajo de este. Lo había dibujado hacía ya muchos años, pero no lograba recordar el motivo. Solo sé que a mí me gustaba comprobar de vez en cuando que nadie lo había borrado y que permanecía en su sitio como un dulce recuerdo de mi niñez.

—No te preocupes cariño. Mientras yo viva nadie va a borrarlo de la pared —me dijo mi abuela cuando entró en el salón cargada con una bandeja.

Yo sonreí agradecido por la complicidad que una vez más demostraba mi abuela conmigo. No le conté nada de lo acontecido en casa el día anterior, pero en el fondo sabía que ella me conocía lo suficiente como para saber que algo me había pasado. Además, no era habitual que yo pasara por su casa en medio de la semana y durante un día lectivo. Aun así, ella no me preguntó nada con su habitual discreción y yo en el fondo lo agradecí.

Pasamos la tarde tomando chocolate con galletas y hablando de nuestras cosas, como ella solía decir, hasta el punto que a mí se me levantó un poco el ánimo y no pensé más en mi padre ni en las absurdas ideas que se me habían pasado por la cabeza.

A las siete de la tarde decidí volver por fin a mi casa y sin ganas emprendí el camino de regreso pensando que ojalá viviera con mi abuela.

Al día siguiente me encontraba mejor. Incluso me pareció que mis padres estaban de mejor humor y sentí que el odio que les había profesado los dos días anteriores se difuminaba lentamente en mi mente.

—Coged vuestras cosas que hoy os voy a llevar en coche al colegio.

Me quedé paralizado y tuve inmediatamente el presentimiento de que algo malo había pasado pues mi padre, que era quién así había hablado, no acostumbraba a llevarnos a la escuela a mi hermana y a mí. Mientras cogía mi mochila me recorrió un escalofrío por la espalda pues recordaba que la última vez que algo así había pasado, mi padre había aprovechado el trayecto para darnos la noticia de la muerte de mi abuelo paterno.

Entré en el coche con una sensación de angustia que aumentaba poco a poco, acrecentada además por el hecho de que mi padre recorrió las primeras manzanas sin decir nada. Cuando paramos en uno de los semáforos de la Gran Vía por fin empezó a hablar.

—Hijos, sabéis que mi puesto en el Banco es muy importante y que mis jefes confían mucho en mí...

Efectivamente, yo había oído contar a mis padres en numerosas ocasiones la confianza que la dirección del Banco tenía en mi padre. Era algo que mi madre solía contar a sus amigas con cierta cara de orgullo, pero yo no le había dado nunca ninguna importancia.

—Es por esto —continuó— que me han propuesto cubrir un cargo de más responsabilidad en Vigo. Por supuesto lo he aceptado. Nos marchamos dentro de dos meses.

Como si hubiese calculado a la milésima el tiempo que tardaríamos en llegar al colegio y el que duraría su pequeño discurso, justo cuando acabó de hablar paró el coche frente a la puerta del colegio y nos instó a bajarnos del mismo.

Tanto mi hermana como yo nos quedamos parados viendo cómo se alejaba el coche de nuestro padre sin atrevernos a decir nada. A mí la noticia me sentó peor que la bofetada que me había propinado días antes. Mi hermana entró en el colegio arrastrando los pies y sin decir nada. Yo me quedé parado sin saber muy bien qué hacer. Se me caía el mundo encima y no sabía si entrar en el colegio o echar a correr para alejarme de allí, aunque sabía que por muy lejos que me fuera no iba a cambiar nada. Sentí como una angustia opresiva me atenazaba la garganta y las lágrimas comenzaron a resbalar por mis mejillas. Pensé en mis abuelos y mis tíos y en mi amigo Paco y un miedo intenso a no volver a verlos más se instaló en mí provocándome un dolor tal que creí desfallecer.

Por fin, y de forma automática, mis pies me guiaron hasta mi clase donde ya había entrado el Padre Casares para darnos su clase. Mi estado de ánimo no pasó desapercibido ni para el cura ni para mi amigo Paco el cual se sentaba a mi lado. Mi amigo trató de interrogarme con la mirada, pero yo no era capaz de articular palabra. Evidentemente no me enteré de nada de lo que explicaron los diferentes profesores que fueron desfilando por el aula, aunque afortunadamente no se percataron de ello.

Cuando sonó el timbre del recreo sentí como mi amigo me asía de un brazo y me llevaba suave pero firmemente al lugar del patio donde solíamos ir. Una vez allí y sin poder esperar más, Paco comenzó a interrogarme:

—Sebas. Dime qué te pasa. Me tienes muy preocupado. ¿has vuelto a tener bronca en casa? Por favor, habla ya.

Yo no sabía cómo empezar y lo miraba con los ojos arrasados de lágrimas. Ni siquiera me importaba que el resto de los compañeros que estaban en el recreo en aquel momento me vieran llorar. Por fin, y lanzando un gran suspiro, le relaté entre sollozos la noticia de nuestro traslado a Galicia. Él se quedó un rato callado y se fue poniendo si cabe más serio.

Después de unos minutos que a mí me parecieron una eternidad, esbozó una leve sonrisa y me dijo:

—Bueno, no es tan malo. Podrás ir a la playa y comer buen marisco. —Enseguida y debido seguramente a la mirada asesina que le envié, dejó de sonreír y continuó:

—En serio, no te lo tomes tan mal. Vigo no está tan lejos y seguramente podrás venir de visita bastante a menudo. No te queda más remedio que aceptarlo. A mí también me fastidia, pero no se puede hacer nada por evitarlo.

Paco me rodeó los hombros con su brazo y no dijo nada más. El caso es que no vimos que por el patio se acercaba un grupo de chavales de los que habitualmente se metía con nosotros. De pronto, los dos escuchamos como aquellos se reían a pierna suelta mientras uno de ellos, el que llevaba la voz cantante, nos gritaba para que todos pudieran oírlo perfectamente:

—Maricones. Pedazo de maricones. ¿os vais a dar un besito? Venga, daros un beso, maricones de mierda.

Lo que me ocurrió en aquel momento lo conservo en la memoria como algo confuso. No sé de dónde saqué el valor y las fuerzas, el caso es que recuerdo que me lancé a ellos sin darles tiempo a reaccionar lanzando patadas, puñetazos y arañazos. Más tarde Paco me dijo que por un momento creyó que había sido poseído, tal era la furia y la fuerza con la que enfrenté a mis adversarios. El caso es que cuando quise darme cuenta, estaba sentado en el despacho del director en el mismo sofá que en otro momento había ocupado con motivo de la entrevista por el tema del seminario, solo que en aquella ocasión estaba yo sólo frente al director.

A la media hora aproximadamente de encontrarme allí, mi padre entró por la puerta y, mirándome muy serio se dirigió hacia donde estaba el director para estrecharle la mano.

Yo me sentía fatal. Además de mi alma maltrecha tenía el pantalón roto por varios sitios, la camisa sucia y sin dos botones y mi cara era un poema. Sentía la sangre seca en la comisura de los labios y un ojo hinchado que me dificultaba parcialmente la visión. Aun así, no sentía dolor y no presté atención a lo que hablaban mi padre y el director.

El caso es que al poco rato mi padre se puso en pie y me hizo un gesto con la cabeza para que me levantara. Salimos del despacho, yo siempre detrás de él, esperando el momento en que se diera la vuelta para soltarme un bofetón; pero eso no ocurrió. Entramos en el coche y arrancándolo mi padre se dirigió en sentido contrario de dónde se encontraba nuestra casa. No sabía a dónde me llevaba, pero no me importaba en absoluto. Cuando paró el coche me percaté de que nos encontrábamos en la calle Prior; una de las calles de los alrededores de la Plaza Mayor. Al bajar del coche, mi padre, en un alarde de cariño nada propio en él, me ayudó a adecentar en la medida de lo posible mi aspecto y me dijo que le siguiera. Entramos en un café que yo no conocía a pesar de que aquella zona era de las preferidas en mi querida Salamanca y nos sentamos en una mesa que estaba libre cerca de la cristalera. Se acercó un camarero y mi padre pidió un café para él y un refresco para mí. Mi mente enferma pensó por un momento que aquello era una trampa y que seguramente mi padre estaría compinchado con el camarero para envenenarme con el refresco para así acabar conmigo. Recuperé la cordura cuando mi padre, después de beber un sorbo de café me dijo:

—Sebas, hijo —Aquella forma de dirigirse a mí me dejó estupefacto pues mi padre jamás había usado el diminutivo al hablar conmigo—. Comprendo lo que te está pasando. Sé que es muy duro para ti tener que marcharte tan lejos, pero es necesario. A veces los mayores tenemos que tomar decisiones difíciles, pero así es la vida.

Yo no daba crédito a lo que estaba escuchando. ¡Mi padre dándome explicaciones! Por un momento creí que era víctima de una broma macabra, pero no. Allí estábamos los dos, como dos amigos que quedan para tomar algo y charlar. Después de los terribles días que había pasado, me sentí de pronto en calma y mi mente se paró en seco. Sólo existía aquel momento y yo deseé que no se terminara nunca. Seguimos charlando y haciendo planes del futuro viaje a Galicia y así nos pasó la tarde.

Ya eran cerca de las ocho cuando mi padre se levantó y fue a la barra del café a pagar las consumiciones. Yo me quedé observando a través del cristal a un chico el cual, sentado en una caja de cervezas vacía, tocaba la guitarra y cantaba una canción que yo no fui capaz de descubrir pues el barullo de la cafetería impedía que entraran los sonidos de la calle. Otro chico se dedicaba a acercar un sombrero negro a los transeúntes en busca seguramente de algunas monedas. A tenor por su corte de pelo rapado, supuse que estarían cumpliendo con el servicio militar en cualquiera de los acuartelamientos que había en Salamanca.

Estaba yo en estas reflexiones cuando mi padre, dándome un golpecito en el hombro me indicó que ya era hora de regresar a casa. Al salir pude por fin escuchar la canción que cantaba el joven quinto. Cual sería mi sorpresa cuando descubrí que estaba cantando una canción en gallego como si de un presagio se tratara. Sentí el impulso de acercarme al chico para preguntarle de qué parte de Galicia era, pero ya mi padre me arrastraba hacia el coche.

Cuando llegamos por fin a casa mi madre salió a recibirnos a la puerta y, sin decirme nada más, me indicó que fuera a asearme pues la cena ya estaba lista. Mi hermana jugaba en su habitación como si el hecho de que en pocos meses ya no estaríamos allí no le afectara en absoluto.

Los dos meses siguientes pasaron muy rápido para mí. Los preparativos del traslado mantenían totalmente ocupados a mis padres y las visitas de familiares y amigos que acudían a mi casa a despedirnos no dejaban de sucederse. No se volvió a repetir un encuentro con mi padre como el del día de mi pelea en el colegio, pero a mí no me importó demasiado pues el recuerdo de aquella tarde fue suficiente para que yo recobrara el ánimo y empezara a sentir hasta curiosidad por conocer la ciudad donde nos íbamos a trasladar.

Paco aprovechaba los recreos y nuestras salidas de los domingos por la tarde para organizar nuestros futuros encuentros. Nunca dejó de sorprenderme la capacidad que tenía para ver el lado positivo de las cosas. Recuerdo que solía decirme que el conformismo no era la solución cuando algo nos pasaba y que lo que debíamos hacer realmente era aceptar las situaciones que se nos presentaban en la vida y seguir adelante.

Esperaba con suerte poder ir a Galicia el verano siguiente si lograba convencer a sus padres y entusiasmado, fantaseaba con la idea de vernos ya a los dos tumbados en una playa paradisíaca rodeados de chicas en bikini. Mientras, yo lo observaba entre divertido y nostálgico, pensando que posiblemente pasaría mucho tiempo antes de que nos volviéramos a ver de nuevo. En lo que sí estábamos de acuerdo es en que nos escribiríamos por lo menos una vez al mes para contarnos qué tal nos iba todo. También decía que podríamos ir los dos a estudiar a Santiago de Compostela cuando fuéramos a la Universidad, al fin y al cabo, sus padres se lo podían permitir económicamente. Esta última posibilidad me agradó mucho pues ya había oído hablar de la capital gallega a un vecino de mi abuela Raquel que había estudiado farmacia allí y que relataba lo hermosa que era la cuidad del Apóstol Santiago.

La tarde anterior a nuestra partida fui a visitar a mi abuela Raquel. Había albergado la idea de que con suerte podría quedarme a vivir en Salamanca alojado en su casa, pero ella misma me había quitado la idea de la cabeza, no porque ella no estuviera encantada con tal posibilidad, sino porque mis padres no lo iban a consentir de ningún modo.

—No se te ocurra ni sugerírselo a tu padre —me dijo mi abuela la tarde en que le conté mi idea—. Ya sabes el genio que tiene. Además, seguro que piensa que la idea es mía y no quiero que ninguno de los dos tengamos problemas con él.

Mi padre nunca se había llevado bien con su madre. Jamás supe la causa, aunque si se miraba bien, se veía a leguas que la forma de ser cariñosa y alegre de mi abuela contrastaba enormemente con el carácter rígido y huraño de mi padre. Parecía como si no fueran madre e hijo. Incluso llegué a pensar en alguna ocasión que mi padre era adoptado tantas eran las diferencias que los separaban.

Mi abuela vivía en un callejón de la parte vieja de la ciudad en una antigua casa de piedra con un gran balcón que daba a la calle. Siempre tendré en mi memoria el recuerdo de mi abuela sentada en una silla en aquel balcón, y como, cada vez que íbamos a visitarla, nos saludaba con la mano y una gran sonrisa en la cara cuando girábamos en la esquina de su calle. Aquella tarde mi abuela también me saludó desde su balcón, pero esta vez no lucía su clásica sonrisa. Aquello me llenó de una gran nostalgia y sentí de inmediato una gran pena por ella, pues sabía de la tristeza que le causaba nuestra partida, aunque ella quisiera disimularla a toda costa.

Subí pesadamente los viejos escalones de madera con la acongojante sensación de que tardaría mucho tiempo en regresar a aquella casa donde tan buenos momentos había pasado. De pronto, la idea de que le pudiera pasar algo a mi abuela antes de que pudiéramos regresar de visita a Salamanca se instaló en mi mente e hizo que, al entrar en su casa me fundiera en un abrazo con ella, en parte por la tristeza que aquello me producía y en parte para que no pudiera ver las lágrimas que afloraban en mis ojos. Mi abuela Raquel, siempre cariñosa, mantuvo mi abrazo también para que yo no pudiera ver las suyas.

—Bueno cariño —me dijo soltándose de pronto y enfilando el largo pasillo de cara a la cocina—. Ya llegó el día. Quiero que estés tranquilo y que te tomes este viaje como una oportunidad de conocer otros lugares. Me ha dicho una vecina que ha estado varias veces en Vigo, que es una ciudad muy bonita y que no es cierto que esté siempre lloviendo en Galicia. Yo iré a visitaros en cuanto pueda, además Vigo no está tan lejos... —No pude por menos que sonreír ante este comentario similar al que me había hecho Paco el día que se enteró de mi partida.

—Te voy a preparar un chocolate y unas galletas. Vete al salón que enseguida voy.

Me fui al salón donde tantas horas felices había pasado a lo largo de mi infancia y me recosté en el desgastado sillón de cuero que otrora ocupara mi abuelo mientras observaba extasiado los juegos de sus nietos. A pesar de la frialdad característica del cuero, sentí una cierta calidez como si no hiciera mucho tiempo que alguien se hubiese sentado allí. Pensé de inmediato en mi abuela, pero deseché en seguida la idea al recordar que, desde la muerte de mi abuelo Federico, jamás había vuelto a sentarse allí. Sacudí la cabeza tratando de no obsesionarme con la idea absurda de que mi abuelo podía estar rondando todavía la casa que había sido su hogar durante más de 50 años. A pesar de todo, lejos de incomodarme, aquella posibilidad me trajo la sensación de que mi abuela Raquel podía estar acompañada de alguna forma cuando nosotros nos marcháramos y aquello me tranquilizó un poco. Mi abuela entró justo cuando estaba yo en aquellas cavilaciones y comenzó a servir tranquilamente el chocolate humeante en las dos tazas que a tal efecto había traído de la cocina. Mientras hacía esto, yo mordisqueé distraídamente una de las galletas que había traído también en una bandeja. Aún puedo recordar su sabor; un sabor a infancia y a momentos felices y amargos, como aquella víspera de nuestra partida.

Pasamos la tarde recordando aquellos momentos pasados haciendo un repaso exhaustivo de nuestras vidas. Reímos al evocar nuestros buenos ratos vividos en aquella casa y lloramos al recordar la triste pérdida de mi abuelo en las Navidades de hacía ya tres años.

De pronto, mi abuela se levantó pesadamente y acercándose a la vieja cómoda que presidía el salón desde hacía años, abrió uno de los cajones y extrajo un saquito de ante de color púrpura el cual estaba atado con una cinta dorada. Se acercó a mí, y tomándome la mano lo depositó con cuidado en mi palma.

—Quiero que tengas esto. Quisiera habértelo dado hace tiempo, pero no tenía fuerzas pues es para mí un recuerdo entrañable de tu abuelo. Ahora es tuyo.

Emocionado y con mucho cuidado desaté la cinta dorada e introduje la mano en el saco. Cuando extraje el viejo reloj de pulsera de mi abuelo sonó el teléfono y mi abuela Raquel se levantó para atenderlo. Me quedé mirando el reloj que había pertenecido a mi abuelo y me invadió de nuevo la vaga sensación de que él todavía estaba por allí de alguna manera y de que aprobaba el gesto de mi abuela. Me sorprendió el hecho de que el reloj funcionaba correctamente y que marcaba la hora exacta y me prometí cuidarlo como si de un tesoro se tratara.

Mi abuela colgó el teléfono y sin darme tiempo apenas a agradecerle el regalo, me conminó a marcharme rápidamente a mi casa.

—Tu padre está hecho una furia y creo que tu madre está histérica —dijo maliciosamente—. Vete antes de que te ganes una reprimenda.

Le di un fuerte abrazo y un beso y salí por la puerta no sin antes hacerle prometer que al día siguiente iría a despedirnos a la estación.

—No faltaría por nada del mundo, cariño. Ahora vete.

Antes de doblar la esquina me volví para saludar a mi abuela que se había instalado de nuevo en la vieja silla del balcón. Ella, llevándose los dedos a la boca me envió un beso y se quedó mirando como doblaba la esquina de la calle. Fue la última vez que la vi en aquel balcón. Mi abuela moriría el invierno siguiente aquejada de una grave neumonía.

La estación estaba atestada de gente. Era sábado por la mañana y el día había amanecido soleado como queriendo contrastar con mi gris estado de ánimo. Mi madre, que seguía histérica desde el día anterior, supervisaba el embarque de nuestras maletas en el tren mientras no dejaba de avisar a unos sufridos trabajadores de RENFE de que los haría responsables de cualquier desperfecto en sus pertenencias. Mi padre no dejaba de estrechar la mano a los compañeros de trabajo que le habían ido a despedir, no tanto por el afecto que le tenían como por el hecho de que el director del Banco también se había acercado a presenciar nuestra partida.

Yo asía a mi hermana de la mano y no dejaba de lanzar miradas impacientes a la entrada de la estación esperando que hiciera su aparición mi abuela Raquel. Mis abuelos maternos Humberto y Dolores no habían podido acudir a la estación por estar en un viaje por la costa mediterránea, pero habían prometido a mi madre que para la siguiente ocasión elegirían Galicia como destino para poder visitarnos. Tampoco había aparecido mi tía Silvia por algún motivo que mi madre no quiso decirnos, aunque lo que a mí más me importaba es que apareciera mi querida abuela.

Por fin la vi. Entraba agarrada del brazo de mi tía Soraya (Sor Soraya) la cual había acudido desde su convento en Valladolid para despedirnos. Por un momento sentí el impulso de soltar a mi hermana y correr a su encuentro, pero la severa mirada de mi madre, la cual al parecer ya había terminado de ocuparse del equipaje, me hizo desistir y me quedé plantado esperando a que ella llegara a donde nos encontrábamos.

—Hola Catalina. Por fin llegó el gran día. —Mi mente infantil no se percató del sutil tono de ironía que mi abuela usó al dirigirse a su hija política. Mi madre detestaba a su suegra, aunque aún no conozco el motivo a día de hoy.

—Si. Ya ves Raquel. Para ganar una posición alta en la vida hay que hacer pequeños sacrificios. Tu hijo ha conseguido por fin el puesto que se merece.

—Tienes razón, hija. Al final todos conseguimos lo que nos merecemos... o casi todos. Esto último lo dijo lanzándome una mirada de soslayo y guiñándome un ojo en un gesto cómplice que solía usar mucho conmigo.

Mi madre, dándose la vuelta dio por terminada la pequeña conversación y yo lo agradecí pues ansiaba despedirme a solas de mi abuela. Aprovechando que mi tía Soraya se había acercado a despedirse de mi padre y que mi madre por fin me había relevado de la responsabilidad de cuidar de mi hermana Dolores, me agarré de la mano de mi abuela la cual, alejándose un poco de la gente me dijo acercando sus labios a mis oídos:

—Cariño mío; quiero que no te preocupes por nada y que trates por todos los medios de pasártelo lo mejor posible. Yo te llamaré a menudo y te escribiré. ¿llevas contigo el reloj de tu abuelo?

—Si abuela —le respondí en un susurro llevándome la mano instintivamente al bolsillo de mi pantalón, lugar donde había guardado el recuerdo de mi abuelo.

—Bien —aprobó mi abuela— quiero que cada vez que te sientas triste, cojas el reloj y pienses en mí y en tu abuelo. Te aseguro que, así como ayer sentiste la presencia de tu abuelo en casa, sentirás la mía cuando te haga falta.

Yo abrí mucho los ojos y me quedé petrificado ante la afirmación que había hecho mi abuela, pero, cuando iba a replicar algo, oí una voz cantarina que me llamaba. Enseguida reconocí al dueño de aquella voz: era mi amigo Paco. Se acercaba corriendo por el andén y pude observar que traía un paquete en la mano. Olvidando por unos momentos a mi abuela, corrí a su encuentro y me paré a pocos metros de él. Paco, con su naturalidad característica que yo secretamente envidiaba, me estrechó en un afectuoso abrazo al cual yo correspondí algo rígido, no porque no le tuviera cariño, sino porque mi forma de ser me lo impedía.

—Quiero que cojas este paquete, pero no lo abras hasta que haya arrancado el tren. Ya me contarás.

—Gracias. Así lo haré. Yo no te he traído nada —dije algo avergonzado.

—No digas tonterías. No te lo doy para que me des algo a cambio.

En aquel momento sonó el pito del tren avisándonos de la inminente salida. Saludé a mi amigo y corriendo hacia mi abuela la abracé mientras las lágrimas corrían por mis mejillas. Tuve que soltarla para poder despedirme de la tía Soraya y subí al tren a continuación de mis padres y mi hermana, la cual también había arrancado a llorar. Desde el asiento al lado de la ventanilla que me había tocado, saludé con la mano a los que quedaban en la estación mientras el tren, lanzando un largo pitido emprendía la marcha que me llevaría a la ciudad que sería mi nuevo hogar.

Cuando llevábamos ya casi dos horas de viaje y aprovechando que mis padres y mi hermana dormitaban en sus asientos, aproveché para abrir el paquete que me había dado Paco. Era un libro. Llevaba pegada una pequeña nota con un trozo de celo que decía: «Te prometí que te dejaría este libro. Un abrazo».

El título del libro era «Cuentos de Amor desesperado» y, por lo que ponía en la solapa, el autor era natural de Vigo. No pude por menos que sonreír ante su ocurrencia.

CAPÍTULO 2

Llegamos a Vigo al final de la tarde de aquel sábado de finales del mes de agosto. Me acababa de despertar y tenía un fuerte dolor de cabeza. Después de hacer el trasbordo en Medina del Campo, donde habíamos esperado casi dos horas, me había quedado dormido debido seguramente al cansancio producido por las fuertes emociones vividas durante los últimos días. Lo primero que me llamó la atención fue el contraste del tiempo, pues caía una fina lluvia y el cielo estaba encapotado con unas nubes grises que casi parecía que se podían tocar de cerca que estaban de la tierra. Aquello me sumió de nuevo en una triste nostalgia que me produjo un nudo en la garganta. Mi hermana, con la cabeza apoyada en el regazo de mi madre dormía aún mientras esta observaba distraída por la ventanilla. A mi padre no se le veía por ninguna parte.

Yo nunca había visto el mar, excepto en los libros y la tele claro está. Cuando faltaban unos pocos kilómetros para llegar a la estación, vi por primera vez la Ría de Vigo. Al principio no me pareció gran cosa, pero a medida que nos acercábamos a la ciudad, la oscura franja de agua se ensanchaba y pude ver a lo lejos las Islas Cíes, de las cuales había leído en una ocasión que poseían una de las más hermosas playas del mundo. No pude ver más puesto que el tren ya se adentraba en la estación mientras aminoraba lentamente la marcha. Mi padre apareció poco antes de que el tren se parara definitivamente.

—Vamos, levantaros que ya hemos llegado. Me han dicho los del Banco que alguien va a venir a buscarnos.

Mi padre me había dicho días antes que habían alquilado un piso en el centro de la ciudad a la espera de que la inmobiliaria les localizara una casa que se encontrara en venta y que estuviera bien situada.

Salimos por fin del tren y el aire fresco con aroma a mar contribuyó a que mi dolor de cabeza se disipara un poco. Nos quedamos parados en el andén mientras mi padre buscaba impaciente a la persona que teóricamente nos recogería en la estación.

—Allí —dijo mi padre, señalando a una mujer joven que portaba un letrero donde se podía leer: "Sr. Sánchez del Olmo".

Nos encaminamos al lugar donde se encontraba la mujer, la cual al ver cómo nos acercábamos bajó el cartel mientras decía con una sonrisa dirigiéndose a mi padre:

—Don Antonio. Bienvenidos a Vigo. Me llamo Raquel Castro y voy a ser su secretaria.

A mí me cayó bien Raquel desde el primer momento. Lucía un vestido floreado que dejaba al descubierto sus rodillas y tenía el pelo negro y rizo recogido en una cola de caballo que le confería un aire desenfadado, aunque no exento de una cierta elegancia. Tenía la piel morena fruto seguramente de los días pasados en alguna de las playas cercanas y su sonrisa franca y algo pícara resaltaba gracias a unos dientes blanquísimos que relucían cada vez que sonreía.

A mi padre también le gustó Raquel. No tanto a mi madre la cual, con un suspiro de resignación y con voz impaciente dijo:

—Muy bien Raquel. Llévenos a casa que es tarde.

—Por supuesto Sra. Catalina. Síganme por favor.

Salimos de la estación siguiendo a la secretaria la cual nos condujo al aparcamiento donde estaba estacionado un

Mercedes de color negro en el cual, y después de abrirnos la puerta, nos invitó a entrar. Mi padre se sentó en el asiento del copiloto y mi hermana y yo nos sentamos detrás con mi madre, que no abrió la boca en todo el trayecto. No así mi padre quien se dedicó a interrogar a su nueva secretaria acerca de cosas relacionadas con el Banco las cuales yo no pude entender.

Bajamos por una calle angosta y desembocamos en una gran avenida atestada de coches donde al final de la misma, según Raquel, se encontraba la sucursal del Banco donde mi padre iba a trabajar. Cuando pasamos por delante, Raquel redujo un poco la velocidad para que mi padre la pudiera ver, después de lo cual, y acelerando de nuevo enfiló lo que ella llamó La Puerta del Sol informándonos de que en breve estaríamos en nuestra nueva casa.

—Aquí es —dijo Raquel parando el motor del coche. —. El piso es un quinto y es muy soleado.

Nos encontrábamos en una calle estrecha que yo pude leer en un cartel adosado a una pared que se llamaba Pi y Margall. Bajamos del coche y nos encaminamos hasta el portal que nos indicó Raquel. Al entrar en el piso sentí de inmediato un leve olor a humedad disfrazado con el fuerte olor a lejía de la limpieza que seguramente se había realizado días antes con motivo de nuestra llegada. El piso estaba amueblado de una forma algo aséptica que a mí no me gustó nada. Lo que sí me gustó fueron las vistas que se podían contemplar desde allí. El inmueble daba hacia la Ría y se podía observar en todo su esplendor. Aquello alivió mi maltrecho ánimo pues me hizo recordar las vistas que tenía en mi casa de Salamanca desde la cual podía ver la catedral y el río Tormes.

Bajamos de nuevo a la calle a recoger nuestras últimas pertenencias que aún se encontraban en el maletero del coche, momento que aprovechó mi madre para acercarse a una Iglesia que había visto poco antes.

—Me voy a misa —le dijo a mi padre secamente.

Mi padre, que se encontraba charlando con Raquel apoyado en el coche o no oyó o no quiso oír a mi madre, la cual partió en dirección a la Iglesia mientras murmuraba una letanía de reproches hacia él.

Aquella noche cenamos en silencio sumidos cada uno en nuestras reflexiones. Mi hermana nos observaba alternativamente intuyendo seguramente que no era momento para decir nada.

Me llevé una decepción cuando a mí me asignaron una habitación interior que daba a un oscuro patio de luces por el que ascendía el tufo de los desagües del resto de pisos del inmueble. A mi hermana la acomodaron en una de las habitaciones exteriores con vistas a la Ría algo más grande que la mía. No protesté porque sabía que no serviría de nada y me limité a aceptar la situación pensando que a lo mejor tendría más suerte cuando nos fuéramos a vivir a la casa nueva. Aquella noche dormí intranquilo y asaltado por sueños que hicieron que a la mañana siguiente me despertara huraño y de un pésimo humor.

El domingo por la mañana decidí recorrer los alrededores de nuestra nueva casa y, armado con un callejero de la ciudad que amablemente nos había dado la secretaria de mi padre, salí en dirección a una zona que ella misma había rodeado con rotulador rojo en el mapa y que al parecer no se encontraba muy lejos de allí. Se llamaba “El castro”. Acostumbrado como estaba a las calles más o menos llanas de Salamanca, me costó trabajo ascender por las empinadas cuestas que parecía eran una característica de Vigo. Resoplando llegué a una larga escalinata en cuyo centro se encontraba una tosca y alta cruz erigida en tiempos de la dictadura que se erguía de frente a la Ría y desde la cual se podía contemplar como descendía la ciudad hasta el puerto, dando la impresión de que esta continuaba por debajo del agua. Después de hacer un breve descanso para recobrar el aliento, seguí subiendo por la escalinata de piedra hasta llegar a una pequeña planicie donde habían situado una fuente rectangular adornada por unas enormes y oxidadas anclas. Supe más tarde que se trataba de restos de naufragios acontecidos en la Ría unos cientos de años atrás.

Como ya se hacía tarde bajé apresurado el camino de regreso a mi nueva casa esperando que mis padres no estuvieran preocupados por mi ausencia. Cuando por fin llegué, me di cuenta que ninguno de los dos se había percatado de mi ausencia y me sentí desamparado debido a la indiferencia de mis padres, aunque realmente ya estaba bastante acostumbrado. Vino a mi memoria el recuerdo de la tarde pasada con mi padre hacía unos meses y añoré aquel momento.

Mi padre comenzó a trabajar el lunes siguiente, aunque aún tenía algunos días más de vacaciones. Todas las mañanas pasaba Raquel a buscarlo a las ocho en punto y no regresaba hasta bien entrada la tarde. A mí me habían matriculado en el colegio de los Hermanos Salesianos de Vigo gracias a una recomendación que había conseguido mi padre, y a mi hermana en un colegio de monjas de la orden de Cluny que estaba algo más alejado del mío. Las clases no comenzaban hasta mediados de septiembre así que yo me dediqué a recorrer las calles de mi nueva ciudad hasta el punto de que llegué a conocerla muy bien. Mi madre acudía cada tarde a la Iglesia con mi hermana excepto los sábados y los Domingos que iba por las mañanas. Y así pasaron los días hasta que llegó la víspera de comenzar el curso. Enseguida me asaltó la vieja angustia que sentía cada vez que tenía que ir al colegio agudizada por la incertidumbre de saber qué me encontraría en él. Me aterraba la idea de sufrir las mismas humillaciones del mi antiguo colegio sin tener la compañía al menos de mi amigo Paco.

Ya por la mañana, mi madre nos llevó al colegio. A mí me dejó en la puerta y vi cómo se alejaba con mi hermana de la mano. Yo me quedé parado frente a la puerta sin saber muy bien qué hacer. No me percaté de que se acercaba un hombre joven vestido con una sotana que le llegaba hasta los pies el cual, al llegar frente a mí me dijo con una amplia sonrisa:

—Tú debes ser Sebastián. Tu padre nos avisó de tu llegada. Soy el hermano Alfredo. Sígueme.

A mí no dejaba de sorprenderme la actitud de mi padre. Cada vez que sentía crecer en mi interior el rencor por su indiferencia, hacía algo que me provocaba remordimientos por pensar así de él. Internamente agradecí su gesto.

El Hermano Alfredo me precedió por unos pasillos atestados de alumnos que no paraban de hablar hasta que en momento determinado sonó un timbre que, como por arte de magia, consiguió que en pocos segundos cada uno entrara en silencio en su respectiva clase. El contraste del ruido de hacía unos minutos con el silencio que sobrevino me sobrecogió un poco, aunque al hermano Alfredo no pareció afectarle en lo más mínimo.

Por fin se paró frente a la puerta abierta de una de las clases del fondo del largo pasillo donde nos encontrábamos y sin cruzar el umbral dirigió su mirada hacia un hombre bajito y rechoncho que dirigía en aquellos momentos un Padrenuestro mientras sus alumnos permanecían de pie. Al finalizar la oración y después de que mis compañeros se sentaran en sus pupitres, aquel hombre miró alternativamente al Hermano y a mí como esperando que alguno de los dos dijera algo.

—Buenos días Don Marcelo. Este es Sebastián Sánchez Segura. Es nuevo. Viene de Salamanca —Mientras me presentaba, me empujaba suavemente hacia el interior de la clase y yo sentí las miradas curiosas de mis nuevos compañeros sin atreverme a mirar a ninguno de ellos a la cara.

—Pase usted Sr. Sánchez. Tiene un pupitre libre al fondo, al lado de la ventana.

Hice lo que me decía aquel hombre y con la cabeza gacha recorrí los escasos metros que me separaban de lo que iba a ser mi sitio durante aquel curso. Me sorprendió gratamente que no oí mientras pasaba las clásicas risitas a las que estaba acostumbrado y me invadió una vaga esperanza de que allí las cosas serían algo diferentes. Una vez acomodado y mientras mi profesor y el hermano intercambiaban unas palabras en la puerta del aula, me atreví a mirar alrededor y lo primero que vi fue a un chico que, a no ser porque era más alto y delgado, podría haber pasado tranquilamente por familiar de Paco. Me observaba con una sonrisa en los labios, pero no creí ver en ella ninguna burla, sino que más bien sentí una calidez mezclada con curiosidad que me hizo devolverle la sonrisa tímidamente.

El primer día de clase pasó sorprendentemente tranquilo para mí. No se podía decir que me sintiera totalmente a gusto, pero la experiencia no había sido tan dramática como yo había imaginado.

Al salir del colegio para regresar a casa, presencié una escena que vino a echar por tierra el optimismo que había conseguido. Cuando llevaba unos doscientos metros recorridos por la calle Venezuela, como así se llamaba la calle donde se ubicaba el colegio, vi en el otro lado de la misma como un hombre muy corpulento propinaba una paliza al chico que se sentaba a mi lado en clase y que me había sonreído al entrar yo en ella. El chaval indefenso, a pesar de que se asemejaba en corpulencia a su agresor, soportaba la paliza protegiendo su cabeza con los brazos, sin defenderse mientras su padre, eso supuse en aquel momento, no dejaba de gritarle mientras le pegaba. Finalmente, el hombre le hizo entrar en un destartalado coche que estaba aparcado y arrancando a toda velocidad los vi alejarse por la calle. Una negra sombra de pesar se instaló en mi pecho y cabizbajo recorrí el camino que me restaba hasta mi casa sin poder quitarme de la cabeza aquel episodio. No era capaz de entender cómo alguien podía hacer algo así y pensé que en el fondo era afortunado porque mis padres, a pesar de la indiferencia que demostraban conmigo, nunca habían traspasado el límite hasta llegar a aquella clase de maltrato.

Como era habitual, mis padres no se percataron de mi estado de ánimo. Además, se encontraban inmersos en una agria discusión en la que el nombre de Raquel, la secretaria de mi padre, sonó varias veces de boca de mi madre. Aduje un dolor de barriga para no tener que cenar con ellos aquella noche y me fui a la habitación a descansar. Para mi alegría, en la mesilla de la habitación encontré lo que haría que me olvidara inmediatamente de mis males de aquel día. Se trataba de una carta de mi abuela Raquel y era la primera que recibía desde que estábamos en Vigo. Le di vueltas al sobre observando regocijado la clara escritura de mi querida abuela. Abrí la carta y me instalé cómodamente en la cama para poder leerla tranquilamente.

La carta decía así:

«Querido Sebas,

Espero y deseo que estés bien. Aquí las cosas van como siempre. Ha empezado a refrescar por las noches y en el balcón ya no se está tan bien como en las tardes de verano, además, tengo un pequeño resfriado y no debo estar fuera mucho tiempo... órdenes de mi "veterinario".

Hace poco tiempo que os fuisteis, pero ya añoro tus visitas. Pero no te preocupes, he hablado con tu padre hace unos días por teléfono y me ha dicho que en Navidad vendréis a pasar las fiestas a Salamanca. Estoy deseando que lleguen. Me gustaría que me escribieras contándome cómo es Vigo y qué tal en tu colegio nuevo. Espero que no tengas los problemillas que tenías aquí con tus compañeros.

Estudia mucho cariño mío y no te preocupes si alguien se mete contigo; esas cosas pasan al final y ya verás como dentro de unos años te vas a reír y no le vas a dar ninguna importancia.

Me ha dicho una señora que compra en la misma tienda que yo, que Galicia es muy bonita y que todo está muy verde. Me encantaría poder ir de visita y que me enseñaras la ciudad. Espero poder ir el verano que viene.

Por cierto, la semana pasada me encontré con tu amigo Paco y me mandó recuerdos para ti. También me dijo que en breve te escribiría pues hasta ahora no había tenido tiempo. Yo creo que se debe a la chica que le acompañaba... para mí que es su novia. ¿tú sabias algo? Supongo que sí... Te lo habrá dicho. Bueno, el caso es que se le veía muy contento. Quería decírtelo pues supongo que te alegrarás mucho por él.

La semana que viene iré a Valladolid a visitar a tu tía al convento si mi resfriado me lo permite. Tengo muchas ganas de verla, además hace mucho que no voy allí y ya sabes lo que me gusta esa ciudad. ¿Ya os ha escrito Soraya? Me dijo que lo iba a hacer. Aunque no os lo haya dicho en la estación el día que os fuisteis, ella también se llevó una pena muy grande de que os marcharais, pero ya sabes lo comedida que es, además no quiso preocuparos más de lo que estabais ya todos. Creo que le haría mucha ilusión si le escribieras tú de vez en cuando...

¿Qué tal tu hermana y tus padres? Dile a tu hermana que la añoro. A tus padres diles... bueno dales un beso de mi parte.

Bueno cielo, ya me despido. Quiero que me escribas pronto. Yo por mi parte prometo hacerlo también. Cuídate mucho.

Tuya que te quiere.

Tu abuela Raquel.»

Me quedé dándole vueltas a la carta y la releí un par de veces más. Había dos cosas que me preocuparon un poco; la primera fue lo del resfriado de mi abuela. Que yo recordara, ella no había estado enferma nunca, cosa de la que presumía aduciendo que tenía una salud de hierro. La cuestión de que un médico le hubiese aconsejado reposo me provocó una vaga sensación de malestar, pero no quise preocuparme más de la cuenta. Decidí que le preguntaría más tarde a mi padre qué es lo que sabía al respecto. La segunda cosa, más que preocuparme, me hizo sentir una extraña sensación entre alegría y celos, si tal cosa era posible, al enterarme de la posibilidad de que Paco tuviera novia. Hacía poco tiempo que nos habíamos trasladado y jamás me había comentado nada de ninguna chica. Resolví que aquella misma noche le escribiría para preguntarle.

No me extrañó lo escueto del saludo a mis padres que hacía mi abuela en su carta a tenor por la relación algo fría que mantenían y yo egoístamente me alegré de ser el centro de atención de mi querida abuela. Lo que no me gustó fue que mi padre no me hubiese dicho nada de la llamada telefónica que mi abuela dijo haber realizado unos días atrás. No quise darle mayor importancia porque también sabía que no serviría de nada pues a buen seguro que, aunque se lo reprochara a mi padre, caerían en saco roto mis protestas; al fin y al cabo, conocía de sobra su forma de ser.

Mis padres ya habían terminado de cenar y se encontraban en el salón viendo la tele cuando fui a interrogar a mi padre sobre el estado de salud de mi abuela. Como era de esperar, no me preguntaron cómo me encontraba yo de mi dolor de barriga, pero no me importó pues lo que en aquel momento me preocupaba era ella.

—Papá, ¿sabes que la abuela está un poco enferma?

—No te preocupes Sebastián. Es sólo un resfriado — me contestó sin apartar la vista del televisor.

—Tú tranquilo que tienes abuela para rato —dijo mi madre—. Raquel es incombustible.

Hice oídos sordos al comentario en tono irónico de mi madre y, no muy convencido con las escuetas explicaciones de mi padre, pero pensando que no sacaría más en limpio de aquella conversación, volví a mi habitación para comenzar la carta para mi amigo Paco.

Las semanas siguientes transcurrieron bastante tranquilas. En la escuela no ocurrió nada especial, excepto por el hecho de que mi compañero de clase que había recibido la paliza a la salida el primer día en el colegio, no apareció más por allí. Como no tenía confianza con ninguno de mis compañeros no le pregunté a nadie sobre su paradero. Solo pude saber en aquel momento que su nombre era Tomás. Mi sorpresa fue mayúscula cuando, años más tarde y debido a una rara casualidad, coincidimos en Santiago de Compostela.

Los fines de semana, al no conocer a nadie en la ciudad, me dedicaba a recorrerla sólo armado en todo momento de mi callejero que ya empezaba a rasgarse debido al uso continuo que yo le daba. En casa las cosas seguían igual; misas diarias de mi madre, mi padre que cada vez llegaba más tarde a casa y mi hermana la cual, supongo que debido a su corta edad, se había acostumbrado plenamente a su nueva vida y era la única que daba un pequeño toque de alegría en la casa.

Por fin llegó el ansiado mes de diciembre y yo no veía el momento de que llegara el día 22, fecha señalada en principio para nuestro viaje a Salamanca. Mi hermana y yo comenzábamos las vacaciones de Navidad el día 21 y ese mismo día mi padre, según nos había dicho, se tomaría unos días de descanso hasta pasado el Primero de Año. Cuando ya se acercaba el día de nuestra partida, mi padre nos reunió a todos en el salón para darnos, según dijo, una noticia. Cuando entré en el salón acompañado de mi hermana, enseguida intuí que algo no marchaba bien. Mi madre tenía los ojos llorosos y mi padre mostraba un semblante muy serio. Enseguida me vino a la cabeza un terrible temor por si le había pasado algo a mi abuela, pero no era ese el motivo del estado de ánimo de mis padres.

—Hijos, siento deciros que no podré ir con vosotros a Salamanca. Han surgido unos problemas en el Banco y es necesario que me quede. Os iréis con vuestra madre. Los billetes de avión ya están preparados.

Yo emití un imperceptible suspiro de alivio el cual contrastó con el llanto que esta noticia produjo en mi hermana, la cual fue consolada inmediatamente por mi madre, que rompió a llorar de nuevo.

Mi padre, fiel a su forma de ser austera y parca en explicaciones, nos había soltado la noticia a bocajarro y no había dicho nada más. En realidad, a mí no es que me importara mucho su ausencia, pues lo que yo deseaba en realidad era poder ver a mi familia y a mi amigo Paco, aunque fuera tan solo unos pocos días. La que si me dio pena fue mi hermana pues sabía lo unida que estaba a mi padre. Este sentimiento nuevo de empatía hacia mi hermana me sorprendió un poco al principio... supongo que estaba madurando.

Llegó el ansiado día de nuestro regreso a Salamanca y el recuerdo que tengo de él es, por un lado, el nerviosismo debido a mi primer viaje en avión y por otro, la cara amargada de mi madre al despedirse fríamente de mi padre, quien acudió con nosotros al aeropuerto acompañado de su inseparable secretaria.

Llegamos a Salamanca y a pesar de la lluvia que caía en la ciudad del Tormes, yo me sentía feliz. Estaba previsto que nos alojáramos en casa de mi abuela Raquel, cosa que no le hacía ninguna gracia a mi madre, pero que nos entusiasmaba a mi hermana y a mí. Cuando llegamos yo me abalancé en los brazos de mi abuela, la cual me respondió de buena gana. En aquel momento no me percaté de la pérdida de peso que había sufrido durante los últimos meses, aunque este punto no pasó desapercibido a mi madre.

—Hola Raquel. Te encuentro algo desmejorada.

—Hola Catalina. ¿Cómo está tu marido? —respondió mi abuela haciendo caso omiso al comentario de su nuera.

—Muy liado. Ya sabes, el Banco le ocupa mucho tiempo.

—Si, ya me supongo que andará muy "liado". Un puesto tan importante requiere hacer grandes sacrificios. Por cierto. ¿Dónde va a pasar la Nochebuena?

Noté una creciente irritación en mi madre y aproveché el momento para intervenir en la conversación.

—Abuela, ¿puedo llamar por teléfono?

—Claro cielo. Supongo que tienes muchas ganas de ver a tu amigo —me dijo guiñándome un ojo.

Yo le sonreí y me dirigí a la salita a telefonear. Después de tres tonos escuché la voz de mi amigo.

—¿Ya estáis aquí? Genial. Quedamos dentro de media hora en la Plaza Mayor. Tengo muchas cosas que contarte.

—OK. Nos vemos allí.

Colgué el teléfono y regresé al salón donde mi abuela y mi madre continuaban su conversación mientras mi hermana jugaba con la muñeca que había traído desde Vigo y de la cual no se había separado en todo el viaje en avión.

—Mamá. Voy a salir

—Vale, pero no llegues muy tarde. Y abrígate que hace frío. Sólo me faltaba que te pusieras enfermo —dijo con un deje de fastidio en la voz.

Sin responder a mi madre, cogí mi abrigo del colgador y salí del piso en dirección al lugar donde me había citado con Paco. Me sentí feliz de estar de nuevo en mi ciudad. Las calles estaban atestadas de gente que apuraban las últimas compras antes de las fiestas y yo recorrí las calles observando los escaparates sin darme demasiada prisa y disfrutando de aquel momento. Además, conocía de sobras la poca puntualidad de mi amigo y decidí dar un rodeo para hacer tiempo, así que bordeé la Plaza Mayor en dirección a la Universidad Pontificia hasta llegar a las puertas de la Catedral. Me senté en un banco y disfruté de aquellos momentos de tranquilidad. Mis últimos meses en Vigo habían hecho que me acostumbrara a la soledad y tanto me estaba habituando a ella que a veces deseaba estar solo en el mundo sin nadie que me perturbara.

También había adquirido la costumbre de dejar volar la mente hasta el punto de que muchas veces, al volver de mis ensoñaciones, había perdido la noción del tiempo. Me ocurrió en aquella ocasión, lo que me obligó a correr hacia la Plaza donde había quedado con mi amigo. Sin embargo, y a pesar de que había pasado ya una media hora larga de la hora prevista para nuestro encuentro, Paco no había llegado todavía. Me senté en uno de los bancos de la Plaza, aunque no tuve que esperar mucho. Apareció de pronto por detrás de donde yo me encontraba y me dio un gran abrazo, al que yo, fiel a mi rígida forma de ser, no fui capaz de responder. Menos mal que, así como yo conocía el mal hábito de la impuntualidad de mi amigo, él también conocía mi frialdad en cuanto a las demostraciones afectuosas se refería.

Lo primero que me llamó la atención es que lo encontré más delgado y más alto. Yo en cambio, había ganado en kilos y eso me hizo sentir un poco incómodo. Él no pareció percatarse de esto y me sonreía abiertamente. En aquel momento deseé que se pudiera venir conmigo a Vigo y así poder enseñarle la ciudad y disfrutar de su compañía.

—Ven Sebas. Quiero que conozcas a alguien.

Como vio que yo no me movía de donde estaba y que me había quedado con cara de parvo, me repitió:

—Venga vamos. Date prisa.

Intuí que me quería presentar a su "amiga especial" como la había definido escuetamente en su última carta. Yo me había atrevido a interrogarlo sobre la chica con la cual lo había visto mi abuela, según me había dicho ésta en su carta, y me había sentido algo molesto de que no me diera más explicaciones en sus misivas posteriores. De pronto sentí una oleada de celos puesto que esperaba que pasáramos solos aquella tarde. Él debió notar algo porque se puso serio, aunque no por esto dejó de andar hasta una de las mesas de uno de los cafés de la Plaza.

Lo primero que me llamó la atención de Inés, que así se llamaba ella, fue su amplia sonrisa y su larga cabellera negra. Estaba sentada en una de las mesas del café y se arrebujaba en un elegante abrigo de color camel cuyo cuello sujetaba con las manos ocultando en parte su cara para protegerla de las gélidas temperaturas de aquel frío mes de diciembre. Mientras nos acercábamos, noté que me observaba con una mirada entre divertida y curiosa, la cual a mí me pareció maravillosa. Me gustó Inés desde el primer instante que la vi y supe que inevitablemente, a partir de aquel momento se abriría una brecha en la amistad entre Paco y yo que sería muy difícil de sortear.

—Sebas, te presento a Inés. Inés, este es mi amigo Sebas.

—Hola Sebas. Tenía muchas ganas de conocerte. Paco no deja de hablar de ti. A veces pienso que te prefiere a ti que a mí —me dijo lanzándole un guiño a mi amigo, el cual, sonriendo le asestó un beso en la boca que me hizo sonrojar de celos. Afortunadamente para mí, aquel sonrojo pasó desapercibido para mi amigo pues no dio muestras de haberse dado cuenta de los sentimientos que acababan de nacer en mi interior.

La tarde que había planeado con Paco no fue ni de lejos lo que yo había pensado. Paseamos por los alrededores de la catedral mientras mi amigo me contaba anécdotas vividas durante aquellos meses mientras Inés nos miraba con aquella sonrisa que a mí me desarmaba. Quería a mi amigo por lo que había sido y a la vez lo odiaba por lo que tenía y yo deseaba. Jamás me había sentido de aquella manera y rogaba para que aquella tarde no terminara nunca. Por momentos me imaginaba que Paco se iba y que yo me quedaba acompañando a Inés a su casa, pero de pronto la cruda realidad se me aparecía y enfriaba mi ánimo hasta el punto de que me hacía estremecer. En algunos momentos se buscaban tímidamente las manos y las entrelazaban mientras a mí se me partía el alma.

Sin poder soportarlo más y a pesar de que deseaba quedarme un rato más, me despedí de ellos alegando un recado que tenía que hacer para mi madre. Ella me volvió a besar y Paco me dio uno de sus cálidos abrazos que, en aquella ocasión me dolió como si lo estuviera traicionando. Apuré el paso sin atreverme a mirar atrás mientras unas amargas lágrimas se empezaron a formar en mis ojos. Vagué por la ciudad maldiciendo la mala fortuna que me había condenado a ser testigo del amor de mi mejor amigo con la mujer de la que me había enamorado perdidamente hacía unas horas sólo con verla.

A mis 16 años recién cumplidos, fue la primera vez que me enamoré. Es cierto que me habían llamado la atención en otras ocasiones algunas chicas, pero nunca de aquella manera y los sentimientos nuevos que aquello me produjo, mezcla de euforia y nostalgia, se instalaron definitivamente en mi corazón. Creo que nunca llegué a querer a nadie como quise a Inés, de hecho, en mis posteriores relaciones siempre había algo que no me permitía dar todo de mí. Es como si atesorara aquel primer sentimiento en el fondo de mi alma y no quisiera mancillar su recuerdo con nadie.

Aquella tarde, víspera de Nochebuena, regresé a casa de mi abuela cabizbajo y hundido, sintiéndome muy pequeño y sólo. Aquel estado de ánimo no pasó desapercibido para mi abuela, la cual, en cuanto tuvo ocasión y llevándome a un rincón de la cocina me pidió que le contara lo que me pasaba.

—No pasa nada abuela. No te preocupes.

—Cariño no me mientas —me dijo dulcemente—. Sé que te pasa algo grave. ¿Has discutido con tu amigo?

—No abuela, de verdad, no te preocupes.

Pero ya las lágrimas volvían a mis ojos y a pesar de mis esfuerzos por contenerlas no pude evitar que rodaran por mis mejillas a la vez que emitía un suspiro, el cual al parecer le dio la clave a mi abuela para intuir lo que me pasaba.

—¿Es por alguna chica? Si quieres no me lo cuentes, pero es que no quiero que sufras así.

De pronto y sin poder aguantar más, le relaté a mi abuela entre sollozos los acontecimientos de aquella tarde. Lo que no le conté fue lo del sentimiento de odio que en un momento dado albergué hacia mi querido amigo, aunque presentí que ella ya se había dado cuenta. Se quedó un rato pensativa mientras con sus manos cogía las mías y me las acariciaba suavemente.

—Es complicado cielo. A ningún chico de tu edad le debería pasar una cosa así, pero las cosas vienen a veces sin esperarlas. Mira. Tienes que sobreponerte y pensar en tu amigo. Una cosa así puede echar al traste vuestra amistad y tienes que meditar profundamente sobre ello. Sé lo que significa enamorarse perdidamente y que muchas veces está fuera de nuestro control —después de decirme esto se quedó callada un momento mientras miraba pensativamente por la ventana.

—Ya lo sé abuela, pero como tú dices, no lo puedo controlar. Lo intenté durante toda la tarde sin conseguirlo.

—Hijo, sé que es duro, pero en primer lugar tienes que empezar por aceptarlo. Dale tiempo a ver qué ocurre, pero sobre todo, que tu amigo no se entere de lo que te pasa y respétalo.

Mi abuela me dijo esto último con el semblante muy serio, como no la había visto nunca. Sospeché que ella también había pasado por algo parecido en su juventud, aunque no me atreví a preguntárselo.

Aquella Nochebuena pasó sin pena ni gloria. Cenamos solos mi abuela, mi madre mi hermana y yo, pues la tía Silvia, a la cual había invitado mi abuela Raquel, se había ido finalmente a cenar a casa de su novio de turno, tal como dijo mi madre con desprecio.

Los días siguientes pasaron monótonos y no volví a ver a Paco hasta la víspera de Año Nuevo pues se había ido a casa de sus abuelos en Béjar. No pudimos pasar mucho tiempo juntos debido a que a media tarde se encontró mal y regresó a su casa. No llegamos a hablar de nada importante y yo evité hacerle preguntas sobre Inés para que no notara nada.

Regresamos a Vigo el día 3 de enero y yo volví a sentir la tristeza que sufría normalmente todos los inicios de año, solo que esta vez acrecentada por los acontecimientos vividos en Salamanca y por estar de nuevo lejos de los míos.

Las cartas que nos escribimos a partir de entonces Paco y yo comenzaron a estar cada vez más distantes en el tiempo y lo que nos contábamos era cada vez más trivial. Daba la impresión que, en lugar de estar leyendo una carta de un ser querido, estuviéramos leyendo un parte de noticias. En una de aquellas cartas Paco me envió una fotografía en la que estaba también Inés. En un arranque de celos corté la foto por la parte donde estaba él y conservé en mi mesita de noche la parte donde aparecía ella. Miraba aquella foto todos los días, sobre todo después de acostarme y durante horas, hasta el punto que fui capaz de memorizar cada ángulo de su anatomía. Sólo deseaba poder volver cuanto antes a

Salamanca, pero ya no pensaba en ver a Paco, incluso mi abuela Raquel había pasado a segundo plano. Lo único que deseaba fervientemente era poder estar con Inés una tarde más.

Regresaría a Salamanca antes de lo que esperaba, pero no en las circunstancias que yo había pensado, sino por un motivo mucho más terrible para mí.

CAPITULO 3

Aquella tarde de finales del mes de febrero de 1981 me encontraba en el colegio soportando una tediosa clase de matemáticas cuando de pronto entró en el aula el hermano Alfredo. Tuve la extraña impresión de que algo malo había pasado cuando, acercándose hacia donde estaba mi profesor, le susurró algo al oído sin dejar de mirar para mí con cara seria. Mis sospechas se verían confirmadas cuando mi maestro me dijo que cogiera mis cosas y que acompañara al hermano.

Salí de la clase y el hermano, que no me dijo nada durante el trayecto, me condujo hasta el despacho del director. Mi sorpresa fue mayúscula cuando encontré allí a mi padre y a mi madre sentados en sendas butacas frente a la mesa que presidía el despacho. Mi padre se levantó al cruzar yo la puerta y, poniendo sus manos sobre mis hombros me dijo con su estilo escueto:

—Sebastián. Tu abuela Raquel está muy enferma. Nos vamos inmediatamente a Salamanca. Ya he hablado con el director y recuperarás las clases a nuestro regreso.

—¿Qué le pasa a la abuela? —Negros presentimientos se cruzaban en mi mente, pero yo tenía miedo de expresarlos.

—Está en el hospital con neumonía. Ella y su maldita manía de salir al balcón y al final ya ves lo que pasa — intervino mi madre.

La odié profundamente en aquel momento. Parecía como si algo tan dramático para mí no fuera para ella más que un fastidio por tener que hacer el viaje hasta Salamanca. Debido a que ni el lugar ni las circunstancias eran las adecuadas, me abstuve de decirle nada a pesar de que el rencor, tanto tiempo acumulado, pugnaba por salir en tromba de mi interior.

Nos marchamos en el primer vuelo que salía para Salamanca y llegamos al aeropuerto una tarde gris y lluviosa. Recuerdo que durante el trayecto en avión nadie dijo nada; mi padre permanecía taciturno con la mirada perdida y sumido en sus pensamientos mientras mi madre y mi hermana dormitaban en sus respectivos asientos. Yo, mientras tanto, no paraba de revolverme en mi asiento y miraba constantemente el reloj en un vano intento de que las horas pasaran más rápido y así poder estar ya en Salamanca y ver a mi abuela. En la terminal del aeropuerto ya nos estaba esperando mi tío Alonso el cual se abrazó a mi padre en cuanto nos vio. Tenía la cara muy seria y adiviné por sus profundas ojeras que llevaba mucho tiempo sin dormir. Fuimos directamente al hospital y, una vez allí, mi padre nos pidió a mi hermana y a mí que esperáramos en la recepción hasta que nos vinieran a buscar. Vi alejarse por un largo y aséptico pasillo a mis padres mientras la angustia se instalaba de nuevo en mi pecho. Después de lo que a mí me parecieron horas, apareció mi madre la cual me dijo:

—Vete por este pasillo. Es la última habitación a la izquierda. Yo me quedo aquí con tu hermana.

Mientras emprendía el camino por aquel pasillo me temblaban las piernas y sentía miedo por lo que me iba a encontrar en la habitación. Golpeé tímidamente la puerta con los nudillos y oí la voz de mi padre animándome a pasar.

Mi querida abuela se encontraba postrada en una cama y estaba terriblemente pálida. Tenía el pelo despeinado y sus gafas reposaban en la pequeña mesilla al lado de la cama. Tenía un suero conectado en su brazo derecho y una mascarilla de oxígeno amarrada a su boca impedía que viera su cara tan amada. Estaba con los ojos cerrados y permanecía muy quieta. Sólo el sonido monótono y rítmico de una máquina nos avisaba que su corazón seguía latiendo. Aún en mis más negros presagios no me había imaginado verla en aquel estado y me puse a llorar en silencio.

—Sebas. Procura contenerte ahora. Tu abuela necesita verte bien. No le conviene ningún disgusto —me dijo mi padre en un susurro mientras me acariciaba el pelo con su mano.

Yo me sequé la cara con la manga del jersey e hice un gran esfuerzo para que las lágrimas dejaran de brotar mientras me acercaba tímidamente al borde de la cama. Mi abuela, como presintiendo mi presencia, abrió en aquel momento los ojos y yo creí adivinar una leve sonrisa por debajo de aquella horrible mascarilla, la cual intentó quitarse con la mano que tenía libre. Mi padre no dejó que lo hiciera y ella, debido a su debilidad no protestó y no lo intentó más. Solo me miró con sus ojos claros y con su mirada me dijo todo.

—Abuelita. ¿Cómo estás? No te preocupes; dentro de pocos días estarás de nuevo en casa. Tengo ganas de que me hagas uno de tus chocolates calientes y que charlemos de nuestras cosas.

Mi abuela me miraba fijamente y una furtiva lágrima resbaló por su mejilla, lo que provocó que yo rompiera a llorar de nuevo sin poder evitarlo. En aquel momento mi padre, poniendo una mano en mi hombro me dijo que saliera porque la abuela tenía que descansar.

Cuando llegué a donde me estaban esperando mi hermana y mi madre no pude aguantar más y me puse a llorar desconsoladamente mientras mi hermana, que no entendía muy bien lo que pasaba, intentaba consolarme mientras me cogía las manos entre las suyas.

—Vamos Sebastián. Reponte un poco que te está mirando la gente —dijo mi madre abruptamente.

No tuve fuerzas para replicarle y sentí en mi pecho el dolor de la incomprensión y la soledad como no lo había sentido nunca. Creo que fue a partir de aquel momento que la brecha que me separaba de ella se hizo definitivamente infranqueable y perduró muchos años después.

Aquel día lo pasamos en casa de mi abuela. A mí se me hacía muy extraño estar allí sin mi abuela y sentía como si estuviéramos mancillando su intimidad. Mi padre se quedó a pasar la noche en el hospital adonde habían acudido mis otros tíos. Yo me acosté vestido en la cama de mi abuela y ni que decir tiene que casi no pegué ojo en toda la noche. Me asaltaron terribles pesadillas durante los escasos momentos en que el cansancio me hacía doblegar y lograba dormir algo. En estas pesadillas me encontraba en medio de un bosque amenazador a donde llegaba el eco de la voz de mi abuela pidiendo ayuda, pero yo, atenazado por el frío y el miedo no era capaz de moverme mientras mi madre me observaba apoyada en un árbol con una mirada desprovista de emociones.

Eran alrededor de las ocho de la mañana cuando sentí que se abría la puerta de casa e inmediatamente me levanté y fui hasta el salón. Allí estaban mi padre y mis tíos. No vi a mi madre. Mi padre, con los ojos rojos, se acercó hasta mí. En el fondo de mi alma sabía lo que había pasado, pero me negaba a creerlo.

—Sebas hijo. Tu abuela Raquel ha muerto.

Yo me derrumbé definitivamente y me dejé caer al suelo mientras mi padre se agachaba y me abrazaba fuertemente mientras yo sollozaba desconsolado.

Era 23 de febrero y el eco de las noticias sobre el golpe de estado en el Congreso de los Diputados llegaba a mí como en un oscuro sueño. Al igual que a la gran mayoría de españoles de mi generación, aquella dramática y convulsa fecha perduró largo tiempo en mi memoria, aunque en mi caso fue por motivos muy diferentes.

Recuerdo los dos días siguientes como unos de los más tristes de mi vida. El continuo trasiego de gente que acudía a la sala del velatorio para darnos el pésame, la profunda y sincera tristeza de mi padre y mis tíos, los llantos de la gente la mayoría de los cuales eran de cortesía y la impersonal letanía del sacerdote que ofició el funeral hicieron que yo me sumiera en un intenso mutismo que fue respetado por casi todos aquellos que conocían la estrecha relación que siempre había tenido con mi abuela. Ni siquiera mi madre, que me tenía acostumbrado a su frialdad, se atrevió a decirme nada y fue una de las pocas cosas a lo largo de mi vida por las que siento un atisbo de gratitud hacia ella.

El día del entierro caía una lluvia fría en el cementerio. Por los lados del féretro dónde descansaba mi abuela resbalaban las gotas de agua. Imaginaba que si fuera un pájaro podría ver desde las alturas la negra mancha formada por la multitud de paraguas negros desplegada por los asistentes al último adiós de la difunta, pero seguiría mi camino sin darle mayor importancia. Pensaba que ojalá fuera un pájaro para poder escapar de aquella realidad que me había tocado vivir. El seco y lúgubre sonido de la paleta del albañil mientras colocaba la losa y la sellaba con cemento contrastaba con el respetuoso silencio de las personas congregadas. Cuando ya toda la gente se había alejado en dirección a la entrada del Camposanto, yo me acerqué a la tumba de mi abuela y tocando la losa cerré los ojos mientras imaginaba que le daba un abrazo como tantas veces hacía con ella y me despedí con la convicción de que nada volvería a ser igual desde aquel momento.

Mi amigo Paco, el cual había acudido con sus padres, se acercó a mí y asiéndome por los hombros me acompañó sin decirme nada hasta la salida.

Me dejé arrastrar hasta un bar que había en la calle Federico Anaya, cerca del acuartelamiento militar de «El Charro» donde solíamos ir de vez en cuando. Paco pidió dos cafés y los tomamos en silencio. En un momento dado él comenzó a hablar.

—Venga amigo. Trata de reponerte un poco. No me gusta verte así. Imagino que es muy duro para ti, pero tienes que tratar de animarte un poco.

Yo permanecí callado pues no lograba que me salieran las palabras.

—¿Cuándo os volvéis para Vigo? —Mi amigo trataba amablemente de desviar un poco la atención.

—Creo que pasado mañana en el primer avión de la tarde —dije yo al fin.

—Bueno. Creo que no te vendrá mal volver a la rutina de todos los días.

—Es cierto —le dije no muy convencido—. Por cierto... ¿Qué tal Inés?

A paco le cambió el semblante y sonrió. No sé si fue porque yo al fin daba muestras de estar algo repuesto o por nombrarle a su novia.

—Muy bien. No pudo venir al entierro porque está con sus padres en Peñaranda pasando unos días. Pero te manda su pésame.

—Cuando hables con ella dale las gracias. Me cayó muy bien.

—Si, es estupenda ¿verdad? Realmente me gusta mucho y me lo paso muy bien con ella.

Nos quedamos callados otro rato sumidos cada uno en nuestros pensamientos. Yo pensaba en mi abuela y en Inés, pero me sentía mal porque me parecía muy egoísta por mi parte pensar en aquella chica con mi abuela recién enterrada, pero no podía evitarlo. De pronto Paco me dijo algo que me dejó helado.

—Sebas... ya sé que te gusta Inés. Me di cuenta el día que la conociste.

Me dijo esto tranquilamente sin ninguna sombra de reproche en su tono y esto me hizo sentir aún peor. Yo bajé la cabeza y no me molesté en mentirle sorprendido una vez más de su perspicacia.

—No sé qué decirte...

—No quiero que digas nada… solo necesitaba que lo supieras. Sé que no es el momento más adecuado, pero no quería decírtelo por carta, y como te vas tan pronto...

Regresamos en silencio a casa. Él me acompañó hasta el portal de la casa de mi abuela, aunque esta vez no me dio su acostumbrado abrazo. Fue una despedida triste y algo fría, aunque entendí a mi amigo. Definitivamente, Inés, sin proponérselo había creado un muro entre Paco y yo.

Dos días después llegamos a Vigo. Tanto mi hermana como yo retomamos nuestras clases el lunes siguiente, al igual que mi padre el cual volvió a su rutina de siempre en el Banco. Los meses siguientes pasaron monótonos e insulsos y una opresiva melancolía se adueñó de la casa y de todos sus habitantes.

En casa no hablábamos de la abuela casi nunca. Solamente la nombraba mi padre cuando se trataba de algún asunto práctico como cuando decidieron la venta de su casa de Salamanca. Aquello me provocó una cierta nostalgia, pero a mí ya no me quedaba más pena para preocuparme en exceso; ya había tocado fondo y no cabía más tristeza en mi corazón.

A finales de mayo nos mudamos a una casa en el barrio de la Soledad, en la ladera del monte de El Castro. No estaba muy lejos del piso donde vivíamos y esto me agradó. Se trataba de un chalet de dos plantas y un sótano y desde el cual se podía admirar la vista del puerto, así como de parte de la costa del Morrazo, al otro lado de la Ría. Además, en los días claros que no había niebla, se podían admirar en todo su esplendor las Islas Cíes, en la entrada a la Ría de Vigo. Me gustó la casa en cuanto la vi. La proximidad con El Castro, unido a las maravillosas vistas hicieron que se me levantara un poco el ánimo. Cerca de allí se encontraba la Iglesia de La Soledad construida con un estilo neoclasicista a la cual se hizo inmediatamente asidua mi madre.

Yo retomé mi afición a recorrer las diferentes partes de la ciudad y llegué a admirar la amabilidad de sus gentes y la tranquilidad de sus rincones. Me agradaba especialmente El Castro, con sus magníficas vistas desde lo alto de su imponente fortaleza, ahora cercenada por el crecimiento algo caótico de la ciudad en las últimas décadas. Situado en pleno centro de la villa, este parque funcionaba como un pulmón natural que aportaba una buena dosis de oxígeno a una ciudad en continua expansión. En una de sus laderas, cerca del barrio donde vivíamos, se encontraba un yacimiento arqueológico celta. Se trataba de varias construcciones castreñas conservadas en muy mal estado. Al parecer, no eran lo suficientemente importantes para la corporación municipal y permanecían olvidadas y sumidas en un abandono total. A mí me gustaba acercarme hasta allí y solía sentarme en la hierba a contemplarlas. Otras veces llevaba un libro y pasaba las horas entregado a la lectura hasta que la noche y la escasa iluminación del lugar hacían que tuviera que regresar a casa. Hoy en día y afortunadamente, este yacimiento se encuentra recuperado y es un lugar de obligada visita para los turistas que se acercan a la ciudad, aunque debido a esto para mí perdió algo del encanto y el misterio que tenía en sus tiempos de abandono.

CAPITULO 4

Llegó por fin el verano y el curso escolar tocaba a su fin. Yo estaba algo apenado porque mis padres no habían previsto ir de vacaciones a Salamanca, aunque para mí ya no era lo mismo después de la muerte de mi abuela y el enfriamiento de mi amistad con Paco. Ansiaba poder ver otra vez a Inés, pero sabía que verla acompañada de Paco me provocaría mucho sufrimiento y no ir a Salamanca me ahorraría este dolor. Mi padre, para compensarnos un poco, alquiló un apartamento en la zona del Morrazo, al otro lado de la Ría de Vigo, en una playa llamada Limens, a donde nos trasladamos para pasar el mes de agosto. Eso me dio la oportunidad de conocer otros lugares pues, aunque llevábamos ya casi un año viviendo en Vigo, nunca había tenido la oportunidad de salir de sus alrededores. Las playas paradisíacas que encontré en aquella zona me subyugaron de tal forma que hicieron que olvidara temporalmente mis aflicciones y los largos paseos de descubrimiento que realizaba casi todos los días tenían la capacidad de apaciguar mi maltrecho estado de ánimo. Muchas de las calas que encontré eran prácticamente inaccesibles y esto les confería una tranquilidad inestimable para mí además de que, por este motivo, se encontraban libres de la muchedumbre que atestaba las playas más populares, así como de los desperdicios que abandonaba la gente en ellas. Solamente la visión al otro lado de la Ría de la imponente ciudad de Vigo evitaba que imaginara que me encontraba en una playa exótica de una isla desierta. Afortunadamente, mis padres no le ponían límites a mi afición a las excursiones solitarias (en el fondo creo que no les interesaba mucho lo que yo hacía en ningún aspecto) y podía dedicarme con total libertad a aquello que más placer me daba.

Mi padre no se tomó vacaciones aquel verano aduciendo que había mucho trabajo en el Banco y que era imprescindible que estuviera en su puesto todos los días. Habitualmente se marchaba muy temprano del apartamento y regresaba al final del día, pero en otras ocasiones se quedaba a pernoctar en nuestra casa de Vigo lo cual ponía de muy mal humor a mi madre. Recuerdo la mañana de un sábado en la mitad del mes de agosto en que mi padre, después de una de aquellas noches en que no pasó la noche en el apartamento, apareció con su secretaria en la playa donde nos encontrábamos mi madre mi hermana y yo. La cara de mi madre cuando los vio llegar cambió radicalmente. Mi padre había invitado a Raquel a pasar el fin de semana con la excusa, según dijo, de que así también prepararían una reunión muy importante que tendrían el lunes siguiente. Tanto a mi hermana como a mí, el cambio de rutina que suponía su visita unido al aprecio que le teníamos a la secretaria de mi padre, nos alegró sobremanera.

Cuando llegaron a la playa y se pusieron en bañador pude apreciar en todo su esplendor la belleza de aquella chica. En aquella edad en que yo comenzaba a tener las hormonas revolucionadas, la vista de aquel cuerpo moreno y delgado cubierto con un minúsculo bikini me trajo unas sensaciones nuevas que yo, avergonzado, me esforcé en ocultar a los ojos de los demás.

—Bueno chicos. ¿Nos damos un baño? —Sin esperar una respuesta, Raquel se fue corriendo hacia la orilla de la playa, momento que aprovechó mi madre para recriminar a mi padre.

—¿Por qué has tenido que traerla? ¿Acaso no te llega con estar con ella todos los días de la semana? Además, mira que bañador trae. Es vergonzoso; está casi desnuda.

—No seas exagerada mujer; Además, tengo derecho a traer a mi casa a quien estime oportuno —Dicho esto, mi padre corrió hasta la orilla del mar, a donde ya se había ido mi hermana y se tiró de cabeza al agua acción que fue aplaudida tanto por mi hermana como por Raquel.

Mi madre se levantó hecha una furia y enfiló el camino al apartamento sin decirme nada. Yo me quedé un rato en la toalla y por fin me decidí a seguir a los que estaban ya en el agua. Raquel resultó ser una excelente compañera de juegos acuáticos y se pasó el rato tratando de hundirnos en el agua para gran disfrute de mi hermana la cual no paraba de chillar cada vez que Raquel se acercaba a ella. En uno de aquellos momentos en que trataba de hundirme a mí y para evitar que lo consiguiera, agarré sin querer uno de sus voluptuosos pechos y no pude evitar separar el sujetador dejando al descubierto uno de sus senos. Inmediatamente mi cara se puso roja y balbuceé unas disculpas mientras sentía una hinchazón en mi bajo vientre, la cual, afortunadamente no fue detectada por los presentes gracias a que nos encontrábamos cubiertos por el agua a la altura de nuestra cintura.

—No te preocupes Sebas. No pasa nada —me respondió Raquel mientras se recolocaba el bikini como si nada malo hubiese pasado.

Azorado, nadé mar adentro sin poder quitarme de la cabeza la visión de aquel pecho desnudo y sintiendo aún su calidez en mi mano. Pensé que menos mal que mi madre no había sido testigo de aquel suceso pues a buen seguro que me habría obligado a acompañarla a misa y a confesarme para purgar mi supuesta falta.

A la hora de comer y repuesto ya del suceso acaecido en la playa, no dejé de sorprenderme de la animada charla de que hizo gala mi padre. Acostumbrados como estábamos a sus pocas palabras, mi hermana y yo lo mirábamos embelesados y deseando que fuera así más a menudo. Mi madre se comportó de una forma muy poco correcta luciendo una cara de fastidio que a buen seguro no escapó a la atención de Raquel, aunque en ningún momento dio muestras de ello.

Pasamos la tarde paseando por Cangas. Mi madre no nos acompañó alegando que tenía que arreglar la casa y yo me alegré de que no viniera con nosotros. Realmente disfruté de aquella tarde y sentí un atisbo de felicidad que hacía tiempo que no sentía. Pensaba que realmente no me importaría que aquella chica ocupara el sitio de mi madre y así poder disfrutar de su alegre compañía y del carácter más abierto que al parecer provocaba en mi padre. Lo siento por mi madre, pero no sentí en aquel momento ningún remordimiento por aquellos pensamientos que se me venían a la cabeza.

Ya por la noche después de cenar, bajé a la playa a buscar uno de aquellos momentos de soledad a los que estaba tan acostumbrado. No esperaba encontrar allí a nadie, pero mientras me adentraba en la oscuridad del arenal, descubrí que Raquel estaba sentada en la arena cerca de la orilla. Lucía un ligero vestido blanco que realzaba su estilizada silueta y alternaba caladas a un "Ducados" con pequeños sorbos de un botellín de cerveza mientras observaba ensimismada el hipnótico flujo de la marea. Dudé un momento si interrumpir sus pensamientos y ya me había decido a marcharme hacia otro lugar de la playa cuando, supongo que presintiendo mi presencia, giró la cabeza y me hizo gestos para que me acercara. Me encaminé a donde se encontraba mientras observaba embelesado el leve movimiento de su larga melena agitado por la agradable brisa que soplaba aquella cálida noche.

—Realmente es un sitio maravilloso —dijo cuando me hube instalado a su lado—. Cuando era niña solía venir a esta playa con mis padres todos los domingos de verano. Hacía mucho tiempo que no venía. Le estoy muy agradecida a tu padre de que me haya invitado.

A mí no se me escapó la ausencia de referencias a mi madre en el agradecimiento de la chica, aunque tampoco me sorprendió.

—Sí. Realmente es un sitio maravilloso —me sentí como un idiota por no ser capaz de decir nada más inteligente y de haber repetido el comentario de ella.

—¿Qué tal en el colegio? Ya pronto irás a la Universidad, ¿no? ¿Ya sabes lo que vas a estudiar?

—Me gusta la carrera de Geografía e Historia —dije.

—Me gusta la historia, aunque creo que no tiene mucha salida. ¿Irás a Santiago?

—Espero que sí. Esa es mi intención —le contesté contento de compartir mi afición con ella—. Aunque la última palabra la tienen mis padres.

—Si quieres yo puedo hablar con tu padre. Yo estudié allí y te puedo recomendar algunos pisos de estudiantes que están muy bien.

—Gracias. Te lo agradezco. Aunque creo que a la que hay que convencer es a mi madre.

Ante este último comentario por mi parte ella no dijo nada y se limitó a darle una última calada al pitillo lo que acompañó con un nuevo sorbo a su cerveza.

—Bueno. ¿Y qué me cuentas de las chicas? ¿Tienes novia?

A mi aquella pregunta me cogió desprevenido e inconscientemente se me vino a la cabeza la imagen de Inés. A ella al parecer no se le escapó mi azoramiento pues dijo:

—Lo siento. No pretendía incomodarte...

—No lo has hecho. No te preocupes —evité sacar el tema de mis sentimientos por Inés pues, al fin y al cabo, yo no la conocía tanto como para hablarle de esas cosas. Además, me resultaba aún muy doloroso y no quería estropear el momento.

En aquel instante apareció mi padre.

—Estáis aquí. Te estaba buscando Raquel. Por favor, ven conmigo que tengo que comentarte unas cosas del informe que me presentaste ayer.

Los vi alejarse por la orilla de la playa y a mí me pareció que más que jefe y empleada eran dos novios dando un romántico paseo a la luz de la luna. Por un momento sentí celos de mi padre y regresé al apartamento sumido en mis pensamientos.

Aquella noche soñé que me encontraba en una playa rodeada de palmeras acompañado de Inés, la cual se encontraba con los pechos descubiertos mientras yo la contemplaba embelesado. Por la mañana me desperté sudando e inmediatamente traté de borrar las huellas que mi turbador sueño me había provocado antes de acudir al comedor a desayunar.

El domingo pasó casi prácticamente como el sábado: playa por la mañana y paseo por la tarde, hasta que alrededor de las ocho Raquel y mi padre se dispusieron a partir hacia Vigo. Por la noche durante la cena, acompañado de mi hermana y mi madre sentí de nuevo un vacío por lo que me acosté temprano para evitar caer de nuevo en uno de mis habituales momentos de ansiedad que tanta angustia me provocaban. Mi padre no regresó hasta el miércoles siguiente y nosotros tuvimos que soportar el mal humor de mi madre debido a lo cual yo traté de alejarme lo más posible de ella. Lo siento por mi hermana pues, debido a su corta edad, era la que tenía que estar con ella y sufrir continuamente su estado de ánimo. En aquellos momentos no pensaba en ella de esta forma, pero hoy en día me doy cuenta de lo mucho que tuvo que haber sufrido a consecuencia de los habituales accesos de ira de mi madre y su personalidad paranoica y esto me llena de pesar y remordimiento. A veces pienso que yo podía haber hecho algo para evitar que mi hermana se convirtiera en lo que es hoy; una persona triste que ve pasar la vida sabiendo que esta le puede ofrecer algo más que un gris matrimonio y un trabajo alienante, pero sin tener las fuerzas suficientes para cambiarla.

El resto del verano fue pasando sin mayores novedades y ya a principios de septiembre regresamos a Vigo. Pronto comenzaría el C.O.U. y la perspectiva de marcharme al año siguiente lejos de mis padres hizo que viera un poco de luz en mi vida y que me hiciera el firme propósito de estudiar duramente para sacar el curso y la selectividad. Para sorpresa de mis padres, desde los primeros meses de clase me dediqué a adoptar una férrea rutina de trabajo e incluso sacrifiqué mis salidas por la ciudad las cuales limité a los sábados por la tarde. En una ocasión escuché a mi padre que le decía a mi madre que parecía que yo estaba madurando y cogiendo sentido a lo que mi madre, fiel a su indiferencia frente a todo lo que a mí se refería, emitió un bufido y siguió con lo suyo. Lo que no sabían era la motivación que yo tenía para comportarme de aquel modo.

Debió ser por aquella aparente madurez recién adquirida que en la Semana Santa siguiente mis padres me permitieron ir solo a Salamanca después de que se lo pidiera, no muy convencido de que me dejaran varias semanas antes. Puede extrañar que quisiera regresar a mi ciudad natal, pero después de aquellas Navidades, fechas que no pasamos en Salamanca aquel año, empecé a sentir que si no iba comenzaría a perder los lazos con aquella ciudad y me resistía a ello, así que un día me decidí a pedírselo. Por supuesto que pensaba en el reencuentro con Paco y mi idolatrada Inés, pero en cierto modo, había conseguido dominar mis antiguos sentimientos y añoraba realmente ver a mi amigo. Necesitaba verlo y recuperar nuestra maltrecha amistad. No es que dejara de amar a Inés, pero quizás las últimas recomendaciones que me había dado mi abuela meses antes de morir habían surtido efecto en mí y era capaz de ver la insensatez de culpar a Paco de mis sentimientos hacia su novia.

Las últimas noticias que había tenido de él se limitaban a un escueto christmas que recibí en Navidad en el cual no hacía mención de Inés, cosa que me extrañó en su momento, pero a lo que no le volví a dar importancia. Yo le había contestado con una breve carta en la cual, en un claro intento de lograr un acercamiento, le contaba los acontecimientos pasados en mis vacaciones de verano. No obtuve respuesta a mi carta lo que me dejó un poco decepcionado. La razón del mutismo de mi antiguo amigo no tardaría en conocerla.

Llegué a Salamanca el sábado anterior al Domingo de Ramos. Muy a mi pesar, mi madre había insistido, o más bien había condicionado mi viaje a que me alojara en casa de mis abuelos maternos, cosa que no me hacía mucha gracia, no porque no los apreciara sino porque nunca había tenido mucha relación con ellos y me había hecho la idea de pasar las vacaciones en algún hotel y así comenzar a probar el dulce sabor de la independencia.

Esperaba encontrar en la terminal del aeropuerto a mis abuelos, pero cuál sería mi sorpresa al ver que era mi tía Silvia la que había acudido a recogerme. Sólo había pasado algo más de un año desde que la viera por última vez en el funeral de mi abuela y me sorprendí a mí mismo viéndola con ojos diferentes. Sentí por un lado la alegría de verla y por otro una extraña incomodidad pues en lugar de mirarla como a un familiar me descubrí a mí mismo recorriendo su agraciada anatomía sin poder evitar admirar la belleza casi salvaje de que hacía gala. Afortunadamente ella no pareció darse cuenta de ello y se limitó a darme un fuerte abrazo y un sonoro beso en la mejilla lo que contribuyó a aumentar mi turbación.

—Por fin estás aquí. ¿Qué tal el viaje? ¿Todo bien en Vigo? Dame tu maleta que yo te la llevo. ¿Cómo está la "seca" de tu madre? ¿Y qué tal la peque?

Silvia me lanzó una batería de preguntas las cuales yo trataba de memorizar para poder contestárselas una a una pero cuando ya iba a comenzar a hablar vi como apresuraba el paso y se dirigía hacia donde se encontraba un mocetón que se encontraba al lado del que aún recordaba que era su coche; un viejo Citroën "Diane".

—Sebas, este es Mauricio. Mauri, este chavalote es mi sobrino Sebastián.

—Cómo estás chaval —me dijo alargándome la mano y con una mueca de fastidio.

—Bien gracias —le contesté yo ofreciéndole sin muchas ganas mi mano—. A mí no me gustó el nuevo novio de mi tía. El tono que usó al dirigirse a mí me molestó un poco. Era como si estuviera saludando a un niño pequeño del cual tendría que hacerse cargo durante los próximos días. Sin embargo, se notaba a leguas que mi tía estaba encantada con él a tenor por los ojos con los que lo miraba.

—Bueno. ¿Nos vamos ya? Tengo cosas que hacer en la facultad —dijo impaciente el tal Mauricio.

—Si venga. Vámonos ya. A nosotros nos dejas en la Gran Vía que voy a llevar a mi sobrino a tomar una cerveza antes de ir a casa.

Yo no había bebido nunca una cerveza a pesar de mi edad, pero no dije nada para evitar las burlas que seguramente me dirigirían los dos y agradecí internamente que mi tía me tratara como un adulto. Evidentemente no estaba acostumbrado a que nadie me tratara así en Vigo y el trato que me dispensó Silvia me agradó sobremanera.

Mauricio nos dejó al principio de la Gran Vía y después de despedirse de Silvia con un "Ciao" se alejó rumbo al Campus. A mí me sorprendió que se llevara el coche de ella, pero no le comenté nada. Me encontré aliviado de que aquel sujeto que tan mala impresión me causara se marchara por fin.

Mi tía y yo entramos en uno de los Pubs que se encontraba a escasos metros del sitio donde nos habíamos apeado y a tenor de los continuos saludos que recibía y dispensaba Silvia, no me fue muy difícil adivinar que era una asidua de aquel lugar. Nos acercamos hasta la barra y ella, sin preguntarme lo que quería beber, pidió dos cervezas. Agradecí de nuevo internamente el gesto, aunque inmediatamente me asaltó el temor de que me sentara mal la bebida y de quedar como un niño delante de todo el mundo. Decidí que la tomaría despacio y calibrando en todo momento los efectos del alcohol. Si fuera necesario eludiría terminarla excusándome de alguna forma.

—Voy al baño. Ahora vengo.

Yo me quedé observándola mientras se alejaba en dirección a los lavabos y volví a admirar su cuerpo delgado cubierto con un vestido muy corto que dejaba al descubierto sus esbeltas piernas. Sacudí la cabeza pues consideraba que los pensamientos que estaba teniendo no eran para nada correctos, aunque no pude evitar sonreír ante la imagen de mi madre teniendo un ataque de nervios si supiera lo que se me estaba pasando por la cabeza.

—Ya estoy aquí —La llegada de Silvia interrumpió mis pensamientos—. Ya he hablado con tus abuelos y les he dicho que no nos esperen para cenar. Se han cabreado un poco pero no importa. Lo que sí, me han insistido para que te diga que no te olvides de llamar a tus padres para decirles que has llegado bien. Tienes una cabina de teléfono fuera, anda ve. Pero no les digas que estás en un bar conmigo —Esto último lo dijo sonriendo.

Me dirigí con desgana hacia la salida para realizar la llamada y después de encerrarme en la cabina marqué el teléfono de mi casa. Oí la voz seria de mi madre al otro lado de la línea.

—Mamá, soy yo. Ya he llegado y todo bien —le dije en un vano intento de acortar la llamada, cosa que no conseguí.

—¿Cómo están tus abuelos? ¿Te han ido a buscar al aeropuerto? —No me sorprendió que no me preguntara qué tal estaba yo.

—Si mamá. Los abuelos están bien —mentí—. ¿Qué tal papá y Dolores?

—Tu hermana te echa de menos y tu padre... en fin tu padre trabajando como siempre. Quiero que te portes bien con los abuelos. Que no me digan nada malo de ti, sino ya nos las veremos en casa cuando vuelvas, ¿de acuerdo?

—Vale. Bueno te dejo que me está esperando la tía Silvia.

En aquel momento me di cuenta de que había metido la pata, pero ya era tarde.

—¿Estás con tu tía? ¿Dónde te ha llevado esta? No estarás en ningún antro con ella, ¿verdad? Pónmela que quiero hablar con ella.

—No mamá. Vamos un momento a una tienda que tiene que comprar no sé qué —volví a mentir—. Mamá, tengo que dejarte que no me quedan monedas. Adiós.

Colgué sin esperar a que ella se despidiera y me sorprendí de mi propia osadía la cual seguramente tendría una contundente respuesta por parte de mi madre a mi regreso, aunque en aquel momento no me importaba en absoluto.

Me disponía a entrar de nuevo al Pub cuando una voz de sobras conocida me increpó a mi derecha:

—Sebas. Has venido.

Me giré y un poco azorado vi cómo se aproximaba a mí mi amigo Paco. A pesar de que lucía una de sus características sonrisas vislumbré una sombra de tristeza en su mirada. Me quedé parado sin saber muy bien qué hacer, pero ya él había llegado junto a mí y me estrechaba con uno de sus afectuosos abrazos. En aquel instante sentí que todos los sentimientos negativos que había tenido hacia él quedaban difuminados en el tiempo y mis ojos se humedecieron al tiempo que sentí como si mis hombros se libraran del insoportable peso que llevaba a cuestas desde hacía ya casi año y medio.

De pronto sentí un leve temblor en mi amigo. Cuando nos separamos Paco ya no sonreía y unas finas lágrimas corrían por sus mejillas.

CAPITULO 5

Aún me emociono al pensar en aquellos instantes de reencuentro con mi amigo. No puedo tampoco evitar sentir un gran pesar por no haber sabido comportarme correctamente con él, tan grande era mi egoísmo. Siempre tuve tendencia a auto lamentarme y a no saber reconocer que todos tenemos nuestras historias personales, con sus alegrías y sinsabores y que, a pesar de que yo no era capaz de hacerlo, había personas como él que tenían la virtud de ocultar sus problemas para no preocupar a sus seres queridos. Aquella tarde aprendí una gran lección de humildad, ahora lo sé.

Pero volviendo a aquel sábado de Semana Santa, cuando nos repusimos a medias, y después de que Paco adoptara de nuevo su habitual buen humor (aunque se le notaba la tristeza en la mirada), entramos en el Pub a reunirnos con Silvia.

—¿Ya estás aquí? Tardaste mucho —De pronto se percató de la presencia de Paco y se acercó a él para saludarlo con dos besos. Silvia lo conocía desde hacía mucho tiempo y en alguna ocasión me había comentado lo bien que le caía mi amigo.

Nos instalamos los tres en una mesa que había quedado libre en un rincón y comenzamos a charlar animadamente. Yo eludí preguntarle a Paco sobre el motivo de su estado de ánimo pues consideré que no era el momento teniendo en cuenta la presencia de mi tía.

Hacía mucho que no me encontraba tan a gusto y deseé que aquella tarde no terminara nunca. No fui fiel a mi propósito de ser cauto al ingerir la cerveza y pronto comencé a sentir en mi cabeza una euforia que me llevó a lucir una sonrisa bobalicona que no escapó a la mirada divertida de mi tía.

Ya me disponía a comenzar mi tercera cerveza cuando hizo aparición Mauricio, el novio de Silvia, el cual sin sentarse instó a mi tía para que se apresuraran pues tenían que ir a cenar a casa de unos amigos. Volví a sentir la misma sensación de desagrado por aquel tipo que había sentido en el aeropuerto y agradecí poder quedarme a solas con Paco. Silvia me dio un beso mientras me alargaba las llaves de su casa.

—Quedamos en el portal sobre las 3 de la mañana. Si ves que me retraso espérame dentro. Pero no subas a casa. Si tus abuelos te ven llegar sin mí mañana tendremos problemas.

Dicho esto, se apresuró hacia la salida seguida de Mauricio e inmediatamente sentí una leve incomodidad de encontrarme a solas con Paco, a pesar de que tenía muchas ganas de saber el motivo de su aparente tristeza. Traté de centrarme durante unos segundos pues el alcohol estaba haciendo mella en mi cabeza y no quería por nada del mundo estropear de nuevo mi recién recuperada amistad diciendo algo inapropiado. Paco pareció agradecer aquellos minutos de silencio pues no dijo nada y parecía como si quisiera ordenar sus ideas antes de hablar.

—Bueno. ¿Qué tal por Vigo? —dijo al fin—. Supongo que te lo habrás pasado genial este verano en la playa.

Inmediatamente se me vino a la cabeza la imagen de Raquel, la secretaria de mi padre, enfundada en un minúsculo bikini, pero no quise decirle nada y me limité a asentir con la cabeza. Otra vez me volví a sorprender de la capacidad que tenía mi amigo para comenzar una conversación importante con algún comentario intrascendente, teniendo en cuenta además que era él quien estaba pasando por un momento difícil.

—Paco... quería decirte que... bueno, respecto a lo que nos ha pasado...

—Tranquilo. No quiero que me digas nada —me interrumpió él—. Las cosas pasadas, pasadas están. Todos tenemos momentos malos.

Yo me quedé más tranquilo pues no se me daba muy bien dar disculpas o explicaciones y agradecí la naturalidad y generosidad de mi amigo. Paco se levantó y se acercó a la barra a pedir otras dos cervezas. Cuando hubo vuelto, yo me armé de valor y le pregunté:

—Dime qué te pasa. Realmente nunca te había visto así. ¿Tienes algún problema? —Eludí preguntarle directamente por Inés, aunque intuía que la razón de su estado de ánimo tenía mucho que ver con ella. Él, en lugar de responderme me dijo:

—¿Qué tal el curso? ¿Ya sabes a qué Universidad vas a ir?

—Lo voy llevando. Creo que puedo aprobar todo en junio. Lo que me preocupa un poco es la selectividad... Ah y mis padres me van a enviar a Santiago.

Percibí una pequeña sombra que oscureció momentáneamente la mirada de Paco.

—Yo me quedo finalmente en Salamanca. Voy a estudiar Farmacia.

—¿Te acuerdas cuando hablábamos de ir juntos a la misma Universidad? Al final las cosas nunca salen como las planeamos —dije yo.

Los dos nos quedamos un momento pensativos y de pronto, casi sin querer, la pregunta que tenía en mente salió de mis labios por si sola y casi sin darme cuenta:

—¿Qué tal Inés? ¿Vais a estudiar juntos?

Mi amigo agarró su botella de cerveza y dio un largo sorbo antes de contestarme mientras yo trataba por todos los medios de que no notara la ansiedad que sentía por la respuesta que me iba a dar.

—Inés también va a estudiar a Santiago. Quiere estudiar Farmacia —dijo con una sonrisa triste en la cara.

Inmediatamente yo sentí un mareo en la cabeza ante la impresión que me había producido la noticia y seguramente también debido al alcohol ingerido. Paco, siempre solícito conmigo, me animó a que saliéramos a tomar el fresco, cosa que yo agradecí.

Una vez fuera del local y algo repuesto, dejé que el aire frío me refrescara un poco. No sabía muy bien qué decirle a Paco. Trataba de ordenar mis ideas y de serenar mi ánimo en lo posible para no herirlo, pues ciertamente y con gran remordimiento por mi parte, la noticia me había hecho albergar esperanzas de poder disfrutar a solas de la compañía de Inés. A sugerencia de mi amigo, nos encaminamos a los alrededores del cuartel de Caballería que se encontraba en la calle Federico Anaya para tomar unas tapas en algunos de los bares que allí se encontraban. No nos dijimos nada durante el trayecto y fue al llegar a uno de los locales cuando, y antes de entrar me sorprendió con la noticia:

—Inés y yo lo hemos dejado.

Yo me quedé plantado en la puerta mientras él entraba en el bar como si tal cosa. Al fin me decidí a entrar sin saber muy bien si podría soportar alguna sorpresa más aquella noche antes de que me diera un infarto.

—¿Qué os ha pasado? —Traté de preguntar con fingida naturalidad.

—Uff... los últimos meses han sido un poco difíciles. No sé cómo no me di cuenta antes. Me pasaba el tiempo haciendo planes con ella sobre la carrera, sobre estudiar juntos por la tarde, ir a las fiestas de la Uni, pero no me daba cuenta de que ella no me decía nada y de que estaba algo triste y preocupada. Al final me dijo que había decidido ir a Santiago a estudiar y que tendríamos que dejarlo... Me dijo que no podría llevar una relación a distancia y además que quería centrarse en los estudios y no distraerse. ¡Fíjate lo que me dijo: que yo era una distracción para ella! En fin. Que ya no estamos juntos...

Después de su pequeño relato noté como a Paco se le humedecían los ojos y yo, en un gesto inédito en mí, lo rodeé sinceramente con mi brazo por sus hombros. Realmente y a pesar de la diversidad de emociones que sentía en aquel momento, creo que realicé aquel gesto con el mayor afecto de que fui capaz.

—Lo siento mucho —acerté a decir—. Sé que la querías mucho.

—Bueno. La vida continúa...

No volvimos a hablar del tema el resto de la noche y nos dedicamos a tomar tapas y cervezas hasta que llegó la hora de ir a casa. Ya en aquel momento yo estaba muy ebrio y Paco, que debido seguramente a su mayor costumbre a beber se encontraba más sereno que yo, me acompañó hasta el portal de la casa de mis abuelos y me dejó allí emplazándome para vernos al día siguiente. Yo me senté en el portal pues no era capaz de mantener la verticalidad y todo me daba vueltas. Poco después de las tres de la mañana apareció mi tía Silvia que, al verme en aquel estado, me llevó a tomar un café a un bar cercano. Al salir, sentí que todas mis entrañas pugnaban por salir de mi cuerpo y vomité entre dos coches mientras mi tía me sostenía. Algo más repuesto subimos al piso procurando no hacer ruido.

Al día siguiente me levanté tarde y con un tremendo dolor de cabeza. Afortunadamente para mí, Silvia me excusó ante mis abuelos diciéndoles que el viaje me había agotado, cosa que ellos inocentemente creyeron.

Durante todo el día traté de ordenar mis ideas y de apaciguar el torrente de emociones que sentía ante los últimos acontecimientos de la noche pasada. No quería herir a mi amigo con el cual me reuniría más tarde pero tampoco podía evitar la esperanza que había nacido en mi interior ante la posibilidad de poder estar en Santiago con Inés. Incluso llegué a coquetear con la idea de cambiar de planes para estudiar Farmacia en lugar de Geografía e Historia, pero deseché de inmediato la idea por absurda.

El resto de la Semana Santa la pasé entre paseos por la ciudad con mi tía, a la cual la mayor parte de las veces la acompañaba un malhumorado Mauricio, y salidas por la noche con mi amigo lo que nos ayudó a recuperar definitivamente nuestra amistad algo maltrecha durante los últimos tiempos. También me vi obligado a acompañar alguna que otra vez a mis abuelos a contemplar la grandiosidad de los pasos de la Semana Santa Salmantina, cosa que a mí no me disgustó en absoluto debido a mi pasión por las procesiones, aunque no por razones religiosas. Estaba programada una visita a mi tía Soraya en su convento en Valladolid, pero finalmente no pudimos acudir debido a que esta se encontraba recogida con motivo de la solemnidad de aquellas fechas para su comunidad.

Sin casi darme cuenta llegó el Domingo de Resurrección, fecha programada para mi regreso a Vigo. En esta ocasión mis abuelos acompañaron a mi tía al aeropuerto a despedirme, no así Paco, del cual me despedí la noche anterior entre botellines de cerveza a los cuales empezaba a tomarles gusto. No hicimos en aquella ocasión ningún plan de encontrarnos tal y como habíamos hecho tiempo atrás, sino que nos deseamos sinceramente un pronto reencuentro.

Sentí pena por no poder quedarme a pasar con él el tradicional "Lunes de Aguas" pero tenía que retomar mis clases en Vigo y me era imposible quedarme un día más.

—Bueno "gordito". Vuelve pronto —me dijo Silvia con un guiño.

A mí me molestó el calificativo que usó, pero no se lo tuve en cuenta pues sabía que lo hacía sin mala intención, aun así, me hice el firme propósito de hacer todo lo posible por bajar de peso a partir de mi regreso. Me despedí de mis abuelos y, una vez en el avión, sentí de nuevo la angustia tan desagradable que me acompañaba cada vez más a menudo. Traté de dormir un poco rememorando la feliz semana cargada de acontecimientos que acababa de pasar y con la nueva esperanza de poder estar con Inés al año siguiente en la ciudad del Apóstol.

CAPITULO 6

A pesar de que ya estaba muy acostumbrado, no dejó de sorprenderme la indiferencia que demostraron mis padres a mi regreso. Si no fuera por la alegría sincera de mi hermana por mi vuelta, y el reproche de mi madre por no haberla llamado por teléfono, me hubiera parecido que había sido todo un sueño.

Fiel al nuevo propósito que me había hecho a mí mismo el último día de estancia en Salamanca debido al comentario de mi tía Silvia, comencé a alternar mi empeño en los estudios con el ejercicio físico y la dieta estricta. Nunca fui una persona constante en cuanto a mis decisiones se refería, pero supongo que las ansias por aprobar el curso para poder marcharme lejos de la casa de mis padres unido a la expectativa de poder estar con Inés hicieron que consiguiera con creces mi objetivo en los dos aspectos. El caso es que aprobé la selectividad en junio y logré perder bastantes quilos; además conseguí moldear unos músculos que pensaba hasta hacía poco tiempo que eran inexistentes en mi rechoncho cuerpo. Realmente en aquel verano mi autoestima se elevó como nunca lo había hecho en toda mi vida y pasé aquellos meses estivales tranquilo y sosegado deseando que llegara el mes de septiembre y así comenzar mi nueva vida.

Aquel agosto repetimos nuestra estancia en la península del Morrazo y yo uní mis salidas exploratorias con asiduas visitas al chiringuito de la playa a beber botellines de cerveza a los cuales y gracias a mi tía Silvia me había hecho tan aficionado. Ese año mi padre no se atrevió a invitar a Raquel a nuestro apartamento, pero en cambio duplicó sus estancias en Vigo. Ni siquiera se molestaba en dar explicaciones a mi madre y ella tampoco se las pedía, soportando con su característica estoicidad las ausencias de mi padre. Por aquellos tiempos yo ya tenía edad para intuir lo que pasaba entre mi padre y mi madre, pero realmente y debido según creo a un sentimiento infantil, me negaba a dar crédito a mis pensamientos pues había sido criado en la idea de que el matrimonio era indisoluble y además, a pesar de la mala relación que tenía sobre todo con mi madre, no quería pasar por el trance de verlos separados.

Debido a mi recién estrenada autoestima y gracias a mi carácter algo más abierto, entablé una cierta amistad con un grupo de chicos y chicas que, como yo, frecuentaban el bar de la playa. Para mí era nuevo que alguien que no fuera mi amigo Paco, se interesara por mí. El caso es que, no sé si debido a mi cambio corporal, comencé a observar cómo las chicas me miraban de una forma distinta a la que estaba acostumbrado. Lo que no perdí fue mi natural timidez motivo que hizo que no intentara ningún acercamiento a pesar de que una de ellas francamente me agradaba. Se llamaba María y era de Pontevedra, capital de la provincia y se trataba de una chica rubia, delgada y menuda pero muy bien proporcionada con unos grandes ojos azules que desarmaban cuando te miraban. No es que ya no estuviera enamorado perdidamente de Inés, sino que creo que era el tipo de mujer que hasta el más fiel de los hombres tendría serias dificultades para no rendirse al hechizo de su mirada y al delicado contoneo de su pequeño cuerpo. En más de una ocasión, Manolo, que era con quién yo sentía más afinidad de la cuadrilla, me había dicho según su forma de hablar que "me lanzara" a lo que yo le respondía indefectiblemente que "no" porque "no tenía ganas de caerme" tras lo cual él estallaba incomprensiblemente en una sonora carcajada ante el nada gracioso chiste.

Un año más tarde y en una visita que hice a Pontevedra con motivo de mi llamamiento a filas, me encontré en la Alameda a María agarrada del brazo de Manolo, el cual, siendo de Coruña, y según me dijo en aquella ocasión, se había trasladado a vivir con ella en aquella ciudad. Realmente se los veía a los dos muy felices y yo me alegré de no "haberme lanzado" con aquella chica pues realmente sentía un gran afecto por mi antiguo compañero de veraneo.

Por fin llegó el ansiado mes de septiembre de aquel año del inicio de mi carrera universitaria. Yo ya tenía todo preparado para el traslado y cada día que pasaba me iba poniendo más nervioso. El piso donde mis padres me habían alquilado una habitación se encontraba en los aledaños de la Plaza de las Platerías. Se trataba del piso de un compañero del Banco de mi padre que le había ofrecido una habitación en él. Sus dos hijos también comenzaban aquel año la Universidad y necesitaban ocupar la habitación que quedaba libre para así poder compartir gastos. En un primer momento a mi madre no le hizo ninguna gracia pues había decidido unilateralmente que yo me iba a alojar en una residencia católica donde, según decía, me tendrían más controlado. Afortunadamente, mi padre decidió que sería mejor la opción del piso para gran alegría mía y enorme disgusto para mi madre (el cual disfruté secretamente).

Recuerdo que mi padre me llevó un día de finales de agosto a Santiago para conocer la que sería mi residencia el próximo año. Durante el trayecto casi no cruzamos palabra, aunque asimismo yo disfruté del momento de estar a solas con él. A medida que avanzábamos por la autopista en dirección al norte, sentía como si fuera soltando un lastre largo tiempo acumulado y notaba como se me encendía el ánimo como hacía tiempo que no me pasaba.

Me enamoré de Santiago desde el momento en que la vi aparecer en el paisaje, con las altas torres de la Catedral apuntando al cielo. Una vez allí, y después de recorrer las calles del casco nuevo, nos adentramos en lo que para mí era un mundo mágico y como de otra época. Sus calles empedradas y el verdín en los muros de piedra antigua de las casas me subyugaron de tal manera que me prometí a mí mismo que trataría por todos los medios de ir a residir a aquella ciudad cuando alcanzara la tan ansiada independencia. Mi padre dejó el coche en lo que a mí me parecía la frontera entre un mundo moderno de edificios asépticos y feos y un mundo de otra época, un lugar donde, si no fuera por algún que otro coche y los ocasionales luminosos de los negocios, me parecía que el tiempo se había detenido en la Edad Media. Mi padre se defendía bien en aquella ciudad merced a los numerosos viajes que allí realizaba por temas laborales y se encaminó según me dijo a la calle del Franco para tomar un café en uno de los numerosos bares que allí se encontraban.

Al poco rato de estar en dicho bar apareció por la puerta el compañero de mi padre al cual yo conocía de haberlo visto alguna que otra vez en el Banco acompañado de dos chavales de aproximadamente mi edad, que a tenor por su parecido eran respectivamente hermanos entre sí e hijos del compañero de mi padre.

—Hola Antonio. —dijo alargándole la mano a mi padre.

—Qué tal Severo —le respondió escuetamente él—. Este es mi hijo Sebastián.

—Estos son mis dos hijos. Andrés y Marcos. Uno va a estudiar Medicina y el otro Farmacia. Son buenos chicos y muy formales. No tendrás que preocuparte por tu hijo. Va a estar muy bien acompañado.

Yo por un lado miré de soslayo a mi padre pues conociéndolo como lo conocía sabía que una de las muchas cosas que le molestaban era recibir explicaciones cuando no las había pedido, y por otro lado observé cuidadosamente a Marcos que era el que estudiaría farmacia junto con mi adorada Inés. De pronto sentí unos absurdos celos y una tremenda envidia hacia aquel chico que a su vez me observaba desde detrás de su padre.

Por fin salimos del bar rumbo al edificio donde se ubicaba el piso y un poco azorado vi como aquellos dos hermanos se situaban a cada lado mío mientras mi padre y el suyo se adelantaban calle arriba.

—¿Qué tal? Yo soy Andrés y este es mi hermano Marcos —me dijo el tal Andrés como si no hubiera escuchado momentos antes la presentación de su padre.

—Yo soy Sebastián.

—Ya lo sabemos. Ya lo dijo tu padre en el bar.

Sentí unas ganas tremendas de lanzarle un puñetazo al tal Marcos que era quién había contestado, pero enseguida y viendo sus alegres caras ausentes de malicia comprendí que me estaban gastando una broma sin mala intención.

Se notaba que los dos hermanos se llevaban muy bien y pensé que me sería fácil convivir con aquellos dos alegres compañeros de piso. Marcos era un chico bien parecido y de sonrisa fácil, no así su hermano que disimulaba su timidez a la sombra de su hermano, aunque éste poseía una mirada franca de la cual carecía el otro. Inmediatamente sentí más afinidad con Andrés que con Marcos debido seguramente a su carácter más retraído y más parecido al mío. Además, el absurdo prejuicio que yo me había hecho debido a que iba a estudiar en la misma facultad que Inés unido al agraciado físico que poseía, hacía que mi natural inseguridad me hiciera verlo como un potencial competidor en la carrera por el amor de ella. Evidentemente esto no era más que otra mala pasada de mi mente, la cual y poco a poco, iba condicionando mi vida hasta el punto que dominaba cada uno de mis actos creando una irrealidad paralela que lo único que provocaba era que resurgiera en mi interior la angustia tantas veces sufrida y temida.

Al fin llegamos ante un viejo inmueble de cuatro pisos que, a tenor de la limpieza que exhibía en su fachada de piedra, había sufrido una remodelación poco tiempo antes la cual lo hacía contrastar con la oscuridad de la piedra de los edificios adyacentes. La puerta era de madera y poseía un aldabón de hierro con forma de ángel que parecía proteger a los que allí habitaban e inmediatamente pensé que este detalle sería del agrado de mi beata madre. Subimos al quinto piso por unas escaleras de madera que crujían a cada paso que dábamos y entramos en un piso que parecía sacado de una película de época. El recibidor era de forma semicircular y justo enfrente de la puerta de entrada se extendía un largo y estrecho pasillo que desembocaba en una amplia sala rodeada de una cristalera que dejaba entrar la luz del sol a casi todas las horas del día. A cada lado del pasillo se encontraban los tres dormitorios y un cuarto de baño decorado con una cerámica antigua y una vieja pero limpia bañera con patas que me encantó. Sentí una inmensa alegría cuando me indicaron mi cuarto. Se trataba de una estancia rectangular algo pequeña desde cuya ventana se podían vislumbrar las altas y hermosas torres de la Catedral. El mobiliario era algo escaso... una cama con cabecero de forja, un viejo armario y una pequeña mesa de estudio con una silla era toda su decoración, pero para mí significaba la libertad tanto tiempo soñada. No tuve tiempo de disfrutar más de la sensación de estar en lo que sería mi hogar durante el próximo año pues ya mi padre nos apremiaba para marcharnos alegando que tenía una reunión muy importante en Vigo aquella tarde y que era preciso partir ya. Yo me despedí de mis nuevos compañeros de piso y del padre de estos y seguí a mi padre hasta donde teníamos el coche estacionado mientras mi ansia por empezar cuanto antes las clases en la Universidad se redoblaba.

A diferencia del camino de ida, en el regreso mi padre comenzó a hablar conmigo nada más salir de la ciudad y tomar la autopista dirección a Vigo.

—Espero que aproveches este año y que te dediques de lleno a tus estudios. Ya sabes que si no apruebas no podrás seguir en Santiago.

—Sí Papá. No te preocupes —Yo tenía el firme propósito de estudiar lo máximo posible, pero mi mayor aliciente era poder estar el mayor tiempo posible en Santiago antes que sacar la carrera con buenas notas, aunque por supuesto esto no se lo dije.

—Sabes que para ser un hombre de provecho has de sacrificarte y prepararte para ser el mejor. Es la mejor forma de ser alguien en la vida y de que la gente te respete —continuó él.

Yo nunca había estado de acuerdo con esta forma de pensar en la cual tu valía como persona y el respeto de los demás eran consecuencia de tu formación académica y a tu estatus profesional. Para mí, el respeto se ganaba a través de los actos independientemente de la posición social. Vino a mi memoria la escena del portero del Banco donde trabajaba mi padre el cual siempre tenía una palabra amable conmigo cuando me acercaba hasta allí, lo cual contrastaba con la posición altiva del subdirector y de mi propio padre que, a pesar de sus muchos estudios no eran capaces de tratar con el mínimo respeto a aquellos que no ostentaban un cargo importante ignorándolos descaradamente.

El resto del camino de regreso a Vigo mi padre se dedicó a advertirme de lo que no debería hacer y haciéndome recomendaciones sobre lo que sí debería mientras yo, después de desconectar de su charla y de conectar un movimiento automático de asentimiento de cabeza el cual se activaba cada tres minutos aproximadamente, disfrutaba del paisaje y de mi cada vez más cercana libertad.

CAPÍTULO 7

Mi llegada a la capital gallega estuvo precedida por un cúmulo de sentimientos contradictorios que me tocó vivir en Vigo poco antes de mi partida. Por un lado, la alegría inmensa de marcharme por fin y por otro la incomodidad de soportar los sermones de advertencia que me dieron mis padres los cuales no tuvieron más consecuencia que reafirmarme en mi idea de que estar alejados de ellos sería totalmente beneficioso para mí, unido a la pena que sentí por mi hermana pequeña cuando, llorando y en un arranque infantil, me rogó que no me fuera y que no la dejara sola. Verdaderamente, en aquellos tiempos comencé a sentir una especie de complicidad con mi hermana que no tenía en mi niñez y ver la tristeza reflejada en sus ojos fue el único punto oscuro de una partida tanto tiempo deseada. Le prometí a Dolores que la llamaría todos los días (cosa que no fui capaz de cumplir) y traté de consolarla recordándole que volvería a casa los fines de semana y que pasaríamos más tiempo juntos.

Aparte de esto, nada más bajarme del tren acompañado de los hermanos Marcos y Andrés, sentí en mi alma una tranquilidad que no había sentido nunca, como si me hubiese quitado un peso enorme de encima después de haberlo soportado durante todos los años de mi vida.

Los primeros días de estancia fueron caóticos e intensos. Primero nos instalamos en el piso tras lo cual, y a instancias de Marcos nos dedicamos a recorrer los alrededores de nuestra casa en busca, según decía, de la tasca donde pudiéramos beber el mejor vino al mejor precio. También nos acercamos hasta nuestras respectivas Universidades para localizar nuestras aulas y tener un primer contacto con los que serían nuestros compañeros. Yo, alegando un interés ficticio por la carrera de Farmacia, acompañé a Marcos hasta donde ésta se encontraba con el único fin de poder ver a Inés. Muchas noches había soñado en cómo sería nuestro encuentro e imaginaba la alegría de ella al verme llegar y soñaba que paseaba por las calles de aquella ilustre ciudad de la mano de mi amada. Generalmente me despertaba con la desagradable sensación que dejan los sueños cuando te enfrentas con la cruda realidad y la alta autoestima y el optimismo que tenía en mis sueños se trocaba en un pesimismo que hacía que el resto del día lo pasara huraño y parco en palabras con los que estaban a mi alrededor. Desgraciadamente para mí, no la vi en aquella ocasión lo que me sumió de nuevo en un estado de ánimo oscuro ante la posibilidad de que finalmente ella hubiera cambiado de idea y se hubiera quedado a estudiar en Salamanca. Decidí que llamaría a Paco en cuanto tuviera ocasión y que esta vez, aprendida la antigua lección de no ocultarle nada a mi amigo, le preguntaría directamente por Inés. No tuve que ponerme en contacto con Paco finalmente pues, de regreso a casa aquella tarde, me encontré con ella en la Plaza del Obradoiro, una de las plazas más hermosas del mundo.

Yo había decidido ir a visitar los alrededores aprovechando que Marcos y Andrés se habían ido a visitar a una tía que residía en la cercana localidad de Milladoiro, a unos pocos kilómetros de Santiago en dirección a Vigo. Me encontraba admirando la majestuosidad de la fachada de la imponente Catedral cuando a mi espalda escuché la tan ansiada voz. Me di la vuelta y allí estaba ella. Sentí de inmediato una inmensa alegría al verla por fin con su melena suelta y su dulce cara tan añorada.

—¿Sebas? ¿Eres tú? No me lo puedo creer —Inés se acercó a mí y el abrazo y los dos besos que estampó en mis mejillas fueron como un bálsamo que me llenó de una inmensa felicidad.

—Hola Inés. Veo que te acuerdas de mí —dije yo estúpidamente.

—Claro que me acuerdo. Sólo nos hemos visto una vez, pero Paco me enseñaba muchas fotos en las que aparecías tú. Cómo has cambiado.

—Ya, claro —Yo no acerté a decir nada emocionado como estaba de haberla encontrado y de su comentario acerca del cambio que se había producido en mi aspecto y que ella claramente había percibido.

—¿A qué facultad vas?

—Estoy matriculado en Geografía e Historia. ¿Y tú? —Yo conocía perfectamente la respuesta a mi segunda pregunta, pero no quise que se diera cuenta de que yo ya lo sabía.

—Yo voy a hacer Farmacia. Me decidí a venir a Santiago porque me hablaron muy bien del nivel que hay en esta facultad. Además, tengo unos familiares que viven aquí y así no me sale tan caro.

Yo me quedé callado sin saber muy bien qué decir extasiado ante su belleza. No me atrevía a abordar el tema de su ruptura con Paco y ella parecía no querer decir nada del asunto.

—Iba a visitar la Catedral —dijo ella de pronto.

—Yo también —mentí.

—¿Vamos juntos? Me han dicho que es muy bonita.

Yo acepté gustoso a su propuesta y nos encaminamos a la imponente escalinata que llevaba a la antesala del Pórtico de la Gloria. Mientras remontábamos los antiguos escalones no pude dejar de sonreír internamente ante las casualidades de la vida. La había conocido en la Plaza Mayor de Salamanca y la volvía a encontrar en otra Plaza Mayor, esta vez en Santiago de Compostela. Estaba yo en estas reflexiones cuando de pronto me dijo:

—Supongo que sabes que ya no salgo con Paco.

—Bueno... eh... sí. Me lo dijo Paco en Semana Santa.

Ella me miró de reojo sin parar de subir la escalinata y yo sentí una leve incomodidad por tratar aquel tema.

—¿Cómo está? —dijo ella con lo que mí me pareció un tono de pena en la voz.

—Bien. Me dijo que va a estudiar también Farmacia.

—Sí...

Yo no supe muy bien cómo interpretar el cambio de humor de ella, el caso es que su cara adoptó un semblante triste y pensativo y yo volví a sentir la eterna inseguridad que había dominado gran parte de mi vida hasta aquel momento.

Llegamos ante el Pórtico de la Gloria y los dos quedamos extasiados ante su belleza. Las finas filigranas de la obra del Maestro Mateo y la delicada armonía en las formas de tan magnífica obra hicieron que como por ensalmo un silencio respetuoso se instalara entre nosotros. Yo agradecí secretamente tal silencio pues no me gustaba el cariz que estaba tomando nuestra conversación. Cada uno por nuestro lado nos dedicamos a observar desde distintos ángulos la gran puerta de entrada al Seo compostelano y en un momento dado y sin decirnos nada entramos en la Catedral. Yo creí adivinar una delgada lágrima resbalando por la mejilla de Inés y verdaderamente no supe si atribuirla a la emoción que sentía ante la majestuosidad de aquella construcción o al recuerdo de Paco como consecuencia a nuestra conversación de poco antes de entrar. Preferí atribuirlo a lo primero y decidí que más tarde la interrogaría discretamente sobre ello.

—¿Vamos a abrazar al Apóstol? —dijo ella de pronto rompiendo el silencio mágico que yo estaba empezando a disfrutar.

(Iría contigo a cualquier sitio —pensé)

—Si vamos —respondí.

Nos encaminamos por el pasillo derecho de la Catedral en dirección al Altar Mayor debajo del cual, según había leído en un libro, se encontraba alternativamente la bajada a la cripta donde supuestamente estaban depositados los restos de Santiago y la subida a la parte trasera de la imagen del Santo que presidía la Iglesia.

Yo estaba feliz de poder compartir aquella visita con Inés y de que una tarde que en principio se me antojaba solitaria se hubiera convertido en el día más feliz que había vivido en muchos años. Después de haber imaginado en infinidad de noches cómo sería nuestro encuentro, allí estaba yo, en un escenario como aquel junto con la persona que, a pesar de no conocerla apenas, había ocupado mi corazón desde hacía varios años ya. Deliberadamente me quedé un poco por detrás de ella para poder admirarla sin que ella lo notara. Su melena suelta y su andar suave le imprimían un leve aire que a mí se me antojaba angelical y deseé que aquella tarde no se terminara nunca, al igual que la tarde en que la conocí, con la única diferencia de que en esta ocasión estábamos solos ella y yo. Cuando se inclinó para abrazar al Santo, como era tradición, yo sentí unos absurdos y hasta cierto punto heréticos celos y enrojecí de vergüenza por tener aquel sentimiento. Cuando me tocó el turno a mí de abrazar la imagen, lo hice con un inmenso respeto y avergonzado aún por sentir celos de una estatua y, a pesar de mi escasa fe, le rogué sinceramente a Santiago que supiera perdonar mis desvaríos.

Una vez fuera de la Catedral la luz del sol del atardecer me devolvió a la realidad y mi habitual timidez se instaló de nuevo en mí.

—Bueno Sebas. Me ha encantado encontrarte. Ahora me voy que me están esperando unos amigos. Ciao.

Me dio un beso en la mejilla y vi cómo se alejaba sin acertar a decir nada. Me quedé como un estúpido odiándome por no haber sabido retenerla un poco más. Además, ni siquiera sabía cuándo la volvería a ver y esto me desesperaba. La tarde idílica que había pasado se tornaba de pronto en gris y triste y de repente no pude soportar aquel brusco cambio en los acontecimientos. Sentí como se me nublaba la vista y un mareo repentino me obligó a apoyarme en una pared cercana para evitar caerme al suelo. Varias personas de la que por allí estaban acudieron junto a mí al ver el estado en el que me encontraba y en un momento me vi rodeado de gente que discutía sobre la conveniencia de llamar a una ambulancia mientras yo me sentaba en el suelo para tratar de recomponerme un poco. Realmente en aquel momento me asusté pues nunca antes había sufrido un episodio similar a pesar de haber pasado por momentos angustiosos en otras ocasiones. Inmediatamente vino a mi mente la imagen de mi abuela Raquel y añoré el no tenerla en aquel momento a mi lado para que me tranquilizara como solía hacer. El recuerdo de mi querida abuela acabó de desarmarme y cuando al parecer, la gente congregada ya había decidido que lo mejor sería llamar a la ambulancia, me levanté y dando unas tímidas gracias por la atención prestada, me encaminé a duras penas hacia donde se encontraba mi piso sin hacer caso a los que trataban de retenerme, según decían para que esperase a que vinieran los sanitarios.

Cuando llegué al portal me senté unos minutos en las escaleras tratando de recomponer mis ideas en un vano intento de comprender el motivo de aquel malestar. Realmente me había afectado el encuentro con Inés y su repentina marcha, pero no creía que esto fuera suficiente para desencadenar aquella reacción. Lo que tenía claro es que no tenía ganas de volver a pasar por aquel trance nunca más. No sabía en aquel momento que se trataba del primero de los muchos ataques de angustia que sufriría a partir de entonces.

Los jueves eran los tradicionales días de salida nocturna para la comunidad universitaria y por la tarde ya tanto Marcos como Andrés se preparaban para la noche de marcha en la capital gallega. Yo inicialmente había rehusado su invitación de acompañarlos, pero finalmente me decidí a salir con la esperanza de poder encontrarme con Inés. Aún flotaba en mi cabeza la incómoda sensación del mareo sufrido al lado de la Catedral, pero aun así me preparé para salir con mis compañeros de piso.

Las calles estaban atestadas de gente y a pesar de que aún no eran ni las once de la noche, ya se veía que muchos de ellos se encontraban en un estado muy avanzado de embriaguez. Bajamos por la calle del Franco en dirección a la Plaza Roja donde según decían se encontraban unos Pubs con mucho ambiente.

Cuando ya llevábamos unos metros recorridos oí una voz que pronunciaba mi nombre. Instintivamente me volví hacia el lugar de donde provenía la voz a la entrada de un bareto en la puerta del cual se encontraba un grupo de chicos y chicas de diferentes edades. En un primer momento no acerté a ver a nadie que conociera, pero después de fijarme un poco más creí reconocer a un chico que me miraba con una extraña sonrisa en la cara.

—Qué. ¿Ya no me conoces? ¿No eres Sebastián? Nos conocimos en Vigo, en los Salesianos.

Yo no me lo podía creer. Era Tomás. El chico que se sentaba a mi lado el primer día de clase en Vigo. Verdaderamente, mi primera semana en Santiago estuvo llena de extrañas sorpresas para mí.

—Si que me acuerdo. Eres Tomás ¿no?

—El mismo —dijo él con una gran sonrisa—. Veo que te acuerdas. ¿Qué tal te va?

Me sorprendió que se dirigiera a mí como si hiciera tan solo unos días que nos viéramos por última vez y sonreí internamente por las casualidades de la vida pues, al igual que con Inés, con Tomás sólo había coincidido una vez y los volvía encontrar en aquella ciudad que se me empezaba a antojar mágica.

—¿Quieres tomar una cerveza? Vamos adentro. —Él no esperó una respuesta y mientras entraba yo me quedé un rato sopesando su propuesta mientras Marcos y Andrés me esperaban un poco más abajo.

Finalmente me decidí a ir en pos de Tomás después de indicarles a mis compañeros de piso que me reuniría más tarde con ellos.

Entré en el local atestado de gente y entre el espeso humo que flotaba en el ambiente pude ver a Tomás apoyado en la barra. Me acerqué hasta allí y ya él había pedido una cerveza para mí la cual me ofreció con su característica sonrisa.

—Bueno. Qué me cuentas. Supongo que estás estudiando en la Universidad —me dijo mientras encendía un porro que estaba preparando cuando lo vi momentos antes.

—Sí. Empecé esta semana. ¿Tú también estudias aquí?

—Qué va. Me vine a vivir a Santiago hace unos años. Trabajo en un taller mecánico. Yo paso de la Universidad. De lo que no paso es de las universitarias.

Este último comentario lo acompañó de una sonora risotada y yo instintivamente sentí un leve malestar al venirme a la cabeza la imagen de Inés. No permití que mi mente me jugara una de sus malas pasadas y evité que me llevara a imaginarla con alguien como Tomás.

Seguimos hablando sobre cosas intranscendentes y en un momento dado, y como si fuera lo más natural del mundo me ofreció el canuto. Yo nunca había fumado uno; solamente había probado el tabaco en alguna que otra ocasión en el chiringuito de la playa el verano anterior y nunca se me había pasado por la imaginación coquetear con las drogas, pero en aquella ocasión, no sé si por el estado anímico en que me encontraba debido a los acontecimientos vividos los últimos días, o por no despreciar el ofrecimiento de Tomás, tomé el porro y le di unas tímidas caladas. Empecé a toser lo que provocó de nuevo la risa de mi compañero, pero a la cuarta calada reconozco que me gustó la sensación que me producía.

El resto de la noche la pasamos charlando mientras fumábamos porros y bebíamos cervezas. Yo evité en todo momento interrogarle sobre su extraña ausencia del colegio cuando nos conocimos pues no tenía la suficiente confianza con él y por supuesto tampoco le dije nada sobre la paliza recibida a la salida de clase aquella tarde de la que yo había sido infortunado testigo.

Alrededor de las cinco de la mañana Tomás se despidió de mí pues, según dijo, en tres horas entraba a trabajar. Yo me encaminé con un tremendo mareo al piso, visiblemente angustiado porque al día siguiente volvería a Vigo a pasar el fin de semana en casa de mis padres y no me apetecía en absoluto.

A mí, me avergüenzo un poco ahora de ello, me gustó la sensación que me provocaba la droga a pesar de que tuve que vomitar antes de entrar en casa y recuerdo que en aquel momento me prometí no volver a fumar en mi vida; pero la realidad, a partir de entonces, sería muy distinta.

Ni que decir tiene que al día siguiente me dolía la cabeza como si una orquesta sinfónica se dedicara a afinar al unísono sus instrumentos dentro de ella. Mis compañeros de piso no se habían levantado todavía y, después de tomar una larga ducha, me dediqué a preparar la bolsa para mi viaje de fin de semana a Vigo tras lo cual me senté en el sofá a saborear una taza de café. De pronto oí como se abría la puerta de la habitación de Marcos y para mi asombro no fue él el que apareció en el salón sino una chica delgada con el pelo alborotado y vestida únicamente con una larga camiseta que en alguna ocasión había visto puesta a Marcos. La chica murmuró unos "buenos días" sin apenas mirarme y se dirigió a la cocina como si tal cosa. Al poco rato salió con sendas tazas de café humeante y, sin decir nada, volvió a entrar en el cuarto. Yo me quedé sentado en el sofá un poco incómodo ante lo que acababa de ocurrir sin saber muy bien qué pensar cuando de nuevo se volvió a abrir la puerta de la habitación, aunque fue Marcos el que salió en esta ocasión.

—Hola Sebas. ¿Ya has visto a ... esto... Vanesa, si Vanesa?

Me pareció increíble que no se acordara de su nombre, pero no dije nada.

—Sí —le respondí escuetamente.

—Joder. Está buenísima. Vaya noche. ¿Tú qué tal? ¿Mojaste?

Yo me quedé asqueado pues mientras decía esto no paraba de rascarse sus partes íntimas como si en ello le fuera la vida.

—Más o menos —dije yo.

Enseguida me di cuenta de lo estúpido de mi respuesta, pero afortunadamente él no pareció darle importancia pues sin decirme nada volvió a meterse en la habitación. Yo aún era virgen, a mi pesar, pero era esta una circunstancia que no quería que se supiera pues a buen seguro que provocaría las burlas de mis compañeros y yo no estaba dispuesto a pasar por ello. Así que al dolor de cabeza y al malestar que sentía a consecuencia de la noche pasada, añadí el malestar interno por este hecho, contribuyendo todo ello a que aquella mañana fuera para olvidar.

Decidí ir a dar una vuelta hasta que llegara la hora de coger el tren, en parte por despejarme y también para evitar la posibilidad de que otra chica saliera de la habitación del otro hermano y pasar por la desagradable sensación de estar de carabina en mi propio piso.

Después de pasear sin rumbo por la zona vieja de Santiago, me senté en la terraza de una cafetería y volví a disfrutar de la soledad que había aprendido a valorar durante mi primer año en Vigo. Pensé que no había tenido suerte la noche anterior por no haber encontrado a Inés y de repente, mi mente, vieja enemiga, me hizo imaginarla saliendo del cuarto de algún tipejo en algún piso de estudiantes de la ciudad y el dolor que sentí fue tan agudo que deseé que en aquel preciso momento se acabara el mundo. Comenzaba a sentir en mi piel los estragos de mi maltrecha mente que dominaba cada vez más mi vida y que no me dejaba disfrutar más que de breves momentos de tranquilidad.

Aunque yo no lo sabía entonces pues el proceso se hizo algo lento, fue realmente aquel año de mi primer y único curso en la Universidad que sufriría los primeros ataques de unos pensamientos que no podía dominar, de una mente que acabaría proclamándose la dueña de mi vida y que me convertiría al final en un ser triste y taciturno que pasaba por la vida sin pena ni sombra a la espera de que alguien o algo acabara con el suplicio de seguir viviendo.

Mi efímera autoestima ganada el verano anterior hizo las maletas para marcharse lejos a pesar de los esfuerzos que había realizado para cambiar aspectos de mí que no me gustaban y de haber conseguido por fin la pseudo libertad que me proporcionaba el estar estudiando en otra ciudad y lejos de mis padres.

Más tarde, cuando me encontraba ya en el tren rumbo a Vigo, acompañado de los dos inseparables hermanos los cuales dormitaban apaciblemente en sus asientos, me dediqué a revivir en mi cabeza la tarde que había pasado con Inés en la Catedral, recuperando el antiguo hábito de mi niñez de volar con la mente a otros lugares para huir de la realidad que a mí se me antojaba tan difícil de vivir.

CAPITULO 8

Los primeros meses de Universidad pasaron tranquilos a pesar de que no había vuelto a ver a Inés. Los fines de semana los pasaba en Vigo deseando que se acabaran pues se me hacía insoportable la estancia en casa de mis padres, aunque la presencia de mi hermana hacía que fuera más llevadera para mí. De vez en cuando acompañaba a Dolores cuando salía a pasear y realmente me quedé asombrado de la afinidad que compartíamos y que yo no había sabido ver hasta aquel momento. Unas veces íbamos juntos al cine acompañados de alguna amiga suya y en otras ocasiones era ella la que cedía ante mi afición de descubrimiento de lugares nuevos en Vigo y soportaba estoicamente las largas caminatas por una ciudad plagada de cuestas, pero hermosa en sus rincones algo anárquicos donde se juntaba lo antiguo y lo moderno sin que lo segundo restara nada del encanto de lo primero.

En cuanto a mi vida en Santiago, esta alcanzó un ritmo regular con la asistencia a la facultad por las mañanas, la biblioteca por las tardes y las visitas a los bares por las noches, visitas que cada vez se hacían más prolongadas sobre todo los jueves a las cuales yo había terminado tomándoles mucha afición. Habitualmente solía salir aquellas noches con los dos hermanos, aunque con el paso del tiempo, era con Tomás con quién quedaba normalmente.

Me aficioné a fumar porros. Al principio dejaba que Tomás me invitara a alguna que otra calada, pero con el tiempo, comencé a comprar hachís y era precisamente Tomás el que me lo suministraba. Ahora creo que el interés que tenía por mí no era por una supuesta amistad sino por un sentido meramente comercial. Evidentemente este hecho unido a mi afición por las salidas nocturnas afectó notablemente a mis estudios. El primer trimestre fue malo pero el segundo resultó un desastre. Dejé de asistir a clase la mayor parte de las veces y acudía a los exámenes sin haber estudiado y normalmente con dolor de cabeza producto de la resaca por los excesos de la noche anterior. Mis padres no se dieron cuenta al principio del cambio que se estaba operando en mí y mucho menos del bajo rendimiento académico, el cual yo trataba por todos los medios de ocultar. Cuando me preguntaban por mis estudios yo les respondía con un lacónico "muy bien" lo cual al principio pareció bastarles.

Fue en el mes de diciembre cuando volví a encontrar a Inés.

Era jueves y yo estaba cenando en un pequeño restaurante de la zona vieja. Había quedado más tarde con Tomás en uno de los tugurios que solíamos frecuentar y había decidido cenar solo fuera de casa para hacer tiempo, pues mis dos compañeros de piso habían invitado a casa a dos chicas que habían conocido en la facultad y a mí no me apetecía estar de carabina con ellos. Cuando ya estaba tomando el café, la vi entrar. Para mi pesar, me di cuenta de que venía acompañada de un chico bien parecido vestido con un traje de tuno el cual sostenía en su mano derecha una vieja guitarra adornada toscamente con infinidad de pegatinas. El corazón me dio un vuelco y sentí inmediatamente una oleada de celos que me hizo enrojecer y provocó la ya clásica sensación de angustia en mi pecho. Estaba yo decidiendo si saludarla o escabullirme de allí cuando de repente ella se percató de mi presencia y se acercó sonriente a donde yo me encontraba, seguida de cerca por aquel tipo al que, sin conocerlo, odiaba ya profundamente.

—Sebas. Qué alegría verte. ¿Cómo estás?

—Bien. —solo acerté a decir.

—Este es Antonio. Es compañero mío de facultad —dijo señalando al tuno.

—Hola. Qué tal.

Yo le estreché con muy pocas ganas la mano que me ofrecía sin mirarle apenas a la cara y me quedé callado intentando por todos los medios que ninguno de los dos notase mi evidente turbación.

—Bueno. Yo ya me iba. Que lo paséis bien —dije mientras me levantaba con tan mala suerte que con la manga de mi cazadora tiré la taza de café al suelo, la cual se rompió en pedazos provocando que las personas que se encontraban en las mesas cercanas giraran la cabeza ante el estrépito que se produjo. Yo enrojecí de vergüenza y de ira por ser tan torpe precisamente en aquel momento y, definitivamente, la turbación que trataba por todos los medios de ocultar apareció a la vista de todos.

—No te preocupes. No pasa nada —me dijo estúpidamente el tuno como si fuera él el dueño del restaurante.

Yo balbuceé unas disculpas y un "hasta pronto" y me dirigí rápidamente a la puerta del establecimiento mientras sentía como se clavaban en mi espalda los ojos de todas las personas que se encontraban en el local.

Cuando al fin salí a la calle comencé a andar deprisa sin dirección mientras hacía un supremo esfuerzo para que las lágrimas no salieran de mis ojos. Quería morirme en aquel preciso momento. No soportaba aquella sensación de bochorno y vergüenza que sentía y notaba cómo la ansiedad se adueñaba de mi cuerpo sin que pudiera hacer nada por evitarlo. Al fin me paré en uno de los soportales de la calle y lejos de la mirada de los transeúntes le di rienda suelta a mi llanto mientras golpeaba furiosamente una de las columnas con mis nudillos. Al final, cansado de llorar y con las manos doloridas, me escurrí hasta quedar sentado en el suelo mientras ocultaba mi cara con las manos y me frotaba los ojos y la frente en un vano intento de borrar de mi memoria el triste episodio vivido en el restaurante.

No sé cuánto tiempo permanecí allí, el caso es que cuando por fin traté de levantarme, las piernas se me habían dormido y sentía un frío intenso. A duras penas enfilé el camino hacia donde se encontraba el bareto en el cual había quedado con Tomás, no porque tuviera ganas de estar con él, pues compañía era lo que menos quería en aquel momento, sino porque tenía la irresistible necesidad de fumar un porro y no me quedaba ni una pequeña china en aquellos momentos. De pronto, una idea se me vino a la cabeza y me paré en seco en la calle. Aquella idea se me instaló como una obsesión en mi mente y fue ganando fuerza hasta el punto que tuvo la virtud de bloquear la ansiedad que tenía por fumar.

Desanduve el camino hasta donde se encontraba el restaurante con la firme idea de seguir a Inés y a su acompañante sin que estos se percataran. Aún quedaba un poco de sentido común en mi maltrecha cabeza y sentí de nuevo una oleada de vergüenza que a punto estuvo de hacerme desistir de mi absurda idea, pero, al final, mi mente ganó la batalla y semioculto en un portal esperé pacientemente a que estos salieran. Sabía perfectamente que aquel proceder solo me iba a procurar más dolor, pero no podía evitar que una parte de mí, de una forma totalmente autodestructiva, me llevara a auto castigarme de aquella manera.

Por fin los vi salir. No sé qué me causo más dolor, si verlos tan sonrientes o ver que ella, en un momento dado y mientras enfilaban calle abajo, agarraba la mano de él en un gesto que me confirmó que no se trataba tan solo de un amigo de la facultad. Dudé por un momento si continuar con mi absurda idea de seguirlos, aunque realmente lo que quería y deseaba era estar muy lejos de allí. El dolor lacerante que había sentido unos momentos antes dentro del restaurante se volvió de pronto tan insoportable que creí que iba a enloquecer. Intenté volver a la realidad y traté de convencerme de lo absurdo de mi proceder, de que aquella chica que había visto en persona escasamente dos veces en mi vida no merecía la pena el sufrimiento por el que estaba pasando y que nadie en su sano juicio haría lo que yo estaba haciendo en aquel momento, pero todo era inútil, pues ya mi mente se había adueñado de mí y doblegaba mi voluntad a su antojo haciéndome un títere de sus locos pensamientos.

Cuando ya estaba decidido a seguirlos, unas voces de sobras conocidas me hicieron volver en parte a la realidad; eran los dos hermanos compañeros de piso que me increpaban desde la puerta de un bar cercano de donde yo me encontraba. Estaban claramente ebrios y eso contribuyó a que no notaran el lamentable estado en que me encontraba. Finalmente, desistiendo de mi loca idea de seguir toda la noche a Inés y su acompañante y sin ningunas ganas de estar con los dos hermanos, me dirigí pesadamente al lugar donde seguramente encontraría a Tomás, mi camello personal en Santiago, con la clara idea de pillar costo y fumar hasta que las ideas se me nublasen y lograra olvidar aquella noche.

Encontré a Tomás en la entrada a unas galerías donde se ubicaban varios pubs de moda en aquellos tiempos. Estaba de espaldas a mí dedicado seguramente a sus negocios y en un primer momento no acerté a ver las caras de sus clientes de turno, pero en un momento en que Tomás se agacho a recoger algo del suelo, me quedé helado al ver de quienes se trataba: El maldito tuno aún sostenía con su mano derecha la guitarra empapelada de pegatinas mientras con la otra le ofrecía a Tomás un billete de cinco mil pesetas. Detrás de él, una Inés con cara de mala uva se apoyaba con los brazos cruzados en el escaparate de una tienda de electrodomésticos que se encontraba al lado del Pub. No me lo podía creer… Ya era mala suerte, o buena según se mire, pues el ver la cara de fastidio de Inés y adivinar su clara desaprobación a los vicios de su noviete comencé a sentir un pequeño atisbo de esperanza. Esperanza que me duró apenas quince segundos cuando una voz interior me recordó entre risas histéricas el motivo por el cual yo me encontraba allí.

Otra vez me asaltaron las dudas de si acercarme o no a donde se encontraban los tres, aunque no me dio tiempo a tomar una decisión pues ya Tomas se había percatado de mi presencia y me reclamaba agitando la mano que le quedaba libre después de tomar el dinero que le había entregado el dichoso tuno.

—Sebas. Estoy aquí —me gritó desde donde se encontraba.

Yo me dirigí hasta allí mientras el tuno, que parecía no haberme reconocido, guardaba en su bolsillo una bolsita plástica en la cual yo creí adivinar unas hojas secas de marihuana. La que si pareció darse cuenta de mi presencia fue Inés a la cual le cambió la expresión del rostro durante unos momentos y se aproximó a mí sin esperar a que yo llegara al sitio donde se encontraban.

—Hola Sebas. ¿Conoces a este tipo? —me espetó de repente con un tono serio que a mí no me gustó nada.

—Bueno... Sí. Estudiamos juntos en Vigo. —Medio mentí.

No era capaz de calibrar la repercusión de mis respuestas en el ánimo de Inés y esto me hizo adoptar una expresión estúpida y un balbuceo en mi habla que me hizo sentir como un idiota. Quizás fue este aire vulnerable que sin querer adopté que Inés, agarrándome del brazo suavemente me dio en la mejilla uno de sus clásicos besos que tenían la virtud de desarmarme y que yo agradecí en lo más profundo de mi corazón.

—Tienes mala cara Sebas. ¿Estás bien? —me dijo sin soltarme el brazo mientras suavemente me acercaba al lugar donde se encontraban Tomás y Antonio.

—Me duele un poco la cabeza. —La costumbre de mentirle a Inés se estaba haciendo habitual y eso me hacía sentir incómodo—. ¿Por qué me preguntas por Tomás? Parece muy amigo de tu colega el tuno —continué yo un poco maliciosamente.

—Sí. Al parecer se conocen desde hace un par años.

No le dio tiempo de decir nada más pues ya habíamos llegado a la puerta del Pub. Por fin el tipo con el ridículo pantalón de mallas pareció reconocerme, aunque mejor que no lo hiciera a tenor por el comentario que me lanzó:

—Hombre. El pequeño torpe del restaurante. ¿Qué tal?

Recordé por un momento el lejano episodio cuando en el patio de mi colegio en Salamanca me cegué de tal forma que arremetí contra un grupo de tíos que se habían metido con Paco y conmigo. Afortunadamente, y supongo que debido a que Inés aún sostenía mi brazo, y que mi sentido común había evolucionado desde aquel episodio, no me lancé a su yugular y no le partí su patética guitarra en la cabeza y me limité a mirarle con cara de asesino la cual no pasó desapercibida a Tomás, el cual, seguramente para evitar que nos enzarzáramos en una pelea y ver peligrar las ventas de aquella noche, nos dijo conciliadoramente:

—Os invito a una copa. Conozco un Pub que no está muy lejos de aquí y que está muy bien. Vamos —Y sin esperar una respuesta se encaminó calle arriba sin mirar si le seguíamos o no.

Después de unos segundos de duda los tres nos encaminamos en pos de Tomás cada uno seguramente por motivos diferentes. Los míos no serían un secreto para alguien que me conociera bien: por un lado, el ansia irrefrenable de compartir el máximo tiempo posible con Inés y el otro, mucho más mundano, tenía que ver con mi hábito de fumar y mi ausencia de stock del cual era proveedor el que nos había hecho la invitación.

En cuanto a los motivos tanto de Inés como del tuno Antonio, solamente me cabía hacer conjeturas a cada cual más disparatada gracias a mi ya nombrada mente enfermiza. Para mí, Inés se había decidido a seguirnos no porque fuera la acompañante del tal Antonio, sino porque se había dado cuenta de repente de que yo era el hombre de su vida y no quería dejar pasar aquella noche sin declararme su amor. En cuanto a Antonio, patética mezcla de hombre despechado y vicioso con síndrome de abstinencia, sólo nos seguía pues no sabía dónde caerse muerto.

Yo la verdad es que no estaba tan loco como para no darme cuenta de que todo esto era producto de mi cambiante imaginación, pero aun así, durante el camino no dejé de regodearme en tales pensamientos mientras procuraba no hacer mucho caso a los arrumacos que se procuraban Inés y Antonio sin conseguirlo demasiado.

Verdaderamente, no dejaba de asombrarme la capacidad de la mente humana de adaptarse a cada situación en función a las circunstancias, pues, al principio de aquella noche estaba decidido a seguir a una pareja oculto en las sombras de la noche y pocas horas después acompañaba a tal pareja como si nada, pensando que yo era el centro de un extraño triángulo amoroso cuyo lejano vértice se encontraba en algún lugar de Salamanca.

En cuanto a aquella extraña noche, poco más que contar: después de tomar apresuradamente la copa, Inés se marchó alegando que tenía que levantarse temprano para ir a estudiar a la biblioteca y para mi profunda alegría y tranquilidad al menos por aquel día, Antonio no la acompañó y se quedó con nosotros según dijo a tomar "la última". Por supuesto yo le pregunté a Inés si quería que la acompañara, pero ella rehusó mi ofrecimiento para mi gran pesar. Me convencí de que existía una extraña conjura entre nosotros porque aquella vez tampoco me acordé de preguntarle dónde vivía ni cuándo la vería otra vez y sentí de nuevo la angustia que provoca la incertidumbre ante esta circunstancia.

Abatido después de aquella extraña noche plagada de sucesos extraordinarios para mí, regresé al piso de estudiantes arrastrando los pies sin saber muy bien qué hacer con mi vida. Aquel sentimiento que me derrumbaba y que condicionaba cada uno de los momentos de mi vida iba poco a poco minando mi precaria cordura y en momentos determinados deseaba que me hicieran una lobotomía y que me extirparan la parte del cerebro que tenía tan enferma y que me hacía sufrir de aquel modo. Porque a pesar de que buscaba a los culpables de mis penas fuera de mí, en el fondo no quería reconocer que era en mi interior donde estaba el problema. Esta certidumbre, lejos de tranquilizarme, no hizo más que acrecentar mi angustia pues no me sentía una persona con la fuerza suficiente para lograr por mí mismo superar mi conflicto interior.

Recuerdo que aquella extraña noche llegué casi automáticamente a mi habitación en el piso que compartía con los dos alegres hermanos y sin desvestirme me acosté en la cama tratando de acallar la tremenda y alocada conversación de mi mente. Realmente, por aquella noche ya tenía bastante.

CAPÍTULO 9

—Vamos Sebastián. Levántate ya. Tu padre y yo te esperamos en el salón.

La voz de mi madre me hizo volver bruscamente de un sueño en el que Inés y yo paseábamos de la mano por las viejas calles de nuestra Salamanca natal. No es necesario decir que la sensación fue muy desagradable para mí, no solo por la interrupción del citado sueño, sino también porque el tono perentorio de mi madre convocándome a una reunión en el salón no era algo habitual, y a pesar del cansancio provocado por el viaje de regreso a Vigo de la noche anterior, hubo algo dentro de mí que me avisó de que mis padres no me llamaban precisamente para felicitarme por mis buenas notas.

Habían pasado ya varios meses desde la noche en que me encontrara de nuevo con Inés y aparte de mis clásicas y cada vez más habituales crisis de angustia, conseguí alcanzar una más o menos tranquilidad basada en la monotonía de mi vida de estudiante. No la había vuelto a ver ni sabía nada de ella. Lo único de lo que pude enterarme gracias a Tomás fue de su ruptura con Antonio, el tuno, debido según siempre Tomás, al creciente consumo que este hacía de las sustancias que le proporcionaba mi antiguo compañero salesiano. Ni que decir tiene que mi alegría fue grande, aunque la tranquilidad de la noticia no me llevó a centrarme en mis estudios. Lejos de esto, y a las puertas de los exámenes finales, mi única ocupación era cómo justificar ante mis padres mi fracaso para tratar de quedarme por todos los medios en Santiago. Había pensado en muchas excusas para darles: si me tenían manía los profesores (excusa desechada por infantil), que me había equivocado de carrera (lo cual provocaría las iras de mi madre), que me encontraba muy mal anímicamente porque los echaba de menos y por eso había suspendido (eso no se lo creerían ni borrachos), y mil más a cada cual más absurda. Lo cierto es que en mis planes no entraba la posibilidad de tener que dejar Santiago a pesar de que tenía todas las papeletas, y creo que fue por ello que me lo tomé tan mal cuando mis padres me comunicaron la noticia aquel día en la sorprendente e inédita reunión que tuvimos en el salón de nuestra casa de Vigo.

Con más curiosidad que ganas, me levanté de la cama y después de lavarme la cara con agua fría me dirigí al salón donde ya me esperaban mis padres. Lo primero que vi cuando entré fue a mi padre sentado en su habitual orejero con cara de pocos amigos y fumando nerviosamente un cigarro. A su lado, sentada en el tresillo se encontraba mi madre con una leve sonrisa en la boca que me pareció muy extraña. Tenía la expresión de alguien que después de mucho tiempo logra el triunfo de saberse con la razón tantas veces negada por los demás. Al principio no me percaté del paquetito que estaba en la mesa baja delante de donde se encontraban mis padres. Fue cuando me senté que, horrorizado, me di cuenta de que se trataba del envoltorio que habitualmente usaba para guardar el costo que usaba para hacerme los porros. En un primer momento traté de no darle importancia e incluso por un momento fantaseé con la idea de que se encontraba allí por casualidad y no porque lo hubiesen encontrado mis padres entre mis pertenencias. Mis padres no tardaron en sacarme de mi error.

—Quiero que me digas inmediatamente qué es eso —dijo mi padre señalando el paquete.

En un gesto absurdo, yo miré a mi padre con mirada interrogativa mientras señalaba estúpidamente el paquete.

—No se te ocurra tomarme el pelo, Sebastián. No te lo consiento.

Desistí de mentirle a mi padre y le confesé lo de mi afición no sin antes disertar sobre la no peligrosidad de este tipo de sustancia y de sus muchos beneficios y usos que se estaban demostrando en el campo de la medicina...

Mi padre no me dejó terminar, pues poniéndose rápidamente de pie me dio la noticia que me dejó clavado en la butaca donde estaba sentado.

—Mañana te acompañaré a Santiago a recoger tus cosas. La semana que viene voy a hablar con un amigo que tengo en el Estado Mayor de Salamanca para pedirle que te incluya en uno de los próximos reemplazos. Ya que no has sido capaz de madurar por ti mismo, espero que en el ejército hagan un hombre de ti.

Sin decir nada más mi padre salió del salón y yo me quedé petrificado con la mirada perdida sin poder calibrar exactamente las consecuencias en mi vida de la decisión tajante que me había comunicado mi progenitor ante la mirada triunfante de mi madre, la cual, por cierto, seguía en el mismo sitio mirándome fijamente.

Yo me levanté pesadamente y, después de coger una cazadora del perchero, salí de la casa y empecé a caminar sin dirección aparente. Las ideas se agolpaban en mi mente de una forma que no era capaz de ordenarlas a pesar de que lo trataba por todos los medios y, sin darme cuenta, me encontré sentado en la hierba junto al yacimiento celta en la ladera del monte de "El Castro" a donde solía acudir mis primeros años en aquella ciudad. Se me caía el mundo encima y no podía evitar la angustia que atenazaba mi pecho y que me hacía estallar la cabeza. Oculté mi cara con las manos y lloré desconsoladamente hasta que mis ojos se negaron a dejar brotar más lágrimas. No sabía qué hora era y francamente, no me importaba. Quería morirme en aquel instante pues sentía que la vida para mí ya no tenía sentido. Esperaba que un rayo cayera desde el cielo y que me partiera en dos para así dejar este mundo de sufrimiento que no me dejaba vivir la vida como yo quería, pero ese rayo nunca cayó…

No sé si pasaron horas o minutos pues había perdido la noción del tiempo cuando comencé a calmarme poco a poco. Lo que antes había sido un maremoto en mi cabeza, se tornaba en tormenta que, a medida que pasaba el tiempo parecía que amainaba. La parte de mente lúcida que me quedaba me llevó sin yo quererlo a planear automáticamente mi vida a partir del día siguiente (se conoce que mi mente aún no podía controlar el cien por cien de mi cabeza, y la auto curación entraba en acción). Claro que pensé en la ciudad de la que me había enamorado durante aquel año y en la que habitaba la mujer que quería de una forma tan apasionada, pero la posibilidad de volver a mi querida Salamanca natal, aunque fuera como soldado de reemplazo, me otorgó un pequeño cabo al que poder asirme en aquellos momentos tan difíciles para mí.

A aquellas alturas de la película, yo ya sabía que la decisión de mis padres era irrevocable y que no tenía ninguna posibilidad de oponerme a ella debido en parte a mi falta de solvencia y a que no tenía el valor suficiente para buscarme la vida, aunque muchas veces había pensado en ello. De la conversación, perdón, monólogo de mi padre ante la atenta mirada de mi madre, me di cuenta que no salió a relucir el asunto de mis resultados académicos y este punto, la verdad es que me extrañó un poco. Realmente, si sólo habían encontrado el paquetito con el costo en mis pertenencias esto habría, en circunstancias normales, provocado que mis padres me cambiaran del piso a una residencia católica de estudiantes donde al parecer yo estaría más controlado, y no la tajante decisión de acabar inmediatamente con mi vida de universitario… Preferí no romperme más la cabeza con este misterio el cual quedaría días más tarde resuelto, cuando oí como mi padre recibía una llamada telefónica del mismísimo decano de la Universidad Compostelana. Fue la primera vez que mi padre se disculpaba humildemente con alguien y me sentí muy incómodo de escucharlo; además, rompiendo su estilo escueto habitual en las conversaciones, se explayó en explicaciones y promesas en las cuales mi nombre aparecía de vez en cuando a la vez que el tono de voz de mi padre cambiaba de humilde a iracundo cuando esto ocurría.

Recuerdo que al terminar dicha conversación a la cual había asistido de espectadora también mi madre con la cara triunfal que no había dejado de tener desde el día de nuestro encuentro en el salón, mi padre, sin mirarnos siquiera y con el aire de quién acaba de perder una batalla, salió por la puerta sin decirnos nada y sin apenas hacer ruido. Yo sentí en aquel momento algo parecido al remordimiento pues, a pesar del profundo odio que sentía en aquel momento por quién a partir del día siguiente iba a hacer que mi vida diera un giro de 180 grados, sentía que le había fallado totalmente y que nuestra ya precaria relación personal acababa de llevar la estocada final.

Mi padre no volvió a casa hasta bien entrada la noche. Mi madre ya no tenía en su semblante la mirada triunfal, sino que la había cambiado por su habitual cara de mártir que está a punto de ser arrojada a los leones.

Al día siguiente mi padre me hizo levantar temprano, y tal como me había prometido, nos subimos al coche y tomamos la autopista con dirección a Santiago de

Compostela. A diferencia de aquel primer viaje que hice a la ciudad Santa, no me fijé en el paisaje ni sentí aquella alegría indescriptible, sino que soporté la angustiosa sensación que me provocaba la certeza de que sería mi último viaje a mi querida ciudad en mucho tiempo. Mi padre no dijo nada en todo el trayecto lo que contribuyó a que mi estado de ánimo se hiciera cada vez más tenso e insoportable para mí hasta el punto que, cuando divisamos las altas torres de la Catedral, ya sentía que la respiración se me entrecortaba y que un nudo en la garganta me impedía tragar saliva con normalidad.

Llegamos al piso enseguida, yo siempre detrás de mi padre el cual apuraba el paso como si tuviera mucha prisa por acabar con aquel asunto. Una vez arriba, y sin la presencia de mis compañeros, los cuales seguramente estarían asistiendo a clase, mi padre me ordenó con un gesto de cabeza que recogiera rápidamente mis cosas. Yo lo hice sintiendo como las lágrimas pugnaban por salir de mis ojos, aunque en aquella ocasión hice el mayor esfuerzo para que no ocurriera para que mi padre no me viera en aquel estado.

Una vez abajo, y no sé si debido a la tensión reprimida de todos aquellos días o por la inevitabilidad de mi partida, sentí como me abandonaban las fuerzas y se me doblaban las rodillas al tiempo que mi cabeza perdía la noción de todo lo que ocurría a mi alrededor y perdía irremediablemente el conocimiento.

Recuerdo que me desperté con un intenso dolor de cabeza, y al mirar alrededor me di cuenta que me encontraba en la habitación de un hospital. Mi padre se encontraba sentado en una silla cercana leyendo un periódico y a mi lado, una enfermera con cara de pocos amigos me tomaba la tensión. La enfermera se percató de que yo había abierto los ojos y, sin decir nada, oprimió un botón al final de un cable que se encontraba a la cabecera de la cama donde me encontraba postrado y salió como alma en pena de la habitación. Yo me quedé unos segundos callado mirando a mi padre, el cual seguía absorto en la lectura y ya me había decidido a llamar su atención cuando entró un señor de mediana edad, regordete y con gafas, vestido con una bata blanca que le quedaba francamente pequeña, que obviamente identifiqué como el médico que venía a atenderme.

—Ya estás despierto… Sebastián —dijo después de consultar mi nombre en una tablilla que portaba en una de sus regordetas manos.

Mi padre ya se había levantado de su silla y se había acercado a mi cama, pero aún no había dicho nada. En su cara no había desaparecido todavía el gesto de frustración, aunque a este le había añadido uno que a mí me pareció en aquel momento de lógica preocupación.

—Si doctor —le respondí mientras trataba de incorporarme en la cama.

—No. No trates de levantarte. Has perdido el conocimiento y te vas a quedar esta noche en observación. Tu padre nos ha dicho que no estabas pasando por un buen momento anímico y pensamos que te ha dado una crisis aguda de angustia, pero aun así queremos que te quedes al menos hasta mañana por la mañana.

Miré de reojo a mi padre, pero ya este se había vuelto hacia la ventana dándonos la espalda. Seguramente se había sentido violento al ser nombrado por el doctor, aunque yo agradecí como tantas veces en mi vida su detalle en la sombra. Para mí fue muy importante que, a pesar de todo, él fuera consciente de lo que su severa decisión había supuesto en mi ánimo.

En cuanto nos quedamos solos, mi padre acercó una silla a mi cama y yo intuí que tendríamos una de aquellas escasas conversaciones en las que él me trataba de instruir en la vida y yo me limitaba a asentir con la cabeza de vez en cuando. Sin embargo, mi padre se quedó callado unos instantes y después de agarrarme la mano en un gesto inédito en él, me dijo:

—Hijo, ¿Cómo te encuentras? ¿Estás mejor?

—Sí, Papá. No te preocupes.

—Cómo no me voy a preocupar por ti. No sé qué te está pasando. Te aseguro que me gustaría ayudarte, pero no sé cómo.

Yo me quedé callado sin dar crédito a lo que mi padre me estaba diciendo y volví a sentir la agradable sensación que sentí en Salamanca aquel lejano día de mi pelea en el colegio. Sin embargo, y a pesar de que me sentía bien por aquella reacción de mi padre, aún estaba reciente el dolor por lo que me había hecho con respecto a mi vida y me limité a contestarle que no me pasaba nada mientras me giraba en la cama dándole la espalda.

Hoy en día no dejo de arrepentirme de haber actuado de aquel modo, pues fue la última vez en que mi padre y yo estuvimos tan cerca como padre e hijo. Ahora sé que no debemos culpar a los padres ni a nadie por sus actuaciones sino tratar de comprender que si se comportan de tal o cual manera solo se debe a que han vivido unas circunstancias determinadas que como a todos, han condicionado su forma de ser. Pero en aquellos convulsos años de mi vida el egoísmo dominaba mi vida y me creía víctima de todos los males sin ser capaz de ver realmente mi parte de culpa en lo que me sucedía.

No sé cómo se enteró. El caso es que apareció Inés en el hospital aquella tarde. Vino sola y tenía cierta cara de preocupación que yo no acerté a adivinar si era por mi causa o por otro motivo. Preferí pensar que era por mí. Estaba especialmente bella a pesar de una leve melancolía en su mirada, que lejos de deslucirla le confería un aire de misterio que me sobrecogía. Llevaba su larga y hermosa cabellera suelta y lucía un vestido azul que contrastaba con sus hermosos ojos. Nada más verla tuve la sensación de que pasaría mucho tiempo antes de que la volviera a ver y eso me acongojó de tal manera que creí que iba a sufrir una nueva crisis de angustia.

—Hola Sebas. Tu compañero de piso que estudia en mi facultad me dijo lo que te había pasado. Al parecer se enteró por un vecino que vio como llegaba la ambulancia. ¿Cómo estás?

—Bien gracias —le respondí escuetamente al puro estilo de mi padre entendiendo de pronto el misterio de su visita.

—Me ha dicho también que le ha dicho su padre que vas a dejar la Universidad…

—Sí. Es cierto. Se ha enterado de mis notas. Al parecer conoce desde hace tiempo al Rector y lo mantenía informado. —No quise hacerle mención del detalle de los porros.

—¿Qué tienes pensado hacer?

—El caso es lo que mis padres tienen pensado, no lo que yo quiero hacer. Mi padre ha hablado con un militar de Salamanca para que haga la mili allí el año que viene…

Ni que decir tiene que yo hacía unos esfuerzos tremendos por no llorar y mientras le contaba esto intentaba adoptar un tono neutro ausente de sentimentalismos. Creo que no conseguí mi objetivo pues ella me agarró la mano como queriendo consolarme y comenzó a acariciarla mientras a mí se me quebraba la voz.

Los dos nos quedamos callados unos momentos. A pesar de que nos habíamos visto realmente pocas veces desde que nos conociéramos, sentía que entre Inés y yo se había establecido un vínculo especial y estaba destrozado por dentro porque el destino nos separaba de nuevo, aunque en verdad, en aquellos tiempos yo no quería asumir que no era cuestión del destino, sino que me lo había buscado yo solo a través de mis actos.

—¿Te importa que te escriba al cuartel? —dijo ella de pronto.

—Aún no sé a cuál voy a ir... En cuanto lo sepa te llamo por teléfono y te lo digo.

Yo le recordé que nunca me había dado sus señas y me sorprendió comprobar que todas las cábalas que me había hecho sobre las razones para que nunca me hubiese dado su teléfono eran absurdas, pues ella se apresuró a darme el número mientras sonreía al darse cuenta de este hecho. El caso es que lo que a mí me había tenido preocupado durante mucho tiempo al final no fue más que un despiste.

Había dos cuarteles en Salamanca; uno, enfrente mismo de la plaza de toros de la ciudad, era el cuartel de Ingenieros y el otro, ubicado en la calle Federico Anaya, pertenecía a la Brigada de caballería Jarama, creo que ubicada en León, al que habían apodado “El Charro”. Estaba también el cuartel de aviación de Matacán, en las afueras de la ciudad, pero tenía la certeza de que a ese no iba a ser destinado pues el amigo de mi padre pertenecía al ejército de tierra y seguramente y a instancias de mi padre me querría tener bajo su tutela (todo esto no eran más que nuevas cábalas pues no conocía al amigo de mi padre). Por supuesto que a mí no me apetecía nada ir a ninguno de los tres cuarteles, pero, si me dieran a elegir, preferiría el de caballería, aunque no puedo decir la razón... quizás era porque me parecía más romántica la idea de pertenecer a una Brigada de caballería que a un batallón de Ingenieros, no lo sé. El caso es que finalmente tuve algo de suerte en esto y fui destinado al cuartel de la calle Federico Anaya.

Pero volviendo a mis últimos días en Santiago de Compostela, recuerdo que la tarde que salí del hospital, algo recuperado de cuerpo, pero hundido totalmente de espíritu, lloviznaba con la clásica lluvia fina de las tierras gallegas y era un día gris que invitaba a la melancolía. Mi padre, algo ablandado quizás por mi indisposición del día anterior, se encontraba al parecer algo más tranquilo y semejaba que, consciente del dolor que me producía marcharme, se demoraba en su andar hacia donde tenía el coche, circunstancia que me dio la oportunidad de despedirme de los lugares que más había frecuentado. En un momento dado y haciendo acopio de valor le pregunté a mi padre si antes de irnos podíamos pasar por la Plaza del Obradoiro. Mi padre pareció dudar un instante, pero finalmente accedió a mi petición. En el último año yo había adquirido la costumbre de acercarme a esta grandiosa plaza y sentarme en cualquier lugar a observar la grandeza del conjunto arquitectónico y a meditar sobre mis cosas (cosas que la mayor parte de las veces tenían que ver con Inés). La tranquilidad que me proporcionaban estas visitas, las cuales realizaba a cualquier hora del día, era casi comparable a la que sentía cuando me sentaba en uno de los bancos de la Plaza Mayor de Salamanca, aunque, no sé si debido a la novedad o al ambiente entre nostálgico y húmedo que poseía la Plaza de la Catedral, ésta tenía la extraña virtud de transportarme como por arte de magia a lugares de ensueño donde la Edad Media todavía persistía y yo, aficionado como era a estos viajes de visualización mental, disfrutaba durante horas y horas sin importarme nada de lo que pasaba a mi alrededor.

La Plaza estaba casi desierta. Sólo se veía alguna gente entrando apresuradamente en el vestíbulo del Hostal de los Reyes Católicos, a la izquierda de la fachada principal de la Catedral y una pequeña cola de lo que parecían un grupo de estudiantes en viaje de fin de curso en la puerta de entrada al Palacio del Arzobispo Gelmírez. Yo me situé en pleno centro de la Plaza como solía hacer algunas veces y me recreé con el soberbio conjunto arquitectónico que tenía a mi alrededor. Cerré los ojos y levantando la cara hacia el cielo, dejé que la fina lluvia mojara mi rostro y se mezclara con las lágrimas que comenzaron a brotar de mis ojos. No era un llanto amargo ni histérico, sino que parecía más bien como el lloro de un enamorado que, sabiendo de la inevitabilidad de la partida lejos de su amada, acepta su destino sabiendo que al final, a su regreso, su enamorada lo estará esperando con los brazos abiertos.

El contraste en mi rostro entre el calor de mis lágrimas y la frialdad de la lluvia me hizo estremecer y lejos de provocarme más pesar, me invadió una suave calma que agradecí al instante y que tuvo como virtud que yo comenzara a plantearme con más tranquilidad lo que sería mi vida al año próximo en Salamanca.

Mi padre, generosamente, me dejó a mis anchas y se fue a refugiar a un café, con la excusa de que tenía que realizar unas llamadas importantes. Yo sabía que una vez más, me concedía uno de esos silenciosos regalos con los que solía obsequiarme de vez en cuando, a pesar de que yo, sobre todo en aquella ocasión, no me lo merecía en absoluto.

Observé que por mi izquierda se acercaba aquel personaje tan conocido en Santiago y en la propia Plaza del Obradoiro el cual, vestido a la antigua usanza de los peregrinos de la Edad Media, se medio ganaba la vida dejándose fotografiar con los nuevos peregrinos a cambio de algunas monedas. Recuerdo que la primera vez que lo vi me había llamado la atención su atuendo y su larga barba y que incluso me había reído de él por considerarlo un loco. Fue precisamente Inés la que me sacó de mi error y me hizo ver con otros ojos a aquel peregrino estático que formaba parte ya del entorno de la Catedral. Nunca me había preocupado por él ni nunca había tratado de averiguar su nombre, pero en aquella ocasión, sentí mucho no haber aprovechado el tiempo y haber entablado conversación con él pues a buen seguro que me habría enterado de muchas historias interesantes. Como si fuera capaz de leer mi pensamiento, el viejo peregrino se acercó a mí sin quitarme la vista de encima. Cuando ya se encontraba a mi lado, se apoyó pesadamente en su largo cayado y me dijo:

—No te preocupes chico. Volverás a Santiago. Alguien que siente a esta ciudad como parece que la sientes tú tiene que volver, porque si no, le faltará siempre algo en su vida.

Tras decirme esto, me dio unas palmaditas en la espalda y se alejó por donde había venido, dejándome perplejo, pero con una sensación de calma total y de esperanza.

En cuanto al resto de acontecimientos ocurridos durante mi corta vida como universitario, poco más que decir… No pude ver a Tomás antes de irme debido a lo precipitado de mi regreso a Vigo con lo que yo perdí un compañero de juergas y él perdió (ahora lo sé) uno de sus mejores clientes. No quiero decir con esto que mi afición a los porros desapareciera como por ensalmo, no; lo que pasó fue que desaparecido mi proveedor habitual y sujeto al férreo control que me impusieron mis padres, unido a que en Vigo no conocía a nadie que me pudiera suministrar el preciado costo, me vi obligado a prescindir de sus efectos durante una larga temporada. He de confesar que al principio temí sufrir uno de aquellos síndromes de abstinencia que había visto en algunas películas, pero, a pesar de que en momentos puntuales deseaba desesperadamente fumarme un porro, nunca este ansia fue tan grande como para hacerme revolcar en una cama sudando mientras gritaba enloquecido que me dejaran fumar.

En cuanto a Inés, después de su visita al hospital en la cual prometió escribirme regularmente al cuartel donde me destinaran, la encontré esperándome en la salida del sanatorio cuando me dieron el alta. Mi padre, que seguramente había notado algo en la visita que esta me hiciera a la habitación del hospital, me dejó unos minutos a solas para que me pudiera despedir. Por supuesto, él no dijo nada, limitándose a alejarse con una excusa que ni Inés ni yo acertamos a entender.

—Bueno Sebas. Espero verte pronto por Salamanca —dijo ella con un tono de voz en el cual a mí me pareció vislumbrar un atisbo de tristeza.

—Espero que sí —solo acerté a decir yo.

De repente, me quedé callado y sentí como me subía una oleada de energía desde el estómago y, casi sin quererlo, mi boca empezó a hablar sin darle a mi cabeza la mínima posibilidad de hacerla callar de alguna forma:

—Inés, me gustas desde el día que te vi por primera vez en Salamanca. Aquella tarde lo pasé muy mal porque estabas con Paco y sabes que lo quiero un montón. Tengo que confesarte que, aunque me apené por cómo se sentía él, en el fondo no pude evitar alegrarme cuando lo dejasteis… porque veía una pequeña posibilidad de poder estar contigo.

Me callé de repente después de mi sorprendente discurso y me volvió a invadir mi clásica vergüenza y timidez. No pude más que mirar al suelo y esperar la respuesta de Inés estoicamente.

—Creo que no hemos tenido mucha suerte Sebas. Las circunstancias no han sido las apropiadas…

No me estaba gustando mucho lo que me estaba diciendo Inés y yo traté de cambiar de tema pues me sentía totalmente abochornado. Ella no hizo caso a mis intentos de evasión y continuó:

—Realmente creo que me gustas también, pero ahora ya no importa… Tú te vas y no tendremos oportunidad de saber si nos iría bien o no. Tal vez en el futuro…

Y allí estaba yo. Varios años esperando aquel momento y cuando llegaba, el destino me hacía marcharme lejos de ella. Odié a mi padre, odié a mi madre, odié a Tomás, al Rector, al militar de Salamanca que me iba a "enchufar" en uno de los siguientes reemplazos y, finalmente me odié profundamente a mí. Me odié por no haber sabido aprovechar mi estancia en la ciudad que me había cautivado, por no haber sabido conservar la libertad tanto tiempo soñada y por no tener valor de quedarme a pesar de lo que dijeran mis padres. No me quedaban lágrimas… en realidad ya estaba cansado de llorar; últimamente lo hacía mucho y ya estaba harto. No me gustaba a mí mismo; detestaba mi forma de ser y culpaba a mis padres de la misma. En aquellos breves minutos, se juntaron en mí la alegría del amor por fin alcanzado y la desesperación del amor recién perdido, porque sabía que no había nada que pudiera hacer en aquel momento para reparar los actos que me había puesto en aquella amarga situación.

Ella por fin se marchaba y yo, en fin, sentía la fuerza de la correa por la cual me sujetaba mi padre, quien desde la otra esquina de la calle me esperaba impaciente dando secos tirones para advertirme que se hacía tarde. Inés, mi dulce Inés, se acercó a mí despacio. Yo pude sentir su maravilloso olor y lo guardé en el fondo de mi memoria pues intuía que pasaría mucho tiempo antes de que volviera a verla. Le ofrecí mi mejilla para que la besara como solía hacer, solo que, en esta ocasión, delicadamente posó su mano en mi rostro y muy despacio me dio un cálido y tierno beso en los labios; fue un beso de despedida y de amor truncado; de rabia y melancolía por lo que podría haber sido y el destino no quiso que fuera.

Un beso que aún hoy recuerdo y que recordaré toda mi vida.

CAPÍTULO 10

No hace falta decir, creo yo, el estado de ánimo que se instaló en mí a partir de mi regreso a Vigo. Ni siquiera la presencia de mi hermana Dolores tuvo la facultad de evitar que cayera en la profunda depresión que me atrapó aquel verano.

Más que nunca, mis excursiones urbanas se sucedieron de tal modo que había días que ni siquiera acudía a comer a casa. Normalmente salía temprano del chalet y, sin ni siquiera planearlo, comenzaba a vagabundear por las calles sin rumbo y sin importarme en absoluto el tiempo que pasaba. Creo que fueron estas salidas las que impidieron que cayera en picado y tocara fondo. Gracias a mi afición evité que me viera abocado al sofá del salón, con eternas sesiones de televisión y broncas de mi madre, a la cual se le había agriado el carácter de una forma pasmosa. De hecho, a mi hermana por aquellos tiempos y aunque yo no me diera cuenta debido al estado en el que me encontraba, ya se le empezaban a notar los estragos que en su carácter estaba provocando la situación familiar que le tocó vivir en aquellos días, con un padre que apenas estaba en casa y una madre cada vez más fanática que tenía por nueva moda adornar cada esquina de la casa con estampitas y calendarios con santos y mártires que iba acumulando gracias a sus numerosas visitas a las Iglesias de la ciudad.

La verdad es que yo no tenía humor para llevar a mi hermana conmigo y ahora me arrepiento pues me doy cuenta del bien que nos habríamos hecho mutuamente en aquellos días.

Ahora que ya ha pasado todo aquello, recuerdo que lo que saqué de positivo es que llegué a conocer la belleza en parte evidente y en parte oculta de una ciudad a la que, y sorprendentemente para mí, algunos de sus propios habitantes criticaban. Aún hoy no logro entender este sentimiento de rechazo de unos vecinos con su propia ciudad. Más tarde me enteré de que gran parte de la población era oriunda de Ourense aunque tampoco me valía como explicación pues muchos de ellos eran nacidos en Vigo y orensanos de segunda o tercera generación. En lo que sí había unión y unanimidad era en la terrible rivalidad que existía (y aún existe) con la ciudad de Coruña con motivo de los encuentros futbolísticos de los equipos de las dos ciudades. A mí, que el futbol nunca me importó demasiado, siempre me pareció tremendamente absurda esta rivalidad, la cual llegaba a veces a unos extremos tales que era impensable dejar aparcado un coche matriculado en la Coruña en las calles de Vigo y viceversa sin que corrieras el riesgo de que cuanto menos te marcaran la carrocería con las llaves.

Es extraño, pero en mis años en la ciudad olívica, nunca entablé una verdadera amistad con nadie. Sí que conocí a gente y salía a veces con algún grupillo, pero nunca llegó a cuajar una verdadera amistad como la que tenía con Paco.

Y hablando de Paco, una de las cosas que más me obsesionaba era cómo le iba a contar lo que había pasado entre Inés y yo mi último día en Santiago de Compostela. Verdaderamente, y después de lo que nos había pasado hacía unos años, yo no estaba dispuesto a que nuestra amistad se volviera a estropear debido a mi falta de sinceridad. Realmente ya había aprendido la lección, pero aun así me abrumaba hasta tal extremo el pensamiento del momento en que se lo contara que había veces que no podía dormir por las noches. Muchas veces me engañaba a mí mismo pensando que no había pasado nada, que había sido un beso de amistad y de despedida y que la declaración de amor de ambos había sido tan solo fruto de la emoción del momento, pero enseguida dejaba de auto engañarme y volvía a sentir la angustia característica en mí. Esta vez, he de decirlo en mi descargo, no estaba preocupado tanto por mí como por mi amigo, pues me había quedado claro que a pesar de todo lo que había pasado, él seguía enamorado de Inés y conocer el episodio vivido entre los dos intuía que no le iba a sentar nada bien. Yo, aunque no lo haya mencionado, mantuve durante mi estancia en Santiago un contacto estrecho con Paco con el cual me carteaba habitualmente. También solíamos telefonearnos, aunque no tan a menudo debido a que las llamadas interprovinciales no eran muy baratas. Nunca le oculté los encuentros con Inés, aunque jamás le hablé de mis fuertes sentimientos hacia ella (aunque él ya los conocía), sino que más bien dejaba caer en la conversación alguna que otra mención a la chica que nos gustaba a los dos mientras él por su parte deslizaba alguna pregunta a la cual le daba un tinte desenfadado para que no fuera incómodo para ninguno de los dos.

Finalmente, decidí aparcar el tema y posponerlo a nuestro futuro encuentro en Salamanca en cuanto yo regresara para cumplir el servicio militar obligatorio; creía, aunque seguro que en mi subconsciente era una excusa para posponerlo, que sería mejor hablarlo en persona mientras tomábamos una cerveza en algún bar de la Plaza Mayor.

La vida en casa de mis padres (nunca sentí que fuera mi casa), no era agradable para mí. Mi madre, que era la que pasaba el mayor tiempo en ella menos cuando iba a golpearse el pecho a la Iglesia, no dejaba de atosigarme envalentonada con la decisión que había tomado mi padre y que aparentemente yo había acatado sin rechistar, de prohibirme salir por las noches en un claro intento, según los oí chismorrear en una ocasión, de que no tuviera contacto con la chusma que podía venderme droga y engancharme a ese tipo de sustancias. Eran unos ingenuos pues pensaban que los camellos sólo trabajaban por la noche, aunque eso me dejó libre para estar fuera de casa la mayor parte del día y poder recorrer las calles empinadas de Vigo y sus alrededores.

Con mi padre no había comunicación (pasaba poco tiempo en casa) y con mi madre había demasiada. Yo no paraba de discutir con ella. Al principio se extrañaba de que yo me atreviera a contestarle de aquella forma, aunque luego se acostumbró y hasta les cogió afición a nuestras riñas las cuales, aunque parezca partidista, casi siempre comenzaba ella.

—¿A dónde vas tan temprano? ¿Se puede saber qué haces por la calle todo el día? Seguro que nada bueno. Si te pusieras a trabajar te harías un hombre. Menos mal que te vas pronto al cuartel… allí si te harán madurar…

Básicamente ese era siempre el comienzo de sus sermones los cuales acababan inevitablemente con un gran portazo cuando yo me marchaba de casa para no soportar sus gritos histéricos. Otras veces en que yo me encontraba más peleón, le entraba al trapo (cosa que a ella le gustaba en el fondo) y le soltaba parte de lo que tenía acumulado y que nunca me había atrevido a decirle.

Un día de inicios de junio en que yo me encontraba especialmente mal, llegué a casa tarde después de haber recorrido la ciudad hasta llegar al monte de la Guía. En lo alto de dicho monte se encontraba la pequeña ermita de la Virgen con el mismo nombre que el montículo desde donde se podía admirar en su esplendor casi toda la extensión de la magnífica Ría de Vigo. A pesar de la hermosura de sus vistas, el lugar, que a aquellas horas se encontraba casi desierto, me produjo una especie de melancolía que no pude disimular cuando regresé a casa de mis padres. Eran cerca de las once y media de la noche cuando llegué por fin y ya mis padres me estaban esperando con caras de pocos amigos sentados en el sofá del salón. Yo les di las buenas noches sin pararme en un vano intento de eludir la casi segura bronca, pero no lo conseguí pues ya mi padre me ordenó que pasara y que les diera explicaciones de por qué había llegado tan tarde.

—Simplemente me he retrasado un poco. No pasa nada —dije intentando ahogar la discusión antes de que se produjera.

—Quien decide aquí si pasa o no pasa nada soy yo. ¿Está claro? —contestó mi padre hecho una furia.

Mi madre no decía nada y se limitaba a mover la cabeza con un gesto suyo característico que a mí me ponía de los nervios.

—No creo que sea tan importante Papá. No hace falta que te pongas así.

—Estate callado. Aún encima tienes el cuajo de responderme.

—Cómo no te voy a contestar. Yo también estoy harto ¿entiendes? Estoy harto de estar en esta casa. No soporto estar aquí. Por un lado, estoy deseando irme a Salamanca y perderos de vista. —Yo había ido levantando progresivamente la voz y sentía que mi corazón iba a cien por hora.

—Has sido tú quién te has buscado esto. Si hubieses hecho lo que tenías que hacer no te encontrarías ahora en esta situación. Me siento avergonzado. Nunca creí que tendría que avergonzarme de un hijo como me avergüenzo ahora de ti. Sácate de mi vista.

Mi padre había ido levantando progresivamente la voz y la cara se le había puesto roja de ira. Por su parte, mi madre asistía a la escena, pero en esta ocasión su cara era de sorpresa por la actitud de mi padre, pues no estábamos acostumbrados a que perdiera los nervios de aquella forma.

—No quiero. Estoy cansado de callarme. No voy a …

Lo que pasó en aquel momento no me lo esperaba y fue tan rápido que no me dio ni tiempo a reaccionar. Mi padre no dejó que terminara la frase, pues, acercándose a mí a toda prisa me pegó semejante bofetada que me dejó clavado en el sitio. No acerté a decir nada y mi padre y yo nos quedamos mirándonos de frente sin mover ni un músculo.

—Hijo… yo…

No le dejé terminar la frase. Lentamente, con el orgullo más dolorido que la cara, me dirigí a la puerta de casa y salí a la noche oscura. No hice caso a los gritos de mis padres pidiéndome que regresara a casa. No podía. Sabía que en aquel momento se había producido un gran cambio en nuestra ya maltrecha relación y que nada iba ya a ser como antes. No lo podía ser. A mi entender mi padre había traspasado el límite que no se debe traspasar y lo odié profundamente. Lo odié porque le quería… lo detesté porque en el fondo de mi corazón lo admiraba y lo necesitaba… y finalmente lo repudié por no saber quererme como yo esperaba.

Caminé sin rumbo por las calles ya vacías de gente. No tenía un rumbo fijo. Solo quería escapar, pero por mucho que caminaba no lo conseguía. No se puede escapar a los sentimientos por muy lejos que se viaje y yo, en aquel momento no lo sabía. En un momento dado me puse a correr por las calles pues necesitaba eliminar de mi interior la furia que me acosaba y que me oprimía el pecho. Mi cabeza me estallaba pues la cantidad de pensamientos que me circulaban por la mente me producía una ansiedad tal que no era capaz de controlarla. Por un momento temí que me volviera a dar una crisis como la de Santiago, pero curiosamente en aquella ocasión no fue así. Por fin me paré y me apoyé contra un muro jadeando como un perro mientras sujetaba mis sienes con ambas manos en un vano intento de acallar la disparatada cháchara de mi cabeza. Miré hacia los lados para tratar de reconocer el sitio donde me encontraba. Sorprendido descubrí que me encontraba en la calle Ecuador esquina con Loriga, bastante lejos de donde se encontraba mi casa. Comencé a caminar, esta vez un poco más sosegado y me dirigí hacia el bar América que aún se encontraba abierto. Una vez dentro me apoyé en la barra y pedí un botellín. Me di cuenta de cómo el hombre que atendía dudó un momento si servirme o no debido seguramente a la cara desencajada que yo traía y que debió confundir con la de un borracho. Por fin, después de un examen minuciosos de mi persona, se debió percatar de que yo no suponía ningún peligro y me sirvió el botellín sin decir nada volviendo a sus quehaceres y sin volver a prestarme más atención.

En el bar se encontraban solamente dos personas más en aquel momento: un viejo encorvado y desaseado que miraba su taza de vino como si para él no hubiera nada más importante en el mundo y un hombre de mediana edad el cual no paraba de meter monedas en una tragaperras mientras bebía ávidamente una copa de licor café.

Me quedé mirando al viejo y no pude evitar pensar que yo podría ser como él en el futuro y eso me aterró. No sé si logró leerme los pensamientos, el caso es que el anciano dejó de prestarle atención por un momento a su bebida y fijó unos ojos melancólicos y ebrios en mí, y como queriendo confirmar mis pensamientos de hacía un momento, me sonrió con una sonrisa vacía y cargada de tristeza. Después, volvió a su ocupación y me pareció ver que una lágrima caía en su taza de vino y sentí una profunda melancolía. Apuré lo que me quedaba de bebida, pagué la consumición y, con lágrimas en los ojos, salí de nuevo a la calle sin saber muy bien a dónde dirigirme.

Bajé por la corta y empinada calle Loriga y llegué hasta el Progreso. Una vez allí y sin saber muy bien qué rumbo tomar, enfilé la calle y me aproximé arrastrando los pies hasta el lugar donde se encontraba la Iglesia de María Auxiliadora, adosada al colegio de los Hermanos Salesianos donde yo había estudiado a mi llegada a Vigo. Yo ya había estado con anterioridad en aquella Iglesia con motivo de alguna celebración religiosa a la cual, y por estar en los Salesianos nos obligaban a ir, y siempre me había parecido un lugar lleno de encanto. Se trata de un Templo de piedra con un gran retablo dorado presidido por una bella imagen de la Virgen. La piedra ennegrecida de sus paredes, fruto de la edad y del humo de cientos de miles de velas encendidas a lo largo de su historia le conferían un aspecto añejo y solemne que me recordaba a menudo al entrañable aspecto del cuerpo de la imagen del Cristo de La Victoria de Vigo, antes de que a algún listo se le ocurriera la idea de restaurarlo y privarlo así de su peculiar color de piel. A Ambos lados, antiguos retablos de madera e imágenes de santos decoraban los oscuros pasillos laterales. El aura de misticismo mezclada con arte y el silencio obligado, le conferían un aire de serenidad muy difícilmente alcanzable en los feos templos que se construyeron más tarde aprovechando los bajos de los edificios nuevos. Grandes Iglesias antiguas como la de los P.P. Capuchinos en la calle Vázquez Varela fueron víctimas del urbanismo más atroz y destrozaron, a mi parecer, la magia que rezuman las escasas iglesias antiguas que aún quedan en la ciudad.

Como ya he dicho anteriormente, yo no era muy asiduo de los ritos católicos, pero sí que solía acudir a las iglesias en parte para gozar de su arte y en parte porque era allí donde lograba encontrar alguna calma y donde podía meditar o simplemente estar sin hacer ni pensar en nada.

Evidentemente a aquellas horas de la noche la Iglesia de María Auxiliadora no se encontraba abierta, pero aun así, subí la escalinata de piedra y acercándome a la puerta lateral me senté apoyándome en ella tratando de resguardarme del frío que a pesar de la época del año se empezó a hacer muy intenso.

Ya más sosegado, me quedé dormido y soñé con mi padre y con mi madre, con mi hermana, y con Inés… Ah Inés… daría cualquier cosa por que estuviera conmigo… si… ahora la veo… se acerca a mí… como me gusta esa sonrisa… su pelo oscuro y largo… me agarra por los hombros… siento su cálido tacto…

—Despierta chico. ¿Qué haces aquí? Es muy temprano.

Abrí los ojos y frente a mí se encontraba un hombre que me miraba con cara preocupada mientras apoyaba sus manos en mis hombros. Muy confuso al principio no logré situarme y fue cuando distinguí su blanco alzacuellos cuando de repente recordé donde me encontraba y por qué estaba allí.

—No habrás bebido, ¿no? Anda ven dentro que te voy a dar un café caliente.

—No he bebido —solo acerté a decir.

Me dolía la garganta y tenía frío. Empecé a pensar en mis padres y, a pesar de la fuerte discusión que habíamos tenido no pude evitar sentir un leve remordimiento por su segura preocupación debido a mi ausencia.

—Tengo que llamar a casa. —le dije al cura mientras lo seguía al interior de lo que parecían las oficinas parroquiales.

—Ahí tienes el teléfono —me dijo amablemente mientras salía del despacho al que me había guiado, seguramente en busca del café prometido.

Me quedé mirando el teléfono como si me pudiera dar las respuestas a mis dudas, pues en aquel momento me asaltó la idea de que no sabría que decirles y que no sabría cómo reaccionarían al escucharme. Por fin me decidí a coger el auricular y despacio marqué el número de la casa de mis padres.

—¿Si?

Era mi hermana.

—Hola Dolores. Soy Sebas. ¿Está Papá?

Sin responderme, mi hermana, que seguramente era la que estaba más preocupada por mi ausencia, me bombardeó con una ráfaga de preguntas las cuales yo prometí contestarle cuando nos viéramos. No muy convencida, Dolores le pasó el teléfono a mi madre. Estuve a punto de colgar pues, aunque me inquietaba hablar con mi padre, no me apetecía en absoluto hablar con mi madre, la cual seguramente me recriminaría mi actitud de la noche anterior y eso era lo que menos necesitaba en aquel momento. Decidí no colgar y suspiré profundamente esperando el seguro rapapolvos de mi madre.

—Hola hijo. ¿Dónde estás?

No muy convencido del tono tranquilo que estaba usando mi madre le contesté con una mentira.

—Estoy en casa de un amigo. ¿Está Papá?

—Tu padre ha ido a trabajar.

Me quedé callado pues la conversación que estaba manteniendo con mi madre, después de la intensa bronca de la noche anterior y de mi ausencia de toda la noche, parecía la de un hijo que le dice a su madre que ha llegado bien al hotel en un viaje de fin de curso.

—Dentro de un rato voy por casa. —Esperaba que me dijera que no volviera a poner los pies en aquella casa, pero ella se limitó a decir:

—No vengas tarde a comer. Hasta luego.

Y colgó el teléfono.

La verdad, no supe cómo interpretar aquella extraña conversación. Estaba tratando de analizarla cuando entró el cura con una bandeja donde traía dos tazas de café humeante.

—Tómate el café. Te sentará bien.

A mí no dejaba de extrañarme la actitud que estaba teniendo el sacerdote conmigo. No me parecía habitual que alguien hiciera algo así aun siendo cura. Pero de pronto me di cuenta de todo. Se trataba del hermano Alfredo, el que me había recibido el primer día de clase en el colegio. No lo había reconocido debido al alzacuellos pues en aquellos tiempos no era sacerdote.

—Hermano Alfredo —solo acerté a decir abriendo mucho los ojos por la sorpresa.

—Ahora soy el Padre Alfredo. Hola Sebastián —me respondió con una gran sonrisa.

Sentí una gran alegría por encontrarme allí con el hermano, bueno con el Padre Alfredo. Siempre me había gustado el carácter afable que había demostrado conmigo y era además de la clase de personas que su sola presencia tenía la virtud de infundir calma y serenidad.

Nos bebimos los cafés sin decirnos nada y yo agradecí que no me interrogara sobre los motivos que me habían llevado a pasar la noche a las puertas de la Iglesia. Nos despedimos, eso sí, con la promesa que me hizo hacerle de que lo iría a visitar pronto.

Me encaminé sin ganas a casa de mis padres algo preocupado por lo que me encontraría allí pero más tranquilo. El encuentro con el P. Alfredo había tenido la virtud de calmar mi ánimo y, la verdad, ya deseaba encontrarme de nuevo con él. Incluso no pensaba ya en la bofetada que me había dado mi padre. No quería darle más importancia. Estaba cansado de pasarlo mal. Mientras subía por la ladera del monte de El Castro me decidí a intentar pasar lo mejor posible los días que me quedaban en Vigo antes de ingresar en el cuartel y, una vez allí, cumplir con el servicio militar de la forma más tranquila que pudiera. Al fin y al cabo, aunque no era lo mismo que mi vida en Santiago, podría al menos disfrutar de alguna libertad cuando mis deberes militares me lo permitieran. Estaría otra vez alejado de la casa de mis padres que en el fondo era lo que más deseaba desde hacía mucho tiempo.

Llegué a casa esperando encontrarme a mi padre hecho una furia, pero en lugar de esto, me asombró verlo taciturno con un semblante triste y con cara de no haber dormido en toda la noche. En un primer momento esto me alegró y pensé que se lo merecía por lo que me había hecho, pero enseguida comencé a sentir pena por él sin poder evitarlo. En el fondo quería a mi padre y unos vagos remordimientos se instalaron en mí provocándome un estado de ánimo triste que me hicieron perder el apetito. Comimos en silencio sin hacer ni la más mínima mención a lo ocurrido la noche anterior. En el fondo a mí no me apetecía nada tener de nuevo una discusión, pues ya estaba cansado de aquella situación. Quería irme de allí, aunque fuera para un cuartel y deseé que llegara pronto el momento de volver a Salamanca. Necesitaba un cambio de aires lejos de mis padres y a pesar de que la perspectiva de hacer el servicio militar no me atraía en absoluto, era para mí la ocasión idónea para escapar de aquel ambiente que me ahogaba.

Nunca llegamos a hablar de lo que pasó aquellos días… en realidad aquella fue la última ocasión que discutí con mi padre. Ahora que han pasado tantas cosas me arrepiento de no haber realizado ningún esfuerzo por comprenderlo y de haber perdido la oportunidad de que él me conociera realmente y de que supiera lo que yo pensaba de él. El destino, siempre cruel, tenía reservado otro triste acontecimiento en mi familia cuando estaba a punto de terminar la mili.

CAPÍTULO 11

—Hola. ¿Está Paco?

—Si. Ahora se pone. ¿Eres Sebas?

—Si señora —le respondí a la madre de mi amigo que era quien me había cogido el teléfono.

—¿Qué tal te va todo? Hace tiempo que no te vemos por aquí. ¿Cuándo vienes a hacernos una visita?

—Pronto. Dentro de unos meses iré por Salamanca.

—No olvides venir a visitarnos. Cuídate. Te paso con Paco.

Siempre me había caído bien la madre de Paco. Era una señora menuda a la que nunca le había oído decir una palabra más alta que otra y que parecía que le habían dibujado al nacer una sonrisa perpetua que regalaba a todo el mundo cada vez que hablaba. Paco había heredado de ella su carácter afable y sociable y yo envidiaba secretamente la estrecha relación que los unía.

—Hola compi. ¿Qué tal todo?

—Bien. ¿Y tú?

—Estupendo. ¿cuándo te vas a dejar caer por aquí? Tengo muchas cosas que contarte.

Paco aún no sabía nada de mi ingreso a filas. No había tenido fuerzas para hablar con nadie del tema debido al disgusto que tenía. Tampoco le había dicho nada de mi último encuentro con Inés pues había decidido contárselo en persona una vez que estuviera en Salamanca.

—Pues la verdad es que nos veremos pronto. Mis padres me han sacado de la Universidad y están arreglando para que haga la mili el año próximo.

—¡No jodas! ¿Qué ha pasado?

—Ya te contaré cuando nos veamos. —Yo no era muy amigo de dar explicaciones largas por teléfono y la verdad, aunque habíamos mantenido un contacto bastante regular durante aquel año yo me había abstenido de contarle muchas cosas a mi amigo.

—Vale. Como quieras. Por cierto; tengo una buena noticia que darte. ¿A qué no sabes a donde voy a ir de vacaciones en agosto con mis padres? Me quedé callado esperando que me lo dijera, aunque intuía lo que me iba a decir.

—Mis padres han alquilado un apartamento en Bayona. ¿No es genial? —dijo entusiasmado.

La verdad es que después de tantos disgustos aquella noticia tuvo la facultad de hacerme olvidar por un momento todos los malos ratos pasados. La perspectiva de pasar el mes de agosto con mi amigo antes de ingresar en el ejército me parecía genial. Parecía que el destino se había decidido por fin a darme una pequeña tregua.

—Lo vamos a pasar de miedo —continuó él—. Estoy deseando ir y que me enseñes todos esos lugares de los que me has hablado. ¡Que se preparen las chavalas de la playa que vamos nosotros!

No pude por menos que reírme ante el comentario de mi amigo y sentí un cierto alivio pues creí entender en sus palabras que el tema de Inés lo tenía más que superado, cosa que en parte aminoraba la angustia que sentía por tener que contarle lo ocurrido aquella tarde a las puertas del hospital de Santiago.

Comenzamos a hacer planes para aquel verano y nos despedimos ansiosos los dos por que llegara pronto agosto. Mis padres debieron notar mi cambio de ánimo, pero no me preguntaron nada y eso contribuyó a que los siguientes meses fueran relativamente tranquilos en nuestra maltrecha relación familiar.

Mi padre dispuso que trabajara en el Banco durante aquellos días para que, según dijo, no me pasara el tiempo sin hacer nada vagando por las calles. A mí en principio no me disgustó la idea, además, la oportunidad que se me presentaba de ganar algún dinero extra no me venía nada mal. Comencé un lunes a las ocho de la mañana y mi padre me llevó en su coche a la sucursal del Banco. Fiel a su costumbre no me dijo nada durante el trayecto y yo no me atreví a preguntarle qué trabajo me iba a asignar, aunque tenía mucha curiosidad. Cuando entramos ya estaba allí esperándonos su fiel secretaria Raquel. Hacía mucho tiempo que no la veía y pude comprobar que su belleza no había disminuido ni un ápice.

—Hola Sebastián. Cuánto tiempo sin vernos —me dijo exhibiendo una franca sonrisa mientras me besaba en las mejillas.

—Me alegro de verte Raquel —le respondí tímidamente.

—Raquel. Encárgate de Sebastián. Ya sabes lo que tienes que asignarle —intervino mi padre antes de dirigirse rápidamente a su despacho.

—No se preocupe —dijo Raquel.

—Bueno. ¿Y qué me cuentas? Ya me he enterado de que no has estudiado mucho en Santiago…

No me molestó su comentario pues lo dijo con una sonrisa exenta de ninguna maldad. Lo que si me fastidió fue que mi padre hubiese contado lo que había pasado.

—¿Qué voy a hacer? —le pregunté sin contestar a su pregunta.

—Ven conmigo. Te enseñaré dónde vas a trabajar.

La acompañé hasta una sala sin ventanas repleta de estanterías atestadas de carpetas en cuyo centro se encontraba una vieja mesa que por único adorno tenía un flexo y un bote lleno de bolígrafos.

—Este es el archivo. Tendrás que ordenar todos los documentos que te vaya trayendo. Estarás aquí y tendrás que hacer algunos recados fuera de la oficina cuando te lo diga. No te preocupes; procuraré enviarte fuera siempre que pueda para que no te agobies.

Esto último debió decirlo al ver la cara que puse al ver aquella oscura y destartalada estancia.

—Bueno. Ahora me voy que tengo trabajo. Ah, y procura no cruzarte mucho con tu padre. Me ha dicho que te meta caña y que no te pase ni una. Realmente parece que está muy enfadado contigo.

—Vale. —La verdad es que no hacía falta que diera esta última recomendación pues no tenía ninguna intención de cruzarme con él.

Me quedé mirando cómo se alejaba pensando que tendría suerte el hombre con el que estuviera pues a su belleza le acompañaba una forma de ser muy agradable que hacía que inmediatamente te sintieras muy a gusto cuando aparecía. Vino a mi memoria el episodio de la playa unos años antes y volví a sentir una ligera turbación, pero en esta ocasión no sentí la vergüenza que me invadió en aquella ocasión, sino que mis sentimientos eran ya los de un chico con las hormonas exaltadas que además aún no había tenido la oportunidad de saborear las mieles del sexo.

A pesar de la promesa de Raquel de que me encomendaría trabajos fuera de la oficina, estos no fueron muy a menudo y me tuve que conformar con ver pasar las horas mientras archivaba en aquella sala sin ventanas todos los legajos que me iba trayendo. Afortunadamente casi no veía a mi padre excepto cuando pasaba por allí para llevarme a casa. En algunas ocasiones mi padre se marchaba de viaje y esto me obligaba a levantarme más temprano para no llegar tarde, aunque para mí eran días más tranquilos. Parecía como si el ambiente en toda la sucursal se relajara en parte debido a su ausencia. Por otro lado, en las ocasiones en las que mi padre estaba de viaje, tampoco estaba Raquel la cual lo solía acompañar casi siempre en sus desplazamientos. En alguna ocasión llegó a mis oídos algún comentario al respecto por parte de algún compañero, pero no quise darles ninguna importancia, pues, al fin y al cabo, estaba allí de paso y no tenía ganas de enemistarme con nadie. Esos eran días realmente tediosos pues, al ser Raquel la única que me asignaba trabajo y ante su ausencia, me pasaba las horas aburrido deseando que llegara la hora de irme a casa.

Recuerdo que uno de aquellos días en que mi padre no estaba me enviaron a su despacho a recoger una carpeta que estaba encima de su escritorio. Aunque parezca extraño yo jamás había entrado en su despacho y cuando entré aquella primera vez lo hice con un respeto casi reverencial pues muchas veces de más pequeño me había imaginado cómo sería aquella estancia y otras tantas la había visualizado como un lugar oscuro y tétrico donde mi padre se dedicaba a castigar a sus empleados usando oscuras máquinas de tortura. Evidentemente a aquellas alturas ya no pensaba que mi padre se dedicara a maltratar físicamente a los malos trabajadores, pero, aun así, entrar en el Santa Sanctorum que, no sé por qué motivos nos había estado vetado a mi hermana y a mí durante tantos años, me provocaba una especie de inquietud mezclado con una acuciante curiosidad como si estuviera penetrando en un oscuro compartimento de la complicada mente de mi padre que solo él conocía.

En un principio me sentí defraudado pues lo que encontré una vez que penetré en el despacho no distaba mucho de lo que me podría haber encontrado en cualquier despacho de cualquier ejecutivo: una mesa repleta de papeles con un teléfono a uno de los lados, un gran sillón detrás de esta y dos butacas enfrente de la mesa para ser ocupadas seguramente por las visitas. A un lado de la estancia se encontraba un largo aparador, el cual no pegaba en absoluto con el resto del mobiliario, sobre el cual se encontraban tres marcos con sendas fotos en ellos. En la primera, la que ocupaba el centro del aparador y la que era más grande, aparecíamos mi hermana, mi madre y yo, con caras muy serias y mirando fijamente a la cámara. Recuerdo que nos habíamos hecho aquella foto poco antes de irnos de Salamanca. En las otras dos fotos, a cada lado de la grande, aparecía mi padre con un grupo de gente en una y con un señor con aspecto estirado en la otra, que no pude reconocer. En las paredes del despacho habían colgado unos feos carteles de propaganda de la entidad bancaria que le conferían a la estancia un aspecto aséptico e impersonal que contrastaba enormemente con el detalle de la foto familiar del aparador.

Una vez inspeccionada la estancia, me dirigí a la mesa de mi padre a recoger la carpeta que me habían encargado. En lugar de situarme delante de la mesa, me fui hasta el sillón de mi padre y fue entonces cuando me di cuenta que en su mesa se encontraba otro pequeño marco de fotos del cual no me había dado cuenta en un principio pues se encontraba situado detrás de una gran lámpara de escritorio, y visto desde la puerta quedaba oculto a las miradas de quien se situara delante de la mesa. Con curiosidad cogí el marco y mi sorpresa fue mayúscula cuando descubrí que la persona que estaba retratada en la foto no era otra que la secretaria de mi padre, Raquel. Me quedé unos segundos sin saber muy bien cómo interpretar aquel descubrimiento y enseguida me vino a la cabeza la ocasión en que mi padre había invitado a su secretaria a nuestro apartamento del Morrazo y la actitud iracunda de mi madre. También pensé en los comentarios que había escuchado por la sucursal del Banco, pero no quise darle más importancia. En realidad, no quería creérmelo pues a pesar de la mala relación que siempre había tenido con mi madre, me negaba a creer que nuestra familia se pudiera romper debido a una relación extramarital de mi padre. Sé que fue una actitud infantil pero mi cabeza no admitió que aquello pudiera ser verdad y mi mente enseguida comenzó a crear en mi cabeza las excusas perfectas para salvaguardarme de aquel nuevo disgusto: "no tiene ninguna importancia que tenga una foto de su secretaria, además, ¿no tiene una foto de familia presidiendo el aparador de su oficina? Seguramente esa foto se la dio Raquel y él, por no disgustarla la colocó ahí".

Verdaderamente no tenía ningún sentido lo que estaba pensando y era tremendamente absurdo pensar así, pero lo que recuerdo de aquella ocasión es que salí por la puerta del despacho de mi padre convencido de que lo que había visto no tenía ni la más mínima importancia y así seguí pensando hasta que mi hermana me contó la verdad poco tiempo después de terminar el servicio militar.

No me di cuenta al principio, pero a pesar de que mi mente había fabricado aquella negación, y de que estaba convencido de ella, mi actitud a partir de entonces hacia Raquel fue completamente diferente. Me volví frío y distante y las largas conversaciones que solíamos mantener terminaron de repente. Evidentemente ella se dio cuenta de que algo me había pasado, pero jamás me preguntó nada acerca de mi cambio de actitud. En fin, el resto de mi primera experiencia laboral transcurrió monótona y sin ningún acontecimiento reseñable. Yo sólo deseaba que llegara el mes de agosto, en parte para terminar de trabajar allí y por otro lado para poder disfrutar del ansiado verano en compañía de mi amigo Paco antes del tremendo cambio de vida que me esperaba al año siguiente.

CAPÍTULO 12

A pesar de que ya llevaba unos años viviendo en Vigo era la primera vez que estaba en la estación de autobuses. Habían construido la terminal en la mitad de la Avenida de Madrid, a la entrada de la ciudad. Se trataba de un edificio feo y funcional, creo que no muy distinto de otros tantos edificios de otras ciudades construidos para tal fin, aunque realmente eso no me importaba demasiado. Yo estaba ansioso esperando que llegara el autocar en que vendría Paco. Mi amigo se había decidido a venir en autobús hasta Vigo a pesar de que sus padres venían en avión pues, al parecer, mi optimista amigo sentía un auténtico pavor a volar. Gracias a la comprensión de sus padres no tuvo problema en convencerlos para que le dejaran ir por aquel medio, aunque no fue capaz de convencerlos a ellos para que lo acompañaran.

Era sábado por la tarde y yo había terminado de trabajar en el Banco el día anterior. Mi padre no me dijo nada al respecto y yo tampoco le hice ninguna mención así que mi primera experiencia laboral pasó como si no hubiese existido para mi familia. Al menos esos días me habían reportado una modesta cantidad de dinero que me vino muy bien para pasar un verano sin tener que pedirles dinero a mis padres, asunto que para mí resultaba muy molesto debido a la cara de prepotencia que ponía siempre mi madre cuando me veía en la necesidad de acudir a ella por este motivo.

Paco me había llamado unos días antes para decirme que llegaría a Vigo alrededor de las seis de la tarde en el autobús procedente de Ourense, después de llegar hasta allí en el tren. Eran ya las seis y cuarto y yo comenzaba a sentir un cosquilleo de impaciencia en la boca del estómago ante la posibilidad de que le hubiese pasado algo en la carretera, cuando vi acercarse el autobús hasta el andén. Enseguida vi a mi amigo haciéndome aspavientos a través de la ventanilla mientras recogía su bolsa. En cuanto bajó por la escalerilla se lanzó hacia mí y me obsequió con uno de sus cálidos abrazos.

—Hola compi. ¿Cómo va todo? Veo que todavía no te has rapado el pelo —dijo sonriendo.

Yo me eché a reír mientras instintivamente me llevaba la mano a la cabeza. Mi amigo siempre había tenido la facultad de sacarle el hierro a las situaciones más desagradables haciendo que la gente se sintiera un poco mejor.

—Vamos tirando —respondí escuetamente.

—Pues eso va a cambiar a partir de hoy, ya verás. Lo vamos a pasar de miedo. ¿Qué tal tus padres? ¿Cómo te fue el trabajo?

—El trabajo un coñazo. Por lo menos me he sacado un buen dinero —dije eludiendo conscientemente responderle a la pregunta sobre mis padres—. Estupendo. Bueno, vamos a coger los billetes para Bayona.

Habíamos acordado que tomaríamos un autobús para Bayona y que yo me quedaría a pasar un par de días en el apartamento que habían alquilado sus padres. Ese cambio de aires me vendría muy bien y estaba entusiasmado con la idea de poder pasar unos días alejado de la casa de mis padres. Además, no había tenido oportunidad de explorar la zona sur de la provincia de Pontevedra y esa era la ocasión idónea.

Una vez en el autobús que nos llevaría a Bayona, Paco se dedicó a contarme detalladamente sus experiencias en la universidad haciendo hincapié en las numerosas fiestas a las que había asistido. Envidié su facilidad para hacer amistades y deseé otra vez poder estar en Salamanca estudiando con él. Yo había aprendido, tarde por cierto, la lección en Santiago de

Compostela de que se podía fácilmente alternar el ocio con los estudios pero sabía que a aquellas alturas sería prácticamente imposible que mis padres accedieran a que me matriculara de nuevo después del servicio militar. La única posibilidad sería que lo hiciera después de independizarme totalmente de ellos, pero esa posibilidad era muy remota pues, además de no tener oficio, no tenía trabajo ni expectativa de ello. Realmente nunca me había planteado mi futuro laboral, aunque lo que sí tenía claro era que, a no ser que fuera por imperiosa necesidad, no trabajaría jamás a las órdenes de mi padre.

Dejé que fuera Paco el que hablara todo el camino y evité el decirle algunas de las cosas que tenía pensado contarle desde hacía tiempo pues sentía un hormigueo de ansiedad sobre todo por la obligación que me había auto impuesto de contarle lo acontecido con Inés en Santiago. Siempre me había encantado escuchar a Paco mientras me contaba sus cosas pues acostumbraba a hacerlo de una forma amena, y además, no esperaba contestación lo cual a mí me tranquilizaba debido a mi carácter más bien callado y es que yo siempre había preferido escuchar que hablar y en él había encontrado la pareja perfecta. He de confesar que, aunque me interesaba mucho lo que tenía que contarme, mi mente no pudo por menos que dejar de prestarle atención por momentos, pues el paisaje que se podía admirar por la ventanilla me atrapaba de tal modo que a veces me costaba bastante trabajo no pedirle a mi amigo que se callara y así poder contemplar a mis anchas el espectacular entorno que tenía ante mí. Curiosamente, parecía que Paco no compartía mis gustos paisajísticos pues no parecía en absoluto impresionado por las vistas de la costa tachonada de blancas playas y con el impresionante adorno natural de las Islas Cíes que se podían contemplar al fondo como si se tratasen del coloso de Rodas protegiendo la entrada a la Ría de Vigo. En los siguientes días comprobaría que en realidad, lo que tenía eran muchas ganas de contarme las cosas que le había sucedido pues en nuestras numerosas salidas a los alrededores no dejó de admirar y de decir que le encantaría poder trasladarse a vivir allí. Yo ya sabía de sobra que eso no era posible y ni me molesté en hacerme ilusiones con tal posibilidad, acostumbrado como estaba a ver frustrados mis deseos cada vez que los sentía.

Por fin llegamos a Bayona y yo, que no había tenido oportunidad de visitarla, me quedé maravillado con lo que vi. El impresionante parador de turismo se encontraba ubicado sobre una península natural y estaba rodeado de murallas almenadas las cuales le conferían un aspecto regio y medieval que contrastaba con los grandes yates que se encontraban fondeados en el pantalán del puerto. Las calles estaban atestadas de gente y las terrazas de los bares casi invadían la calzada por donde circulaban gran cantidad de coches y motos que quizás le restaban un poco de encanto a la villa. Bayona se había convertido en una de las localidades más famosas en lo que a turismo se refiere y en ella se mezclaban, por un lado, los yates y los coches caros de los turistas ocasionales con los vehículos más modestos de los lugareños, los cuales, aparentemente aún no se habían acostumbrado a ver alterada su tranquilidad ante la llegada masiva de gente cada verano.

El apartamento que habían alquilado los padres de Paco se encontraba a la salida de Bayona en la carretera de la Guardia y allí nos encaminamos los dos mientras mirábamos entusiasmados la amalgama de gente que discurría a aquellas horas por las calles. Los padres de Paco no llegarían hasta el día siguiente y eso nos daba la oportunidad de inspeccionar a nuestras anchas los alrededores. Además, a Paco le habían encargado que alquilara nada más llegar un coche para poder desplazarse por los alrededores y, como mi amigo había sacado el permiso de conducir el año anterior habíamos planeado que nada más tenerlo, subiríamos hasta el mirador de la Virgen de la Roca donde se encontraba una imponente escultura de piedra con el mismo nombre desde lo alto de la cual nos habían dicho que las vistas eran impresionantes.

Llegamos al mirador por la tarde después de comer en un bar cercano y subimos hasta lo alto. Por desgracia, el acceso por el interior de la Virgen de piedra hasta la barca que sostenía en su mano se encontraba en aquel momento cerrado y nos contentamos con situarnos a sus pies desde donde podíamos apreciar en toda su belleza la imponente bahía y los famosos rompeolas de la villa.

—Esto es una pasada —dijo Paco impresionado.

—Sí —le respondí yo.

Nos quedamos callados sumidos cada uno en nuestros pensamientos y yo de repente sentí una punzada de adrenalina al pensar que aquel era el momento idóneo para sincerarme por fin con mi amigo. Muchas veces había dudado si contarle las cosas que me habían pasado en Santiago y otras tantas me había convencido de que era lo mejor. Aun así, sentía ya la clásica sensación de ansiedad ante la incertidumbre de la reacción de Paco. Por un lado, tenía miedo de que se enfadara y de que todos los planes que habíamos hecho para aquel verano se fueran al traste y por otro, me negaba a volver a no ser sincero con mi amigo.

—Paco. Tengo que contarte algo —comencé yo tímidamente.

—¿Me vas a contar lo tuyo con Inés en Santiago? —me dijo de pronto él con una sonrisa.

Yo no daba crédito a lo que acababa de escuchar. Después de pasarme varios meses acongojado ante aquel momento, descubría que no solo ya lo sabía, sino que aparentemente no le importaba demasiado.

—¿Lo sabes? —solo acerté a decir

—Hablé con Inés hace unas semanas. Me la encontré en Salamanca y me lo contó. No me digas que estabas preocupado por eso —dijo al ver la cara que estaba poniendo.

Yo me quedé callado mirando al suelo. Estaba enfadado conmigo mismo por haberlo pasado tan mal dándole vueltas al asunto y ese enfado estaba empezando a dirigirlo hacia él pues, inconscientemente, lo culpaba porque en mi cabeza había creado aquella situación en la que él se sentiría dolido y en la que yo trataría de consolarlo diciendo que no tenía importancia y, en fin, toda aquella película no era la que se estaba proyectando en aquel momento. Logré de todos modos que la ira que sentía no la revirtiera en él y después de un momento, logré decirle de una forma nerviosa:

—La verdad es que no sabía cómo te lo tomarías y estaba un poco preocupado…

—Mira Sebas. Lo mío con Inés ya terminó. Somos solo buenos amigos y la verdad, es que me gustaría verla contigo mejor que con otro.

Yo me quedé conmovido por la generosa actitud de él y de repente toda la furia que sentía se desvaneció. A partir de aquel momento me dediqué a contarle detalladamente todos los acontecimientos reseñables que no me había atrevido a contarle en su momento, incluido el episodio de la noche en que la vi en el restaurante con el tuno. No omití nada y él permaneció atento y silencioso profundamente concentrado en lo que yo le decía. Solamente cuando le referí el asunto de los porros se le oscureció un poco la mirada y su semblante se tornó más serio. Cuando acabé de hablar sentí un gran alivio como si hubiera abierto una puerta en mi pecho y hubiese dejado salir un tumulto de sensaciones que me oprimían. Seguramente intuyendo el gran esfuerzo que yo había realizado, mi amigo me conminó a que bajáramos hasta el apartamento y no hizo ningún comentario a lo que yo le había confesado.

Aquella noche salimos después de cenar a recorrer la zona de copas de Bayona. Era impresionante ver la cantidad de gente que se apelotonaba en las estrechas calles hasta el punto de que en alguna de ellas era casi imposible transitar, lo que obligaba a tomar caminos alternativos por algún callejón. Tanto Paco como yo disfrutamos enormemente de aquella noche. Recorrimos varios baretos y pubs mientras recordábamos anécdotas de nuestros años de colegio en Salamanca.

—Compi. ¿Te acuerdas cuando se reían en el colegio? ¿No te dije que llegaría el día en que nos reiríamos nosotros? Ya ves. Todo pasa. Al final nos pasamos la vida preocupándonos por cosas que con el tiempo no tienen la más mínima importancia. Perdemos el tiempo con nimiedades y no somos capaces de vivir en el presente. Piensa en ello.

—¿Cuántas copas has bebido ya? —le dije yo entre risas.

—Unas cuantas —dijo echándose a reír también—. No en serio. Lo que te estoy diciendo es verdad. Piénsalo y ya verás como tengo razón

—Lo pensaré. Te lo prometo —mentí.

Hoy en día veo con claridad lo que me quería decir y sé que tenía razón. De hecho, me he pasado media vida sin disfrutar realmente de mi tiempo porque siempre estaba preocupado por el futuro o acongojado por las cosas que me habían sucedido en el pasado. Afortunadamente no pierdo el tiempo arrepintiéndome del tiempo perdido y trato de aprovechar al máximo lo que tengo en este momento.

—¿Te has fijado en aquellas dos chavalas al fondo de la barra? —me dijo Paco de pronto.

Yo miré disimuladamente hacia donde me indicaba y vi que, efectivamente, y con muy buen criterio, Paco se había percatado de la presencia de dos chicas que hablaban mientras compartían una copa con un líquido de color rojo el cual no pude adivinar de que se trataba. Eran atractivas y parecían tener aproximadamente nuestra edad. Ya iba a comentarle entre bromas el buen gusto que tenía cuando me vi arrastrado por el brazo al lugar donde se encontraban ellas. Mi amigo, ante mi pavor, me guiaba hacia allí a pesar de mi resistencia. Cuando llegamos, mi amigo me presentó y yo no pude más que agachar tímidamente la cabeza para ocultar el color carmesí que se había instalado en mi rostro.

—Hola. Me llamo Paco y mi amigo es Sebas.

—Yo soy Laura y ella es Marta —respondieron las chicas con una amplia sonrisa.

Se notaba que ellas también estaban medio ebrias. Por mi parte, la borrachera se me había quitado de golpe gracias a la osada acción de Paco.

—¿Queréis una copa? —dijo mi amigo

—Vale —respondió la que se llamaba Laura—. Pero mejor vamos a otro sitio. Conocemos un pequeño pub que a estas horas no está muy lleno.

Así que salimos y nos dejamos guiar por las dos chicas, que a tenor de la seguridad con que recorrían las calles, supuse que eran habituales de aquella villa. Yo no había podido quitarme el agobio que me producía aquella situación el cual se vio agravado cuando Paco se arrimó a Laura y me dejó solo al lado de Marta. Era una chica atractiva, pero yo no era capaz de decirle nada. Lo que hasta aquel momento había sido una noche estupenda se tornó de repente para mí en un infierno pues no era capaz de articular palabra y me sentía como un idiota.

—¿Estás estudiando? —me dijo de pronto ella.

—No.

—¿Qué haces entonces?

—Nada.

—¿No haces nada? ¡Vaya vidorra! —dijo mientras se echaba a reír. A pesar de que lo deseaba, yo seguía sin decir nada y me sentía como un estúpido delante de aquella chica. Seguimos caminando en silencio y por fin las palabras, aunque tímidamente comenzaron a salir de mi boca.

—Bueno. La verdad es que ahora no estoy haciendo nada porque estoy esperando a que me llamen para hacer la mili

—No me digas. ¿Ya sabes a donde te destinan? Yo tengo un hermano que la está haciendo en Canarias. Dice que es un coñazo y que está deseando terminarla.

—Voy a Salamanca.

—¿A Salamanca? No está tan lejos como Canarias, pero también le llega.

—Yo soy de Salamanca.

—Ah. Entonces genial. ¿No?

—Si —dije escuetamente.

Continuamos otro rato callados y yo observé que ya Paco y Laura entraban en un pequeño Pub al final de la calle. Agradecí que ya llegáramos pues no sabía que más decirle a Marta.

El interior del Pub estaba oscuro y una gran nube de humo obligaba a entornar los ojos para poder ver bien. Había bastante gente, pero no tanta como en el sitio de dónde veníamos. Paco y Laura se habían acodado en la esquina de la barra y mantenían una animada conversación sin prestarnos apenas atención a Marta y a mí. Yo permanecí apoyado en la barra algo molesto con mi amigo mientras Marta, al ver que no le hacía caso, se daba la vuelta y observaba a la gente mientras se contoneaba al ritmo de la música que estaba sonando. En seguida y sin poder evitarlo me vino a la cabeza el recuerdo de Inés y deseé que en lugar de aquella chica fuera ella la que estuviera allí. Este pensamiento terminó por hundirme en un mutismo más profundo y una oscura nostalgia se instaló en mi pecho haciendo que mi natural introversión se acrecentara hasta el punto que, sin decir nada, salí a la puerta del bar con mi copa pues sentía que me faltaba el aire y tenía miedo de que a la temida ansiedad se le diera por aparecer en aquel momento. Me alejé de la puerta del Pub y me metí por un callejón oscuro que se encontraba desierto y que contrastaba con el bullicio de las calles adyacentes. Era como pasar a otro mundo por una puerta del tiempo. Me senté en un portal y pensé en Inés. A pesar de la tranquilidad que había sentido al desahogarme con Paco la tarde anterior, su imagen me trajo de nuevo recuerdos del año pasado en Santiago y sobre todo de la tarde en que nos dimos un beso y aquello acrecentó mi incipiente depresión. Volví a rememorar el momento en que mi padre me dijo que debía dejar Santiago y definitivamente aquel día que comenzó bien acabó por convertirse en una tortura para mí.

Al cabo de un rato y a duras penas, me levanté y me encaminé al Pub. Cuando llegué observé que Paco y Laura se besaban abrazados en la misma esquina donde los había dejado y sentí por un momento una irremediable ola de celos hacia mi amigo. No era porque me gustara Laura, sino porque envidiaba terriblemente su forma de ser tan opuesta a la mía. Yo deseaba ser así pero no era capaz de conseguirlo y veía en él a quién me gustaría ser. Afortunadamente, ese sentimiento duró poco gracias al gran cariño que sentía por él, aunque esto no ayudó a aminorar mi malestar.

A Marta no se la veía por ninguna parte. En parte lo agradecí. Me quedé parado sin saber muy bien qué hacer pues, por un lado, no quería interrumpirlos, y por otro lado, yo no tenía las llaves del apartamento. En aquel momento Paco se percató de mi presencia y desasiéndose de la chica se dirigió a mí con cara preocupada.

—¿Dónde te habías ido? Marta se ha ido a casa. Le dijo a Laura que eras un coñazo. ¿Qué le has dicho?

—Mas bien es lo que no le he dicho —contesté yo—. Mira, lo siento, pero es que me ha dado un bajón y necesito irme al apartamento.

—Espera que te acompañamos —respondió él mientras se daba la vuelta con la intención de ir a buscar a la chica que seguía apoyada en la barra.

—No. Déjalo —le interrumpí yo asiéndole del brazo— No te preocupes por mí. Pasadlo bien.

—¿Estás seguro? ¿Te encuentras bien? —dijo con cara preocupada.

—Si —dije yo esbozando una forzada sonrisa.

Paco me dio un duplicado de las llaves del apartamento aún no muy convencido y quedamos en vernos allí más tarde.

Cuando salí del bar me sentí terriblemente solo. No era la agradable soledad a la que estaba acostumbrado cuando me dedicaba a recorrer las calles de Vigo. En aquella ocasión sentí la soledad en mayúsculas; la soledad de quién se siente desgraciado y sin ningún aliciente en la vida. Esa clase de soledad que no había vuelto a sentir desde que muriera mi querida abuela Raquel y que llegaba de pronto para quedarse. Recorrí las calles atestadas aún de gente a pesar de la hora hasta que llegué al pantalán del puerto deportivo. Mi estado de ánimo se mostraba más oscuro a cada paso y me descubrí encaminándome casi sin quererlo hacia la entrada del Parador. De repente ya no me apetecía regresar al apartamento y me dirigí con paso cansino hasta la pequeña playa que se encontraba a un lado de las murallas. Por un lado, necesitaba estar solo y por otro, añoraba la presencia de mi amigo. Incluso pensé en mi hermana y en mi padre sintiéndome cada vez más decaído. Una vez en el arenal me senté y sentí la humedad de la arena. A lo lejos, el ruido de la fiesta nocturna llegaba a mis oídos como si de un sueño se tratara y contemplé el rítmico fluir de la marea al llegar a la orilla y el tranquilo balanceo de las embarcaciones.

Me sentí muy desdichado y pasé mucho tiempo allí sintiendo pena por mí mismo. Por momentos me venían a la cabeza nefastos pensamientos y me imaginaba descalzándome y metiéndome lentamente en el mar hasta que el agua cubriera mi cabeza y así acabar con todo. No era la primera vez que tenía pensamientos suicidas. Hacía algunos años había coqueteado con esa idea al final de una impresionante discusión con mi madre después de la cual me encerré en mi habitación desesperado. Recuerdo que en un arranque de ira abrí la ventana violentamente y me senté en el alfeizar mientras lloraba de rabia. Finalmente, como en aquella ocasión en la playa, mi cordura me había hecho desechar aquella tremenda idea e incluso sentí un miedo intenso de que aquellos pensamientos se me pasaran por la cabeza.

Fue sentado de madrugada en aquella playa cuando pensé por primera vez en la posibilidad de acudir a un profesional tal era la desesperación que sentía. El hecho de que el detonante de aquel estado de ánimo no fuera en realidad tan grave, me hizo pensar que algo no andaba bien en mi cabeza y podía vislumbrar que tenía un problema que yo no sería capaz de solucionar por mí mismo. Aquella nueva idea contribuyó a que me serenara un poco y de que pudiera ver una luz al fondo del túnel. Si; decididamente me plantearía seriamente la posibilidad pues estaba cansado de sufrir. Lo malo es que sabía que no se lo podría comentar a mis padres pues a buen seguro que no la aceptarían. Ya podía escuchar a mi padre diciendo que ningún hijo suyo pasaría por loco y a mi madre conminándome a dejarme de tonterías. Tendría que hacerlo de otro modo, pero no quise darle más vueltas al asunto en aquel momento pues me sentía terriblemente cansado.

Entumecido por el frío, me levanté por fin y me encaminé despacio al apartamento donde ya seguramente se encontraría Paco. Hacía ya un buen rato que los ruidos nocturnos habían amainado y tan solo se escuchaba el sonido del mar en el rompeolas y el ruido de algún que otro coche que pasaba por la carretera.

Me encontraba cerca ya del edificio cuando vi que por el portal salía en aquel momento Paco el cual, al verme, se apresuró hasta donde yo estaba con cara de preocupación.

—Por fin te encuentro. Estaba preocupado. ¿Se puede saber dónde has estado?

—Estaba en la playa —solo acerté a contestarle.

—Se supone que hace cuatro horas que deberías estar aquí. Ya estaba de los nervios. Estuve a punto de llamar a la policía.

En aquel momento me sorprendí de que hubiese pasado tanto tiempo.

—Lo siento —traté de disculparme.

—Sebas. No te veo bien. ¿Estás aún preocupado por lo que hablamos esta tarde?

—No. No se trata de eso. Bueno... es un poco todo...la verdad... no sé qué decirte...

Noté que mi comprensivo amigo se ablandaba debido al estado en que me encontraba y agarrándome por los hombros me animó a entrar en el portal.

Una vez arriba y ante mi negativa a hablar aquella noche debido al cansancio que tenía, nos acostamos después de poner el despertador para las nueve de la mañana, pues al día siguiente habíamos quedado en ir a recoger a sus padres al aeropuerto de Peinador en Vigo.

Nos levantamos temprano a la mañana siguiente. Paco tenía una buena resaca por la noche de juerga pasada y yo me encontraba de muy mal humor por lo que prácticamente no hablamos nada de camino a Vigo. Habíamos acordado que yo iría a mi casa mientras él subía al aeropuerto y que nos veríamos al día siguiente, después de que los padres de Paco se hubiesen instalado en el apartamento. Cuando llegamos a la Plaza de España me apeé sin demasiadas ganas y Paco enfiló la calle Pizarro en dirección a Peinador. Por mi parte, comencé a subir la calle Marqués de Alcedo en dirección al Castro. Mientras subía, me fue invadiendo poco a poco la habitual incomodidad que sentía cada vez que iba a casa de mis padres e inconscientemente fui ralentizando el paso. Me demoré más de lo normal en el mirador de Martín Codax antes de descender hasta la calle donde se encontraba el chalet. Al llegar a la puerta respiré hondo y llamé al telefonillo en lugar de abrir con mis llaves; pensaba que con suerte no habría nadie y podría disfrutar de algún tiempo tranquilo sin el agobio de soportar las preguntas de mi madre, pero no fue así; mi madre contestó con su habitual voz seca.

—¿Quién es?

—Soy yo. Abre – respondí de forma cansina.

Ella ni se molestó en contestarme y me abrió la puerta por la cual me introduje como si de la boca de un lobo se tratara.

—¿Ya estás de vuelta?

—Si —le respondí yo a su absurda pregunta.

En aquel momento vi cómo se acercaba corriendo mi hermana Dolores hacia donde me encontraba y aquello me hizo sonreír. Se había convertido en una chica que, aunque no tuviera una belleza espectacular, si poseía un atractivo bastante aceptable el cual adornaba, eso sí, cada vez menos, con una amplia y sincera sonrisa que tenía la facultad de conseguir que a la gente le cayera bien con solo conocerla.

—Hola Sebas. ¿Qué tal Paco? ¿Cuándo va a venir por aquí? —me dijo después de besarme en la mejilla.

—Mañana vendrá a recogerme temprano para ir a la playa. Si quieres puedes venir con nosotros.

—¡Estupendo!

—Mañana tienes que venir conmigo a hacer la compra, así que olvídate de ir a la playa —intervino mi madre.

—Pero mamá...

—No hay pero que valga Dolores. Tienes que venir conmigo y punto final.

—Mamá, déjala venir. Después te ayudaremos los dos.

—He dicho que no —respondió airadamente mi madre dando por finalizada la discusión.

A mi hermana le cambió de repente el semblante. Su mirada languideció y salió sin hacer ruido de la sala. Yo no entendía por qué mi hermana aguantaba tanto sin protestar. Sentía mucha pena por ella y no soportaba que mi madre la tratara así. Era como si quisiera evitar por todos los medios que mi hermana lograra ningún tipo de independencia en un esfuerzo por mantenerla a toda costa a su lado. En alguna ocasión le había oído decir a mi madre que ella tendría que cuidarla cuando fuera mayor y parecía que se estaba esmerando en educarla de forma que no tuviera ni la más mínima oportunidad de escapar a aquel destino que ya le había marcado ella. Desgraciadamente para Dolores, aquella forma de actuar por parte de mi madre acabaría haciendo de ella una gris solterona dedicada en cuerpo y alma a cuidar de su progenitora.

Aquella tarde después de comer, aun con la resaca emocional de los últimos acontecimientos, bajé hasta María Auxiliadora para visitar al Padre Alfredo. No lo había vuelto a ver desde nuestro encuentro en la puerta de la Iglesia aquella mañana después de la bronca con mi padre a pesar de que habíamos acordado vernos pronto, pero aquel día sentí la necesidad de hablar con alguien y enseguida me vino su imagen a la cabeza.

Llegué hasta la Iglesia y ya en la puerta tuve dudas de si entrar o no a los despachos parroquiales pues en verdad nunca me había sentido atraído por los temas religiosos y a aquellas alturas tenía numerosas desavenencias con los dogmas de la Iglesia católica. Aun así, y después de unos minutos de indecisión me decidí a entrar. Encontré al Padre Alfredo sentado delante de un escritorio enfrascado en la lectura de un libro que no pude descubrir de cual se trataba, aunque a buen seguro era de algún tema religioso. Estaba tan concentrado en la lectura que no sintió mi presencia y yo esperé para no sobresaltarlo. De pronto, levantado la mirada y esbozando una de sus francas sonrisas me dijo:

—Hombre Sebas. Tu por aquí. Qué alegría.

—Buenas tardes Padre.

—No seas tan formal conmigo. No es necesario. Llámame Alfredo —me contestó guiñándome un ojo.

No sé si fue por su comentario o por el recuerdo de mi abuela Raquel que también tenía por costumbre guiñarme un ojo en un gesto suyo característico de complicidad, que yo enseguida me sentí más relajado y las dudas que tenía unos momentos antes desaparecieron por completo.

—Y qué. ¿Cómo te va la vida? —me dijo acercándome una silla.

—Más o menos.

En ese momento me percaté del título del libro que estaba leyendo y mi sorpresa fue mayúscula. Se trataba de un libro del Dalai Lama. El Padre Alfredo se debió dar cuenta de mi sorpresa porque enseguida me dijo con una sonrisa:

—Es necesario conocer al enemigo para poder vencerlo.

Como yo me quedé callado sin saber que decir él se apresuró en aclarar:

—Es una broma. En realidad, creo que se puede aprender mucho de las demás creencias. ¿Sabías que Buda dijo en una ocasión que todas las religiones son perlas de un mismo collar?

—No lo sabía —respondí asombrado todavía de la conversación que estaba teniendo con el cura.

—Bueno. Háblame de ti. ¿Cómo es que no estás con tus amigos en la playa? La tarde está estupenda —dijo cambiando de tema.

Yo le conté lo de Paco y sus padres, aunque omití en primera instancia los acontecimientos ocurridos la noche anterior, a pesar de que en el fondo necesitaba contar lo que me había ocurrido en la playa. Sentía delante de aquel hombre afable que algo hacía ebullición en mi interior y que si no le daba rienda suelta acabaría saliendo de todos modos.

—Si me permites que te lo diga te noto triste. ¿Te apetece contarme algo?

Aquella pregunta fue el detonante y a partir de aquel momento le conté desde lo que me había pasado en Santiago hasta lo de la noche anterior. El me escuchó serio sin decir nada y cuando terminé de hablar descubrí que las lágrimas resbalaban por mis mejillas. Algo azorado le pedí disculpas por mi llanto.

—Nunca te disculpes por mostrar tus sentimientos Sebas —dijo mientras me acercaba un pañuelo de papel—. Lo que no es sano es que te guardes tanto dolor dentro. Puede acabar enfermándote. Las enfermedades físicas provienen de trastornos emocionales.

—No lo sabía —respondí algo avergonzado aún.

De pronto la conversación tomó un giro insospechado a pesar de que era predecible.

—¿Sueles venir a misa?

Yo enseguida me instalé de nuevo en mi actitud habitual de introversión y me arrepentí por un momento de haber acudido allí a pesar de que el hecho de haberme desahogado me había sentado francamente bien.

—No mucho —mentí pues la verdad es que hacía años que no acudía.

—Pienso que no te vendría mal. Seguro que encontrarías algún alivio y respuestas.

—La verdad es que no creo mucho en la Iglesia —dije abruptamente. El Padre Alfredo, lejos de escandalizarse por mi comentario sonrió levemente sin ofenderse.

—¿Cuáles son tus creencias?

—La verdad es que se me hace tarde. Tengo que marcharme —dije mientras me levantaba de la silla.

—Espera un momento Sebas. No quería agobiarte. —Trató de retenerme el cura—. No pretendo repescarte ni adoctrinarte… Sólo es deformación profesional…

Aún no muy convencido volví a sentarme, en parte porque a pesar de sus desafortunadas preguntas de hacía un momento, su semblante tranquilo y exento de dobles sentidos me atraían como un imán en un momento de mi vida en el que yo necesitaba imperiosamente la ayuda y el consuelo de alguien como él.

En aquel momento hizo aparición un sacerdote apoyado en un bastón y con cara de pocos amigos que, nada más vernos, emitió una especie de gruñido que me dio la impresión que iba más dirigido a mi interlocutor que a mí mismo. Me di cuenta que el Padre Alfredo ocultó disimuladamente entre unos papeles el libro que estaba leyendo cuando yo entré, aunque no consiguió su propósito pues ya el malhumorado sacerdote se apresuró a cogerlo con su mano izquierda mientras con la derecha me indicaba la salida en un claro intento de deshacerse de mi sin emitir una sola palabra. El Padre Alfredo me dirigió una mirada amable y me indicó con un gesto de cabeza que hiciera lo que le había insinuado el cura mayor. Ya en la calle, no pude por menos que sorprenderme por el contraste de caracteres que había encontrado hacía un momento y sentí pena por mi antiguo profesor del colegio por la segura reprimenda que iba a recibir del que probablemente era su superior.

Me quedé parado en la escalinata de la Iglesia que daba a la calle Ronda de don Bosco sin saber muy bien qué hacer a aquellas horas de la tarde. Ciertamente, aquella entrevista con mi antiguo profesor había sido cuanto menos peculiar y, a pesar del momento en el cual me había sentido algo acosado, guardé una sensación positiva de aquel encuentro. Apoyado en la balaustrada de la Iglesia decidí que no sería malo repetir alguna vez mis visitas a aquel cura "moderno".

CAPITULO 13

De nuevo la sensación de vacío en el pecho... La garganta atenazada como si me la aferrara un ser invisible y tremendamente fuerte... El temblor en las manos y la flojera de piernas como si en lugar de estar en tierra firme me encontrara de pronto en la cubierta de un barco en altamar y en medio de una terrible tempestad. La sensación de que no podía aguantar ni un minuto más sufriendo aquella terrible sensación y la impotencia por no encontrar ningún alivio, me provocó un histérico llanto acompañado de cortas y espasmódicas respiraciones que acentuaron hasta el límite la sensación de que me ahogaría por falta de respiración y me obligaron a apoyarme en el frío y húmedo muro de piedra de la antigua fortaleza del monte de "El Castro".

No sabía realmente cuándo había comenzado aquella crisis ni cual había sido el detonante, pero lo que verdaderamente me importaba en aquel momento era que la ansiedad desapareciera pues me creía morir.

Aquel día, semanas después de mi extraño encuentro con el Padre Alfredo, había subido al Castro escapando de la opresión que significaba para mí estar en casa de mis padres. Hacía dos días que no sabía nada de Paco pues se había ido con sus padres a realizar una mini tournée por las Rías Altas y no volvería hasta el día siguiente. Yo echaba de menos su compañía pues desde que había venido de vacaciones no había pasado ni un solo día sin que estuviéramos juntos y aquella repentina soledad me abrumaba unida a la pesadez del calor y a la tediosa que se volvía la cuidad en aquella época.

Poco a poco me fui recobrando de aquella crisis y, casi sin fuerzas me acerqué a un pequeño mirador en el cual había un pequeño banco de piedra y me senté a contemplar el mar con las Islas Cíes al fondo intentando por todos los medios alejar de mi cabeza los negros pensamientos que me habían asaltado hacía unos momentos. Desde aquel sitio podía ver parte de la casa de mis padres y esto me provocó una sensación desagradable en el pecho y pensé que de nuevo aparecería la angustia, así que aparté la mirada hacia otro lado intentando que esto no sucediera. La estancia provisional en casa de mis padres hasta que llegara el día de partir a Salamanca se estaba haciendo cuesta arriba para mí. La pseudo libertad que había disfrutado en mi corta vida de estudiante en Santiago de Compostela y su súbita pérdida me había hecho mella y ansiaba irme lejos de allí a pesar de que el Cuartel no era ni de lejos el lugar más ideal que había imaginado para esto.

Algo más recobrado emprendí el camino de regreso a casa y cuanto más me acercaba más pesadas se me ponían las piernas como si mi subconsciente buscara a toda costa evitar lo que mi consciente sabía que era lo que tenía que hacer. Al menos, pensé, al día siguiente regresaría Paco y volveríamos a disfrutar de nuestras salidas nocturnas y de los largos y tranquilos días en la playa. Verdaderamente aquello me hacía olvidar mis problemas, pero aun así siempre quedaba un resquicio que no me dejaba estar totalmente tranquilo pues sabía que dentro de poco Paco se iría y la fría realidad se me presentaría con toda su crudeza.

—Ha llamado el amigo de tu padre. Tienes que ingresar en el cuartel a mediados de septiembre.

Mi madre me espetó la noticia sin siquiera mirarme y yo comencé a sentir como un sudor frío me recorría la espalda. A pesar de que hacía tiempo que era un hecho consumado, en el fondo de mi alma albergaba una minúscula esperanza de que pasara algo que evitara mi ingreso a filas y que, como consecuencia de ello, mis padres me permitieran regresar a mis estudios universitarios, así que aquella noticia me sentó como una bofetada. Yo me quedé mirando a mi madre sin saber qué decir, y ante su habitual indiferencia opté por subir a mi habitación mientras trataba de digerir el anuncio. Me asaltaron sentimientos contrapuestos pues, por un lado, sentía la natural inquietud por saber lo que me encontraría en la vida militar que me esperaba y, por otro lado, un cierto alivio por poder escapar de la influencia de mi familia. Deseé más que nunca que llegara al día siguiente para poder compartir la noticia con Paco el cual, a buen seguro, la minimizaría para darme ánimos.

Aquella noche no pude pegar ojo y en los escasos momentos de sueño, este aparecía con imágenes grotescas en las cuales veía como mis padres, ataviados con uniforme militar, se dedicaban a lanzarme órdenes a diestro y siniestro mientras yo, sumisamente, trataba por todos los medios de cumplir ante la amenaza de ser fusilado por un pelotón que aguardaba impaciente a que yo cometiera algún fallo para poder disparar contra mí… Si; realmente algo fallaba en mi cabeza y a veces tenía miedo de que eso acabara definitivamente con mi salud mental.

Afortunadamente, a la mañana siguiente parecía que tenía algo más asumida la noticia y me dirigí a la estación para tomar el primer autobús a Bayona y así reencontrarme con Paco después de su pequeño viaje por Galicia.

Nada más me vio aparecer en el bar donde habíamos acordado encontrarnos, mi intuitivo amigo adivinó que algo me pasaba y con su infinita paciencia esperó a que yo aclarara mis desordenadas ideas y que le contara lo que había pasado esta vez.

—Algo así me esperaba —me dijo cuando terminé de contarle la noticia—. Pero ¿Dónde está el problema?

Yo me quedé callado porque Paco, con una simple pregunta, exenta de reproches me vino a demostrar que no había pasado nada que yo no esperara desde el día en que mi padre me sacó de la Universidad. Así que me quedé callado sin responderle y me limité a echarle un trago al botellín de cerveza que me había pedido mientras esperaba a que él continuara.

—A ver Sebas. Tienes que empezar a tomarte las cosas de otra forma porque si no te veo mal. No puedes pasarte la vida angustiándote por todo. Aprende a aceptar las cosas y empieza a tirar para adelante o si no te vas a quedar estancado de por vida. Te aseguro que si sigues así llegará el día en que eches un vistazo atrás y te des cuenta de todo lo que te has perdido.

—Tienes razón —solo acerté a decir ante el elocuente discurso de mi amigo.

—No es cuestión de que me des la razón sino de que realmente analices lo que te digo y veas por ti mismo si es así o no. Mira; todos tenemos problemas. La cuestión es saber hacerles frente y sortearlos o aceptarlos según vengan. Lo que no podemos hacer es encogernos y lamentarnos de nosotros mismos esperando a que estos desaparezcan o imaginando que no existen. Esa no es la solución.

Yo me revolví un poco incómodo en mi silla pues la parte negativa de mí se revelaba de lo que me parecía un adoctrinamiento por parte de mi amigo, cosa que mi ego no llevaba muy bien, pero enseguida fui capaz de alejar de mi cabeza aquella absurda sensación que tantos problemas me había causado a lo largo de mi vida y seguí escuchando a mi amigo sin decir nada.

—Sabes que es inevitable que te vayas a hacer la mili —continuó mi amigo—. Así que cuanto antes te hagas a la idea y empieces a sacar lo positivo que tiene, mejor para ti.

(y para ti) —dijo mi parte negativa.

—Ya lo sé —dije yo.

—Vale. Ya veo que lo has entendido —dijo Paco sarcásticamente con una sonrisa—. Anda vamos a la playa.

Nos levantamos de la cafetería y nos dirigimos a la playa atestada de gente y pasamos allí el resto del día mientras a mi parecía que se me levantaba poco a poco el ánimo ante la alegría de mi compañero. Esa alegría contagiosa de la que hacía gala mi amigo tenía la facultad de hacerme olvidar mis agobios y deseé como tantas otras veces que pudiera acompañarme en mi aventura militar, aunque mi parte madura me decía que era mejor que yo aprendiera a tener mis propias experiencias sin escudarme continuamente en los demás.

La estancia de Paco y de su familia estaba tocando a su fin y yo ya comenzaba a sentir la clásica sensación de vacío en el estómago ante mi inminente cambio de vida y eso hizo que los últimos días en compañía de mi amigo no fueran del todo plenos. Aun así, los dos nos dedicamos en cuerpo y alma a disfrutar de los cada vez más cortos días y nuestras salidas nocturnas se hicieron casi diarias gracias en parte a la permisividad de sus padres y a que yo había sido invitado a pasar en el apartamento de Bayona los últimos días de vacaciones, circunstancia esta que me evitó los seguros reproches de mis padres.

La noche anterior a la partida de mi querido amigo nos encontrábamos en la puerta de uno de los pubs que solíamos frecuentar sumidos cada uno en nuestros pensamientos. Verdaderamente no estaba siendo la mejor noche de las que habíamos pasado aquel verano pues parecía que la melancolía que había ido creciendo en mí durante los últimos días había conseguido contagiar a mi siempre jovial compañero. Contrario a su forma natural y despreocupada de ser, Paco lucía aquella noche una extraña seriedad en su semblante que por ser tan poco habitual en él hizo que no me atreviera a perturbar sus pensamientos y permanecí callado bebiendo lentamente la cerveza que tenía en mi mano.

—Bueno amigo. Dentro de poco volvemos a la rutina de siempre —dijo de pronto.

Yo me sobresalté por un momento y sin contestarle me limité a observarlo con curiosidad pues intuía que quería decirme algo importante. Sin embargo, él volvió a caer en un profundo mutismo el cual me estaba preocupando cada vez más. No acertaba a adivinar cuál era el motivo de su extraño comportamiento y tentado estuve de interrogarlo abiertamente, pero no me atreví. De todos modos, no tuve que esperar mucho tiempo para saber la causa de su seriedad pues de pronto y a bocajarro me espetó:

—Mis padres se van a separar.

—¿Cómo? —dije estúpidamente.

—Me lo han dicho esta tarde. Según dicen no han sido capaces de superar no sé qué diferencias que dicen que tienen y han decidido irse cada uno por su lado. ¿Te lo puedes creer? Y me lo dicen así, como si nada.

Yo no salía de mi asombro pues jamás había visto nada durante aquellos días que me indicara que algo andaba mal en aquella familia. Siempre me habían parecido unas personas muy cordiales y nunca los había oído decir una palabra más alta que la otra, así que aquella noticia me desconcertó y sentí de repente una gran pena por mi amigo el cual siempre había presumido de padres al contrario que yo.

De pronto Paco se levantó de un salto y en un gesto inaudito en él y seguramente llevado por la tensión acumulada, lanzó con todas sus fuerzas el botellín a medio terminar de cerveza que tenía en la mano hacia la pared de enfrente con tan mala suerte que un policía urbano que pasaba por allí lo sorprendió de pleno.

Yo no daba crédito a lo que estaba viendo pues jamás me había imaginado que alguien como Paco pudiera actuar de aquel modo tan violento y falto de control. El caso es que mientras yo me quedaba petrificado ante tan grotesca escena, el guardia urbano aproximándose a donde se encontraba Paco, procedió a detenerlo y a instarle a que le acompañara a la comisaria a lo que él accedió sin oponer la más mínima resistencia. Como un autómata, les seguí por la estrecha calle mientras la gente agolpada en las entradas de los bares de la zona nos miraba fijamente y yo me sentía como un perro que va detrás de su amo sin saber muy bien lo que le depara el destino.

Una vez en la comisaria y con el ánimo más bajo que la suela de mis zapatos, me senté en un incómodo banquillo de madera siguiendo las instrucciones de un malhumorado agente parapetado detrás de un mostrador mientras a mi amigo, según me dijeron, le tramitaban la denuncia por actos vandálicos. Mientras esperaba vino a mi memoria una ocasión en la cual, pasando unos días con Paco y sus padres en un pueblo del sur de Salamanca, vi como sus padres se deshacían en arrumacos mientras yo sentía celos de que mis padres no fueran así.

Después de lo que a mí me parecieron horas, vi aparecer por la puerta de la comisaria a los padres de Paco. Venían con semblante serio y en un primer momento no repararon en mí. Fue cuando el agente que estaba en el mostrador les indicó con un gesto de cabeza el lugar donde me encontraba que se percataron de mi presencia y acudieron junto a mí. Yo me sentí por primera vez incómodo ante su presencia debido a lo que acababa de saber hacía pocas horas de su situación personal y me quedé mirando fijamente al suelo sin atreverme a levantar la mirada.

—Hola Sebas. ¿qué ha pasado? —me dijo el padre de Paco en cuanto llegó a mi lado.

Me quedé callado sin saber qué decir, momento que aprovechó la madre de Paco para contestarle airadamente.

—Tú qué crees que ha pasado. ¿Aún te extraña?

—No es el momento. Déjalo estar —le contestó su marido con un bufido.

Yo sentí que me encogía cada vez más en mi asiento mientras asistía tremendamente incómodo a aquella escena. Fue en aquel momento que apareció un Paco con la cara tan desmejorada que a mí me pareció que se trataba de otra persona distinta a la que conocía desde hacía ya tanto tiempo, acompañado por un no menos mal encarado guardia el cual dirigiéndose a sus padres dijo:

—¿Son ustedes los padres?

—Sí, agente.

—Pues a ver si lo educan mejor.

Tras lo cual y entregándoles el papel de la denuncia se dio la vuelta y se marchó por donde había venido sin decir una palabra más.

Tampoco los padres de Paco dijeron nada y, agarrando a mi amigo por los hombros procedieron a salir de la comisaria seguidos por mí, con la angustiante sensación de ser un actor secundario en una escena que no me correspondía. A la salida el aire fresco de aquella noche de finales del mes de agosto no contribuyó en absoluto a que se me aclararan las ideas que se me pasaban por la cabeza sobre lo que había ocurrido aquella aciaga jornada y me limité a seguir a una distancia prudencial a aquella familia que a pesar de su proximidad física se encontraba más separada que nunca en lo afectivo.

Llegamos en silencio hasta el portal donde se ubicaba el apartamento y en aquel momento parecieron darse cuenta de mi incómoda presencia pues el padre de Paco me dijo:

—Sebas. Mañana temprano debes irte a tu casa. Yo mismo te llevaré a la estación de autobuses.

Yo asentí triste de que aquel verano anterior a mi partida para Salamanca acabara de aquella manera tan fría.

Ya por la mañana y después de un frugal desayuno, el padre de Paco me acompañó como había prometido a la estación a coger el primer autobús a Vigo, no sin antes tener oportunidad de despedirme de mi querido amigo.

—Bueno compi. Lo hemos pasado bien ¿no? —me dijo como queriendo recuperar en parte su natural buen humor.

—Si —me limité a contestar.

—Nos vemos en Salamanca, espero.

Yo no pude aguantar más y me fundí en un abrazo con mi compañero en un gesto muy poco habitual en mí, cosa que él agradeció a tenor de su respuesta en la fuerza de su abrazo.

Y así terminó aquel verano prólogo de mi ingreso en el ejército. El resto de las semanas hasta mi definitiva partida a Salamanca transcurrieron monótonas y tristes como si el verano que tocaba a su fin quisiera contagiarme de su melancolía ante la proximidad del otoño que estaba a punto de nacer.

CAPÍTULO 14

No supe nada de Paco ni de su triste situación familiar hasta una escasa semana antes de emprender el viaje a Salamanca. Con mi natural cobardía y falta de amistad sincera (siempre perdonada por mi amigo), no me había atrevido a contactar con Paco para saber cómo se encontraba, así que fue él, una vez más, el que me llamó una tarde de viernes para animarme ante mi inminente partida. Me sentí fatal pues realmente su problema era infinitamente más preocupante que el mío, aunque, haciendo gala de su gran generosidad y de un optimismo que parecía que regresaba a su forma de ser, se dedicó a animarme con sus ya clásicas bromas hasta el punto de que casi ni le pregunto cómo se encontraba él.

—A sus órdenes mi soldado —le oí decir jovialmente cuando descolgué el teléfono.

—Descanse, descanse —le contesté siguiéndole la broma.

—Que chaval. ¿Ya tienes el macuto preparado?

No pude por menos que sonreír a pesar de la angustia que crecía en mi interior a cada día que pasaba.

—Estoy en ello. ¿tú qué tal vas?

—Bien, bien. Vamos tirando.

No quise indagar más sobre su nueva situación familiar pues intuí que él no tenía muchas ganas de hablar del asunto. A pesar de que parecía que había recobrado su buen carácter, noté en su tono de voz una cierta tristeza semejante a la que había notado cuando me había comunicado su ruptura con Inés.

—¿Cuándo está previsto que llegues a Salamanca? —continuó él.

—El miércoles por la tarde estaré por ahí. Tengo que ingresar en el cuartel el domingo antes de las seis de la tarde así que pasaré unos días en casa de mis abuelos.

—Vale. Tendremos tiempo de ir a tomar unas cervezas entonces antes de que te "encarcelen". El miércoles te espero en la estación.

—Seguro que sí —respondí contento ante la perspectiva de volver a vernos.

La indiferencia de que hicieron gala en mi casa, excepto mi hermana ante mi próxima partida no me afectó en absoluto pues a fuerza de costumbre me había hecho a la idea de que lo que no había recibido cuando era pequeño difícilmente lo iba a recibir a aquellas alturas, así que me dediqué exclusivamente a consolar a mi acongojada hermana que veía como el único bastión que le quedaba para agarrarse en aquella casa se iba y ya empezaba a sentir la soledad y la opresión que yo mismo había sentido en su día y que tantos sinsabores me había proporcionado a lo largo de mi vida.

Dos días antes de coger el tren rumbo a Salamanca me decidí a hacerle una visita al Padre Alfredo en su despacho de la Iglesia de María Auxiliadora. No había vuelto a visitarlo a pesar de que me lo había propuesto muchas veces, pero en aquella ocasión sentí la necesidad de despedirme de aquel cura, el cual, a pesar de que no había tratado mucho con él, me había hecho sentir una tranquilidad y serenidad que nunca había sentido en la casa de mis padres. Era como despedirme de un familiar que, a pesar de no verlo mucho, me proporcionaba un vínculo afectivo que no sentía desde la desaparición de mi abuela Raquel.

Al llegar al despacho parroquial le pregunté a una señora de mediana edad que se afanaba en la limpieza de dicho despacho por el P. Alfredo la cual me informó que en aquellos momentos estaba diciendo misa. Me dirigí a la entrada lateral de la Iglesia sin saber aún si entrar al oficio o esperarlo fuera. Finalmente me decidí a entrar en el Templo procurando no hacer mucho ruido para no molestar a los fieles. Hacía mucho tiempo que no asistía a misa para disgusto de mi madre y me dirigí a una bancada que se encontraba medio oculta detrás de una de las grandes columnas de la vieja Iglesia. No había mucha gente a aquellas horas y el P. Alfredo más que oficiar una misa parecía como si estuviera departiendo con las pocas personas que se apiñaban en los primeros bancos enfrente del altar mayor. Al poco rato de haber yo llegado, terminó la misa y vi como el Pater se introducía por la puerta de la sacristía mientras la gente iba saliendo en silencio por la puerta lateral. Cuando hubo salido toda la gente, me acerqué hasta el altar y tímidamente y sin atreverme a entrar, llamé en voz baja por el cura.

—Pasa Sebas. —Oí que me decían sorprendido de que se hubiese dado cuenta de mi presencia.

—Hola Padre. Pasaba por aquí y quise entrar a despedirme. La semana que viene me marcho a Salamanca.

—Vaya. Por fin llegó el día. ¿cómo estás de ánimo?

—Bastante bien —mentí yo.

—Estupendo. Esa es la actitud que tienes que tomar. Ya verás cómo el año pasa más rápido de lo que te imaginas.

—A ver si es verdad —dije yo no muy convencido.

—¿Quieres tomar un café? Lo acabo de preparar.

—No gracias. La verdad es que tengo que irme. Sólo quería decirle adiós.

—Bueno. Como quieras. Si necesitas algo en Salamanca no dudes en llamarme. Conozco a varios compañeros allí y si quieres te puedo poner en contacto con ellos.

—De acuerdo. Gracias —le respondí no muy convencido.

El P. Alfredo se levantó y me obsequió con un fuerte abrazo al que yo no respondí de la misma forma debido a mi consabida rigidez de carácter, aunque en el fondo agradecí el gesto cariñoso del cura.

A partir de aquel día me dediqué a la preparación del inminente viaje. La perspectiva de ver de nuevo a Paco unido a la posibilidad de poder estar de nuevo con Inés me mantenía en un estado de nerviosismo tal que hacía que las horas se me pasaran más lentas. Realmente no pensaba en el día en que tendría que entrar en el cuartel sino en los días previos en que podría disfrutar de un poco de libertad lejos de mis padres. Estos, fieles a su costumbre de ignorarme no daban muestras de que en casa fuera a cambiar nada. Sólo mi hermana pasaba los días cabizbaja ante mi partida y se la veía triste ante lo que probablemente se le venía encima a causa de mi ausencia.

Y por fin llegó el día. Yo debía ingresar en el cuartel antes de las seis de la tarde del siguiente domingo y esa circunstancia suponía tener cuatro días a contar desde el miércoles para disfrutar de mi libertad hasta entonces. Al igual que en las vacaciones de Semana Santa que había pasado en Salamanca, mi madre había dispuesto que pasara los días previos a mi entrada en el cuartel en casa de mis abuelos. Esta circunstancia, lejos de molestarme como la vez anterior, me entusiasmó ante la perspectiva de poder recorrer la ciudad libremente acompañado de mi tía Silvia como habíamos hecho en aquella ocasión. Además, sabía que mis abuelos estaban en uno de sus viajes y que tendríamos la casa para nosotros solos.

Salí de casa acompañado de mi padre con mi maleta y en ese momento comencé a sentir el desahogo de escapar por fin de aquel lugar que me asfixiaba. Mi madre no quiso acompañarnos y yo no la eché de menos. Mi hermana Dolores tampoco quiso pues, según dijo, prefería despedirse de mí en casa y no pasar por el mal trago de ver cómo se alejaba el tren. Yo respeté su decisión, pero no pude evitar sentir la pena de marcharme sin que nadie de los que realmente me importaban estuvieran acompañándome.

Mi padre, fiel a su forma reservada de ser no me dirigió la palabra en el pequeño trayecto desde el Castro hasta donde se encontraba la estación de tren. Fue precisamente cuando nos encontrábamos en el andén a la espera de la hora de la partida cuando se decidió a hablarme.

—Bueno hijo. Llegó el momento. Espero que no me hagas quedar mal en el cuartel. Sabes que vas recomendado y no quiero que me hagas lo mismo que en Santiago.

—No te preocupes papá —le respondí algo molesto pero intentado que su comentario no me amargase el viaje.

—Si podemos iremos a verte jurar bandera —continuó él—. Espero que mi trabajo en el Banco no me lo impida.

—Espero que no —mentí yo.

Un largo pitido nos avisó de la inminente partida del tren y yo me dirigí hasta el vagón que indicaba mi billete después de estrecharle la mano a mi padre el cual no dijo nada, aunque en un primer momento me pareció ver un extraño brillo en sus ojos.

Subí al vagón y una vez instalado en mi compartimento me asomé por la ventanilla para verlo. Lo vi cómo se alejaba por la estación en dirección a la salida sin mirar ni una sola vez hacia atrás y yo sentí una extraña angustia en mi pecho. En aquel momento estaba lejos de intuir que sería la última vez que lo vería.

CAPÍTULO 15

Gratamente sorprendido descubrí que mi tía Silvia y mi amigo Paco se habían acercado a recibirme en la estación. El caluroso recibimiento que me dispensaron los dos contrastó notablemente con la fría despedida en la estación de Vigo dispensada por mi padre.

Silvia, fiel a sus costumbres, nos dijo que lo primero era ir a tomar unas cervezas para celebrarlo. Yo me di cuenta de que algo no andaba muy bien pues ella, que solía exhibir una eterna y franca sonrisa en su cara, parecía esta vez que le costaba sacarla, aunque sí sabía que su alegría por mi llegada era sincera. De todos modos, no quise interrogarla en aquel momento y decidí postergar mi conversación con ella para cuando estuviéramos solos.

Contrariamente a Silvia, a Paco se le veía como siempre. Yo había esperado encontrarlo abatido debido a su triste y reciente situación familiar y me alegré al comprobar que había recuperado su carácter jovial de antaño. Después de tomar una ronda de cervezas en un bar de la Gran Vía y de despedirnos de Paco, Silvia y yo nos dirigimos al piso de mis abuelos para instalarme. La ausencia de mis abuelos me hizo sentir como cuando vivía en Santiago y eso, unido a la perspectiva de pasar los siguientes cinco días en plena libertad, me hizo olvidar momentáneamente la circunstancia de la nueva vida que estaba a punto de afrontar a partir del domingo siguiente.

—Estas muy guapo. Mira que has cambiado —me dijo de pronto Silvia con cierta admiración.

A mi aquel comentario me agradó sobremanera y, aunque no fui capaz de decírselo, yo también me di cuenta de que mi tía estaba si cabe más atractiva que la última vez que la viera a pesar de la ligera tristeza que creía adivinar en su semblante.

—Te veo un poco preocupada. ¿Te pasa algo? —me atreví por fin a preguntarle.

—Nada importante. Es que las cosas no van muy bien con mi novio.

Yo, a pesar de que apreciaba sinceramente a mi tía no pude evitar alegrarme debido a la mala impresión que me había sacado de aquel sujeto la última vez que estuviera en Salamanca. Sin embargo, me limité a contestarle:

—Tú tranquila. Son rachas. Ya verás como todo se soluciona —le dije como si realmente fuera un experto en relaciones sentimentales.

Silvia se limitó a dedicarme una franca sonrisa y se marchó de la habitación para que pudiera descansar un rato antes de cenar. Debido al cansancio del viaje y a la tensión acumulada los días anteriores, me quedé profundamente dormido. Alrededor de las once de la noche unas voces me despertaron de repente. Al principio no pude distinguir de quién se trataba, pero a medida que me iba despejando, me di cuenta de que se trataba de mi tía Silvia, la cual, seguramente hablando por el teléfono que mis abuelos tenían instalado en el largo pasillo de su casa, profería una serie de reproches a su interlocutor, en el cual pude adivinar a su novio Marcelo.

—No me lo vuelvas a repetir. No te creo. Ya lo hemos hablado y no te voy a perdonar —decía airada Silvia mientras yo permanecía discretamente en mi habitación sin atreverme a salir.

—Lo que me has hecho no tiene justificación. Quiero que me dejes en paz y que no me vuelvas a llamar. Olvídate de que existo…

De pronto escuché como Silvia colgaba con un fuerte golpe el auricular y oí un tenue llanto que me sorprendió pues nunca la había oído llorar.

Decidí hacerme el dormido y me volví a acostar en la cama a la espera de que ella se calmara y viniera a buscarme para ir a cenar. Efectivamente, al cabo de una media hora sentí unos golpes en la puerta y, detrás de ella, sonó la voz de Silvia con un tono de tristeza que jamás le había notado.

—Sebas. ¿Vamos a cenar?

—Sí. Ya voy.

Al salir de la habitación y dirigirme al salón vi a mi tía sentada en una de las grandes butacas con la mirada perdida. Cuando se percató de mi presencia se levantó y esbozó una fingida sonrisa mientras me invitaba a marcharnos. Una vez en la calle, la seguí en dirección a una pequeña pizzería donde, según me dijo, acostumbraba a ir. No me dijo nada durante el trayecto y yo tampoco fui capaz de iniciar una conversación y sentí una vaga sensación de soledad ante la forma tan atípica de actuar de Silvia. Afortunadamente, una vez que nos instalamos en una de las mesas del establecimiento ella pareció recuperar su natural carácter y disfrutamos de la cena mientras la ponía al día de los últimos acontecimientos vividos en Vigo. En un momento dado me sorprendí a mí mismo observando a mi tía como si fuera una chica con la cual no tuviera ningún parentesco y eso me turbó. Ya no nos tratábamos como solíamos hacer cuando nuestra diferencia de edad era más patente, sino que más bien parecíamos dos amigos cenando tranquilamente y disfrutando de la velada.

Habíamos quedado de encontrarnos con Paco en uno de los locales de la Gran Vía alrededor de la medianoche y hacia allí nos dirigimos una vez terminamos de cenar. Al contrario que en el camino a la pizzería, en esta ocasión no paramos de hablar y de reír durante el trayecto lo cual contribuyó a que el malestar que sintiera al principio se difuminara lentamente. Silvia también parecía que había aparcado su bajo estado de ánimo y que, al menos momentáneamente, se había olvidado del dichoso Marcelo.

Cuando llegamos al pub Paco aún no había llegado así que nos dirigimos a la barra y tras pedir unas cervezas nos acomodamos en una mesa que estaba situada en un rincón tranquilo. No me pasaron inadvertidas las miradas fugaces que de vez en cuando recibía Silvia por parte de algunos de los chicos que se encontraban en el local en aquellos momentos y sentí con sorpresa que una pequeña punzada de celos hacía su aparición y me sorprendí a mí mismo pensando que si no aparecía Paco no me iba a importar demasiado. Sin embargo, en aquel preciso momento hizo su aparición mi amigo. Me quedé de piedra. Acompañando a mi camarada y como una aparición vi que venía Inés. El corazón me dio un vuelco. Realmente estaba en mis planes ver a Inés antes de mi ingreso en el cuartel y su marcha a Santiago a reanudar sus estudios de Farmacia, pero no me había imaginado que este encuentro se produjera de la mano de Paco.

Cuando llegaron a donde nos encontrábamos, Inés se abrazó a mí y yo inmediatamente volví a sentir la misma sensación casi olvidada que sintiera hacía ya tiempo en la mágica Plaza del Obradoiro en Santiago. Me quedé mudo sin saber qué decir y me limité a mirarla embelesado como si en aquel momento fuera la única persona presente. Inés había ganado en belleza; estaba más esbelta y su semblante tenía la expresión de quién ha ganado en madurez y serenidad. De repente me sentí pequeño y minúsculo y una angustia que hacía tiempo que no acudía a mí, resurgió de lo más profundo con la clara intención de quedarse un buen rato.

Paco fue el encargado de romper el hechizo y devolverme a la realidad. Tuve que hacer un esfuerzo para que nadie notara mi turbación, aunque creo que no lo conseguí.

—A qué no te esperabas la sorpresa —dijo Paco con una sonrisa pícara en la cara.

Yo sin saber qué contestarle realmente me limité a devolverle una especie de sonrisa de cortesía. En aquel momento y como si fuera un acto predeterminado Silvia y Paco se marcharon, la primera al baño y el segundo en dirección a la barra a pedir unas copas y fue así como Inés y yo nos encontramos los dos frente a frente después de tanto tiempo.

—Te encuentro muy bien —comenzó ella

—Tú también estás muy bien —casi repetí yo como un loro.

Un tropel de ideas se me pasaba por la cabeza y no era capaz de pensar con claridad. Verdaderamente no esperaba encontrarla tan pronto y en aquella circunstancia. Más bien me había imaginado un encuentro a la luz del día en alguna cafetería de la Plaza Mayor; incluso me había llegado a desesperar ante la posibilidad de que finalmente no pudiera verla antes de mi ingreso en el cuartel, pero allí estaba. El momento que tanto había fantaseado por fin había llegado y yo no me encontraba preparado. Maldije de nuevo mi maldita timidez que no me permitía comportarme como una persona normal ante la mujer de la que me había enamorado perdidamente hacía ya tanto tiempo.

Cuando ya iba recobrando la calma, regresaron por turno Paco y Silvia, y yo, aunque eran las personas que más quería, los maldije internamente por no haber esperado un poco más antes de regresar. El resto de la noche la pasamos entre copas y anécdotas mientras yo no era capaz de desviar la mirada de una Inés que no paraba de reír las bromas de Paco. Sentí unos celos irresistibles por no poder ser yo en aquel momento el centro de atención de Inés y esta circunstancia provocó que mi semblante estuviera serio y taciturno. Seguramente acostumbrados a mi forma de ser, ninguno de los tres pareció darle importancia a mi mutismo y continuaban con sus bromas con la clara intención seguramente de que no les amargara la fiesta. Solamente Silvia parecía por momentos distante, aunque creo que era yo el único que se daba cuenta de que algo le pasaba. En un momento dado, mi cabeza desconectó totalmente de la conversación y mi mente voló al momento en que Inés y yo nos besamos por primera y última vez aquel triste día en Santiago y un nudo de angustia se me formó en la garganta.

—Bueno. ¿Y tú qué tal de chicas en Vigo? —La pregunta de Silvia me cogió fuera de juego e instintivamente miré para una Inés en la cual creí adivinar una mirada entre inquisitiva y curiosa que me hizo albergar la esperanza de que aún sintiera algo por mí.

—Bien, bien… —acerté a decir esquivamente sin dejar de mirar de reojo a Inés.

—Pero cuéntanos algo por lo menos. No nos dejes así.

El que había hablado en esta ocasión había sido Paco el cual, a causa seguramente de la mirada asesina que le dediqué, cambió de repente de conversación mientras me hacía un guiño el cual, como tantas otras veces tuvo la virtud de tranquilizarme y de hacer que me diera cuenta una vez más del gran cariño que le profesaba a mi amigo, a pesar de que de tanto en vez, los sentimientos que albergaba hacia él no eran del todo honestos. Algo más tranquilo gracias a los detalles casi terapéuticos para mí de Paco, me decidí a tratar de disfrutar de la noche, eso sí, relegando a última hora la conversación que deseaba tener a solas con Inés y de la cual anhelaba que surgiera lo que tantos años llevaba esperando y que tantas veces se me había escapado entre los dedos como arena fina de la playa.

Y por fin llegó el momento esperado. Eran cerca de las cinco de la madrugada y ya los efectos del alcohol y el cansancio hacían mella en nosotros cuando Silvia nos propuso retirarnos ya a descansar. Todos estuvimos de acuerdo y nos levantamos de la mesa atestada de botellines de cerveza vacíos. Una vez en la puerta del bar nos despedimos unos de otros y, cuando me llegó el turno de despedirme de Inés, le propuse acompañarla a casa.

—Bueno. Si quieres… —me respondió ella después de un pequeño momento de duda.

—¿Por qué no te vienes mejor con nosotros? —dijo de pronto Paco—. Ya es muy tarde.

Creí percibir en Paco una mirada de preocupación.

—No. Mejor acompaño a Inés. Necesito tomar el aire —le respondí sin entender muy bien a qué venía aquel arranque de paternalismo sabiendo como sabía lo que significaba para mí quedarme un rato a solas con ella.

—Vale. Como quieras. Silvia y yo vamos a tomar un café en el bar de al lado de su casa. Si no tardas mucho nos vemos allí.

Dicho esto, los dos se encaminaron calle abajo y yo, quedándome a solas con ella, comencé a sentir un extraño hormigueo en la boca del estómago debido al nerviosismo que sentía.

A pesar de que el verano tocaba casi a su fin, corría una agradable brisa cálida y la luna llena iluminaba tenuemente las calles con su luz blanquecina.

Comenzamos a andar lentamente sin ninguna prisa y en un primer momento no nos dijimos nada. Yo observaba a Inés de reojo y era tal la felicidad que sentía en aquel momento que hubiese dado cualquier cosa para que la noche no acabara nunca y el amanecer se retrasara indefinidamente. Sentía la agradable proximidad de ella y, de tanto en tanto, nuestros brazos se tocaban y yo sentía como una descarga eléctrica que me recorría todo el cuerpo. Muchas veces había fantaseado con pasar por aquella situación y por fin había llegado. Lejos quedaba ya la triste tarde en que nos despedimos en Santiago de Compostela, pero yo aún conservaba en mi memoria la calidez de sus labios y deseaba fervientemente poder sentir de nuevo aquella sensación.

Cuando llegamos a la Plaza Mayor, ella se paró y cerrando los ojos aspiró el aire de la noche lentamente. Yo la observaba extasiado sin decir una palabra por miedo a estropear el bello momento que estaba viviendo. Fue ella la que, abriendo los ojos de pronto, rompió el silencio que manteníamos desde que nos separáramos de Paco y Silvia.

—Siempre me ha encantado venir aquí por las noches. El año pasado añoraba esta plaza y me iba a la del Obradoiro cuando podía. Estos lugares son casi mágicos. Parece como si no hubiese pasado el tiempo por ellos.

No supe que decir y opté por quedarme callado antes de decir alguna tontería. De pronto ella se sentó en el suelo con las piernas cruzadas y yo la imité sentándome a su lado. Sentí de nuevo la calidez de su cuerpo y me di cuenta de que ella no rechazaba el contacto conmigo.

—Solía sentarme enfrente de la Catedral y permanecía allí perdiendo la noción del tiempo —continuó ella— sentía que me cargaba de energía y de paz. ¿Hay algún sitio parecido en Vigo? —me dijo mirándome de repente a los ojos.

Yo, perdido en el embrujo de su mirada tardé un poco en contestar.

—Hay un lugar en la ladera de un parque que está en el centro de la ciudad. Se trata de las ruinas de un antiguo poblado celta. Suelo ir allí cuando necesito meditar y realmente ahora que lo pienso también es como si una energía ancestral circulara por el lugar.

—Tengo que ir allí algún día —dijo casi en un susurro girando de nuevo la cara y cerrando los ojos.

No tuve valor de decirle que yo la llevaría a visitar todos los lugares hermosos que había conocido en Galicia si quería y mi imaginación me llevó a verla cogida de mi mano mientras paseábamos por El Castro disfrutando el uno del otro.

De pronto, en un arranque de valor inusitado en mí, cogí su mano izquierda delicadamente acariciándola con mis dedos. Lo que sucedió a continuación hizo que la atmósfera ideal que se había creado entre los dos se tornara en tormenta en mi interior. Inés retiró delicadamente su mano y con mirada triste que a mí se me clavó como un puñal en el corazón me dijo:

—Lo siento Sebas. Estoy saliendo con un chico desde hace algún tiempo y estoy muy bien con él. El mes próximo nos vamos a vivir juntos en un piso de Santiago…

En aquel preciso momento supe que nunca más tendría oportunidad de estar con ella y que nuestra truncada historia de desamor había terminado antes de empezar irremediablemente.

Cerré los ojos para evitar que me viera llorar y apreté con fuerza mi puño derecho con la vana intención de mantener por un rato más la sensación cálida de su mano. Permanecí callado y mi mente se paró en seco. De repente estaba vacío y un escalofrió me recorrió la espalda haciendo que se me erizara el cabello. Después de un rato, me levanté pesadamente del suelo y suspiré profundamente. Ella permanecía sentada aún con la cabeza gacha.

—Vamos Inés. Te acompaño a casa —dije yo en un susurro.

Inés se levantó y mirándome con los ojos húmedos me dijo:

—Los siento Sebas… Ya te dije en Santiago que no hemos tenido mucha suerte…

Yo la miré y sin decir nada emprendí el camino hasta su casa. Cuando llegamos a su portal, me besó dulcemente en la mejilla y sin decir nada más, desapareció por la puerta.

La proximidad del amanecer hizo que refrescara. Caminé lenta y pesadamente hacia la casa de mis abuelos. No tenía ilusión por nada. Ya nada me importaba. Incluso el miedo que tenía ante mi ingreso en el cuartel había desaparecido. Estaba completamente vacío.

Cuando llegué cerca del portal de la casa de mis abuelos, percibí la sombra de alguien apoyado en la puerta. Deseé que fuera un ladrón esperando a su víctima. Estaba decidido a hacerle frente con la loca idea de que me clavara un cuchillo y así acabar con todo.

Al acercarme un poco más me di cuenta de que se trataba de Paco el cual, al verme llegar, salió a mi encuentro. Estaba serio y entonces lo comprendí todo. Su cara de preocupación… su tibio intento para que no acompañara a Inés… Él ya lo sabía.

—Lo siento Sebas —solo acertó a decir cuando llegó a donde me encontraba.

Yo, rompiendo a llorar, me abracé a mi amigo como nunca había sido capaz de hacerlo antes.

Los siguientes días los pasé prácticamente recluido en la habitación de la casa de mis abuelos. Ni siquiera mi amigo Paco fue capaz de hacerme salir de casa y finalmente desistió respetando mi necesidad de estar solo. Mi oscuro estado de ánimo unido al mal momento que estaba pasando Silvia a causa de Marcelo, hizo que la casa que otrora fuera alegre se tornara en una especie de convento de clausura en el cual no se oía casi ruido y donde el ambiente era triste y desesperanzador.

El sábado por la tarde fue especialmente duro para mí. Al día siguiente debía ingresar en el cuartel y fuera llovía copiosamente. Silvia se marchó alrededor de las ocho de la tarde después de recibir una llamada que yo intuí que era de Marcelo. A partir de aquel momento me dediqué a deambular por la casa sin encontrar sosiego en ningún rincón hasta que finalmente y después de darme una larga ducha, me acomodé en el sofá del salón a ver un poco la tele.

Silvia llegó un poco más tarde de las doce de la noche. En cuanto entró por la puerta me di cuenta de que había estado llorando y me percaté de que venía algo borracha. Sin decir nada se acomodó a mi lado en el sofá y apoyó su cabeza en mi hombro. Permanecimos así un buen rato mientras veíamos un programa de cotilleo en la televisión. Sentía el aliento cálido de Silvia con un ligero olor mezcla de tabaco y alcohol, pero yo comencé a sentirme extrañamente a gusto como si la relación que nos unía no fuera familiar y estuviera con una amiga especial. Ella se había descalzado y su corto vestido floreado permitía ver gran parte de sus esbeltas y contorneadas piernas. Se acomodó un poco más en mi pecho y yo, instintivamente pasé mi brazo por sus hombros. Mi corazón comenzó a latir de forma frenética. De pronto, Silvia se incorporó y sin decirme nada comenzó a besarme en la cara mientras con su mano me acariciaba el pecho bajando lentamente la mano en dirección a mis caderas. Al percatarme de lo que estaba pasando me puse tenso e intenté separarla de mí, aunque, ahora me doy cuenta, sin demasiada convicción, pues ella, lejos de parar, se apretó más contra mí y comenzó a besarme en los labios. Las sensaciones que comencé a sentir en mi vientre me impidieron rechazarla de nuevo y sin saber muy bien cómo empezó todo, me abandoné a ella e hicimos el amor en el sofá como dos seres desesperados a los que la vida no les había dado muchas satisfacciones.

A la mañana siguiente me desperté tarde y tremendamente cansado. A mi mente acudieron de repente los recuerdos de la noche anterior y me avergoncé hasta el punto que mi cara enrojeció y me invadió un fuerte calor por todo el rostro. Ni en mis más locos sueños había imaginado que perdería la virginidad con ella. Por un lado, me sentía fatal por lo que había ocurrido, pero una parte de mí no podía dejar pasar la sensación nueva que sentía en todo mi cuerpo cuando rememoraba cada uno de los momentos de la noche anterior y del hecho de que por fin había dejado de ser virgen precisamente un día antes de ingresar en el ejército.

Al principio no me atreví a levantarme del sofá ante la vergüenza que me provocaba poder encontrarme con Silvia. Al final, intuyendo que ella no estaba en casa, me levanté para ir al baño y, al pasar por el recibidor me percaté de la nota escrita a lápiz que estaba encima del aparador. Era de Silvia y decía escuetamente:

"Sebas. Me he tenido que marchar. Ya nos veremos"

La nota me dejó una vaga sensación de malestar. Habíamos proyectado que me acompañara hasta la puerta del cuartel en la calle Federico Anaya, pero evidentemente ya no iba a ser así. En parte lo agradecí, pero en el fondo me daba pena que nadie estuviera conmigo en aquel momento, habida cuenta que Paco ya se había excusado porque tenía que irse al pueblo por unos días.

Así que, sumido en mis erráticos pensamientos debido al cúmulo de acontecimientos ocurridos los días anteriores, cogí mi bolsa y, con un gran nudo en la garganta me dirigí con paso cansino al lugar que sería mi residencia durante el siguiente año.

CAPÍTULO 16

Mi llegada al cuartel en pleno mes de septiembre fue una de esas experiencias difíciles de olvidar. Llovía copiosamente y yo no era capaz de quitarme la molesta sensación de que, a partir de aquel momento y durante los siguientes doce meses, mi vida iba a dar un giro considerable, el cual no estaba bien seguro de poder aguantar. El rencor que sentía hacia mi padre por haberme obligado a dejar la universidad y a no renovar la petición de prórroga de estudios unido al remordimiento que sentía por lo ocurrido con mi tía Silvia el día anterior, me había sumido en una profunda melancolía. No obstante, y a pesar de la congoja que me atenazaba la garganta, me hice el claro propósito de intentar pasarlo lo mejor posible durante los siguientes meses.

—De aquí a doce meses —me dije para mí mismo, y entré en el cuartel en cuya entrada se agolpaban no menos de cuarenta chavales con la misma expresión en la cara que yo, mezcla de miedo y expectación a la espera de que alguien les dijera a dónde se tenían que dirigir o lo que tenían que hacer. Y ese alguien no tardó en aparecer.

Se trataba de un tipo alto y corpulento con la cara marcada por la viruela al cual se le notaba que durante aquella tarde había bebido de todo menos café, tal era el tambaleo con el cual se movía de un lado para otro. Aun así, el índice de alcohol en su sangre no le hacía disminuir ni un ápice el volumen de su voz ni la fuerza con la que, mediante empujones que a más de uno casi hizo caer al suelo, trataba de organizar en fila a los que allí nos encontrábamos. Tampoco nos pasó desapercibida la divertida atención con la que un grupo de reclutas, todos ellos veteranos a tenor por el desgaste que se adivinaba en su uniforme, nos observaban desde la puerta de lo que al día siguiente descubrí que era la cantina del acuartelamiento.

En aquel momento y debido a que mi atención estaba ocupada completamente en evitar los empujones del Sargento Romero, que así se llamaba aquel aventajado discípulo de Baco, no caí en la cuenta que en el grupo que nos estaba mirando desde la cantina había un chico que me estaba prestando una especial atención a mí. Si hubiese tenido la oportunidad de observarlo bien me habría dado cuenta que en su cara no solo se reflejaba la risa de quién pasa un rato divertido viendo como otros pasaban el mal trago que a buen seguro también él había sufrido a su entrada en el cuartel, sino también una cierta mirada de cazador que ha encontrado su presa después de haberla buscado durante largo tiempo.

Aunque como digo, en aquel momento no me percaté de este detalle. Días después tendría tiempo de tomar conciencia de lo que realmente me esperaba durante mi estancia en aquel sitio.

Después de pasar lista y verificar que todos los llamados en aquel reemplazo nos encontrábamos presentes, el Sargento Romero nos condujo a voz en grito al comedor donde nos mandaron formar en fila de a uno para darnos la cena. El olor en aquella sala era nauseabundo. La mezcla del aroma agrio de la lejía se mezclaba con una infinidad de aromas a comida grasienta que atacaba nuestras narices de una forma que a más de uno nos hizo sentir náuseas. Menos mal que con el paso de los días nos acostumbramos a aquella peste, así como al olor a humanidad que convivía con nosotros en los dormitorios, a los cuales nos condujeron al terminar de cenar.

Aquella noche dormí profundamente, a pesar de que me acosté vestido y del picor de la manta de mi cama.

A las siete de la mañana sonó la grabación del toque de diana. Detesté aquel sonido incluso hasta meses después de terminar el servicio militar, pues debido a la costumbre, seguí oyéndolo en mi cabeza a la vuelta a mi casa.

La vida en el cuartel a partir de la mañana siguiente y durante las tres semanas que duró la instrucción fue realmente agotadora física y mentalmente; después de un frugal desayuno, nos hacían desfilar durante toda la mañana, lloviera o hiciera sol. A continuación, y sin dejarnos apenas asearnos, nos daban la comida después de la cual comenzábamos de nuevo a desfilar hasta las seis de la tarde, hora en la cual por fin dejaban que descansáramos hasta la hora de la cena, a eso de las ocho.

Aquellas dos horas eran durante las cuales nos atrevíamos a internarnos en la cantina, feudo irreductible de los veteranos los cuales hacían continua mofa de los Pitos, como nos llamaban a los que aún no habíamos completado la instrucción. De todos modos, creo que es de ley decir que no todos los veteranos se metían con nosotros. Los había que, o bien porque tenían otras cosas más importantes en qué pensar que perder el tiempo haciéndonos burla o bien porque aquel juego ya les aburría, y los había también quienes sentían una especie de empatía hacia nosotros lo cual les impedía hacernos pasar por situaciones que no hacía muchos meses ellos también habían sufrido.

En este segundo grupo se encontraba Fernando, un tipo especial a primera vista. Era, según decían algunos, una persona a la que ni el mismísimo sargento Romero osaba levantar la voz, por lo cual los demás compañeros le tenían una especie de respeto reverencial. Se decía que en una ocasión en la que el Sargento estaba especialmente ebrio, este golpeó con saña a Fernando, el cual, lejos de inmutarse, le plantó cara, pero no de una forma agresiva, sino mirándolo con una expresión casi de comprensión, lo que provocó en el Sargento que se marchara no sin antes balbucear una casi imperceptible disculpa. Lo que no sabían era que, desde aquel mismo momento, el sargento odiaba profundamente a Fernando, aun cuando no se atreviera a demostrárselo por miedo a sentirse humillado de nuevo. Aquello con el tiempo le iba a costar muy caro.

Conocí a Fernando en una de aquellas tardes de cantina. Me disponía a pedir una Mahou cuando de repente sentí en mi occipital un fuerte golpe que me hizo perder la visión durante unos segundos. Cuando a medias me recuperé me di la vuelta para ver el origen de aquel repentino golpe. Frente a mí se encontraba la persona más mal encarada que me había encontrado jamás, rodeado por cinco personajes que se reían a pierna suelta por lo que había hecho su amigo.

Antes de que pudiera ni siquiera pedir explicaciones por aquella agresión, fui desplazado de un empujón por aquel energúmeno que ni siquiera se molestó en dirigirme la palabra. Caí al suelo de una forma tan absurda que provocó una nueva oleada de carcajadas entre los asistentes. Sentí que como otras tantas veces afluía en mí la ira que tantos disgustos me había causado a lo largo de mi vida, y ya me disponía a arremeter loco de furia contra aquellos tipos cuando sentí que unos brazos me levantaban y a la vez suave pero firmemente me impidieron que me abalanzara contra mis adversarios. Quién así me sostuvo era Fernando.

No sé qué fue lo que me provocó el contacto con él, lo único que sé es que la ira que me cegaba segundos antes fue sustituida por una calma total y me dejé arrastrar suavemente hacia una de las mesas que permanecían vacías en el establecimiento militar. La intervención de Fernando no pasó desapercibida para el Canuto, que así se hacía llamar mi agresor, pero se limitó a no intervenir y a continuar charlando con sus amigos. No sé si lo hizo porque ya se había aburrido de mí o por el respeto que infundía Fernando en el resto de los acuartelados, el caso es que, por aquel día no me prestó más atención, cosa que mis maltrechos huesos agradecieron enormemente.

—Me llamo Fernando. ¿Quieres una cerveza? —me extendió la mano y, sin esperar una respuesta, se acercó a la barra y volvió al poco rato con dos botellines que posó sobre la mesa.

Yo bebí casi de un trago mi cerveza intentando analizar los acontecimientos que se habían producido minutos antes.

—Aún no me has dicho tu nombre —dijo Fernando apoyado suavemente su cerveza en la mesa.

—Me llamo Sebastián. Gracias por la cerveza y.... por lo otro —dije yo tímidamente.

—No hay de qué. Pero procura de aquí en adelante alejarte de ese tipo y así te evitarás muchos problemas.

Yo no lo sabía, pero a Fernando no se le había escapado la mirada que Canuto me había dirigido el primer día de mili. Me lo dijo meses después, dos días antes de aquel trágico domingo por la tarde en que su vida cambiaria irremediablemente.

Pasaron los días siguientes sin que se produjera ninguna novedad reseñable. La rutina de la instrucción continuó y ya tanto yo como el resto de los compañeros de reemplazo comenzábamos a tener una forma física que nos hacía sobrellevar mejor el entrenamiento a que nos sometían los mandos.

Aquella última etapa antes de la jura de bandera transcurrió relativamente tranquila. El Canuto dejó de prestarme atención y no vi a Fernando por ninguna parte. Aunque en mi fuero interno esperaba encontrarlo cada tarde en la cantina para poder intercambiar algunas palabras con él entre cerveza y cerveza y así poder saber algo sobre su vida, pues intuía que detrás de esa aura de serenidad que se le veía había una historia interesante de la cual yo podría sacar algún aprendizaje.

Me enteré por un compañero de compañía que a Fernando le habían concedido una semana de permiso especial para asistir a un curso del cual no fueron capaces de darme más información. También supe por estos mismos compañeros que el sargento de su grupo solía demostrar cierta deferencia para con él cuando este solicitaba uno de esos permisos especiales. Deseé que al final de mi instrucción me destinaran en aquella compañía para que, además de poder estar cerca de Fernando, conseguir alejarme del Sargento Romero y tener por responsable a una persona como aquél mando de quién me habían hablado tan bien.

Una semana antes de jurar bandera nos llevaron a las afueras de Salamanca, a un viejo campo de entrenamiento llamado Los Montalvos. Se trataba de un antiguo acuartelamiento dominado por unos viejos barracones a ambos lados de una explanada cubierta de tierra y yerbajos donde estaban instaladas las tiendas de campaña donde se suponía que íbamos a pasar las noches. Yo, a pesar de ser de Salamanca, nunca había ido por aquellos lugares y realmente odié aquel paraje inhóspito desde el primer momento en que puse los pies en él.

La rutina en aquel lugar no se diferenciaba en mucho a la que soportábamos en el acuartelamiento de la ciudad a no ser por la suciedad y la desolación que se adivinaba en todos los rincones de aquel sitio.

Desgraciadamente, el sargento Romero nos acompañó en aquella última semana de instrucción y a tenor de su creciente malhumor tampoco le hacía mucha gracia estar allí. Una mañana fuimos despertados bruscamente por aquel individuo a voz en grito el cual, y pesar de la temprana hora ya se encontraba en un avanzado estado de embriaguez. Nos hizo cargar con nuestras mochilas y nos llevaron a realizar una marcha por los alrededores y al finalizar, entrar a paso ligero en el acuartelamiento. Recuerdo que el dolor de mis músculos no me dejó conciliar el sueño en toda la noche y que la tremenda nostalgia y la soledad que sentí en aquellos momentos fue comparable a los peores momentos pasados en mi vida.

Llegó el día de la Jura de Bandera y yo no había visto a Fernando por ninguna parte. No sabía si aún no había regresado de su permiso o si estaba alejado del bullicio de familiares que se habían congregado para ver el acontecimiento. Aquella mañana el Sargento Romero se había levantado sereno, cosa extraña en él, aunque esto no había contribuido a suavizar su mal humor característico, sino todo lo contrario. Supongo que, a tenor de su obligada abstinencia debida, pensé yo, a la visita del general de zona que vendría a presidir el acontecimiento, el Sargento se encontraba de un pésimo humor y pagaba con nosotros esta circunstancia. Ni siquiera Sobreira, el gallego que debido a su larga tradición familiar en el ejército era quién más disfrutaba de su estancia en el cuartel, saboreaba tal como él quisiera del día. Años más tarde vería de nuevo al pobre Sobreira en las noticias; había sido víctima de un atentado de ETA cuando servía como chofer de un teniente el cual también había resultado asesinado en dicho atentado.

Recuerdo que aquella mañana sentí una cierta congoja al ver que a casi todos los compañeros de reemplazo los acompañaban algún familiar. No es que me hiciera mucha ilusión el acto en sí de besar la bandera, pero hubiese agradecido alguna compañía cercana, aunque se tratara de mis padres. Yo les había hecho llegar por correo la invitación al acto, pero ellos, fieles a su natural indiferencia en todo lo referente a mí, ni se habían molestado en contestarme. Ni siquiera mi amigo Paco pudo asistir debido a unos asuntos que tenía que resolver. Evidentemente no me atrevía a decirle nada a mi tía Silvia y ella tampoco se puso en contacto conmigo. Así que, después de desfilar y cumplir con el trámite obligatorio de besar la bandera, me refugié en una esquina de la cantina mientras observaba apesadumbrado a mis compañeros acompañados por sus novias y familiares.

Me encontraba yo sumido en mis pensamientos mientras bebía mi segunda cerveza cuando una voz familiar me increpó a mis espaldas.

—¿Qué tal Sebastián? ¿Qué te ha parecido la jura de bandera? —dijo Fernando con cara de broma y quiñándome un ojo.

—Me ha parecido súper emocionante. Estoy deseando repetirlo —le contesté yo también de broma a pesar de que no estaba de muy buen humor.

—¿No ha venido nadie a verte? —dijo mientras se sentaba enfrente de mí y abría la lata de cerveza que traía en la mano.

—No han podido venir —mentí yo.

Inmediatamente mi ánimo se volvió a ensombrecer como momentos antes a la aparición de Fernando, circunstancia que no le pasó desapercibida a éste.

—Vamos. Cámbiate que te invito a una cerveza fuera del cuartel —me dijo de pronto.

Teníamos una semana de permiso después de la Jura y la verdad es que yo todavía no había hecho planes de qué hacer durante este tiempo. La posibilidad de ir a casa de mis abuelos y enfrentarme a la circunstancia de convivir de nuevo con mi tía Silvia después de lo que había pasado hacía un mes la había desechado desde el principio habida cuenta que seguramente a ella tampoco le haría ninguna gracia y, por otro lado, mis padres me habían dicho que mejor sería que no regresara a Vigo durante aquella semana por razones que no me dieron y que a mí se me escapaban. No quise darle más vueltas al asunto así que la posibilidad de pasar la tarde en compañía de Fernando se me hacía de pronto muy agradable.

Cuando llegué a la puerta del cuartel ya Fernando se encontraba allí pertrechado con una bolsa en la que seguramente llevaría su ropa. Era fin de semana y, tal como me dijo, no tendría que regresar hasta el lunes siguiente gracias a que estaba libre de guardias durante los dos próximos días. Cuando me vio llegar, puso cara de extrañeza y me dijo:

—¿Dónde está tu bolsa? Necesitaras ropa para el fin de semana.

—¿Para el fin de semana?

—Claro. Nos vamos a mi pueblo. Te gustará. Y así podrás desconectar de todo esto un poco.

Dudé unos instantes y al fin me decidí. La verdad es que sería interesante cambiar de aires unos cuantos días.

El pueblo de Fernando se llamaba Salvatierra de Tormes y se trataba de una antigua aldea la cual originalmente se encontraba ubicada en el fondo de lo que ahora era un embalse construido en la década de los años 60. Debido a esto, el pueblo había tenido que ser desplazado a otra ubicación. Su encanto residía en que, en los días en que el embalse se encontraba bajo mínimos, de sus aguas emergían fantasmagóricamente las antiguas ruinas del pueblo con la torre de la antigua iglesia en el centro, como si quisieran pedir auxilio a quien por allí pasara.

La casa de Fernando era una antigua construcción de las que se había salvado de la inundación. Pertenecía, según me dijo a su familia desde hacía varias generaciones, pero en la actualidad solamente él era el propietario pues su padre era el último descendiente, pero hacía ya muchos años que el Parkinson le había obligado a recluirse en una residencia de Salamanca y otros tantos que no había ido a la aldea.

La compañía de Fernando resultó ser de lo más agradable y me hizo olvidar en parte el cúmulo de preocupaciones que se me agolpaban en la mente. Me comentó que en su vida de civil se dedicaba a las terapias naturales y que trabajaba en un gabinete con un socio al que había conocido en una de las conferencias que este último había dado en la ciudad. También me confesó que últimamente las cosas no andaban muy bien entre ellos pero que estaba haciendo grandes esfuerzos para que su sociedad se mantuviera a flote.

—¿Qué te pasa entonces con él? —me atreví a preguntarle una noche en la que estábamos disfrutando del fresco a la entrada del viejo caserón.

Fernando se quedó callado unos instantes sumido en sus pensamientos hasta que de pronto comenzó a hablar:

—Al principio pensé que había sido una gran suerte conocer a alguien como él. Tenía lo que yo había estado buscando desde hacía mucho tiempo… Cuando me propuso formar una sociedad con él no lo dudé y me metí de cabeza sin sopesar las consecuencias. Ya sabes lo que se dice: "las medias solo para las piernas" —dijo riéndose.

—El caso es que no ha resultado ser la persona que yo creía —continuó Fernando— y donde yo pensaba que había conocido a una persona íntegra preocupada por la salud y el bienestar de la gente al final ha resultado que lo que más le interesa es la fama y el dinero.

—¿Qué piensas hacer?

—Estoy sopesando seriamente la idea de romper nuestra sociedad y que se quede él con el centro… La verdad es que no tiene sentido que sigamos juntos. Ahora casi no nos hablamos y nuestros intereses van por caminos totalmente opuestos. Lo más gracioso es que el nombre de nuestro centro es "Paz". ¿Te lo puedes creer? —rio Fernando de nuevo. Aunque esta vez creí notar un cierto tono de tristeza.

—Pero no es justo que él se quede con el local y tú te quedes sin nada —protesté yo.

—No pasa nada. Al final ten por seguro que por mucho dinero que coseche, nunca será bastante para él y terminará pagando el engaño que le hace a la gente. Es una ley universal.

Mientras yo trataba de entender la última frase que Fernando había pronunciado y cuando estaba a punto de interrogarlo al respecto, Fernando se levantó de la silla y dirigiéndose a la entrada de la casa dio según me pareció a mí, por finalizada la conversación. Yo respeté que no quisiera hablar más del asunto y me fui a acostar.

Aquella noche tuve sueños sobre una persona que con su mirada angelical hacía que la gente se le acercara, y cuando alguien le daba su confianza éste les engañaba y sacaba a relucir su verdadera personalidad interesada, egocéntrica y malvada. Definitivamente, mi cabeza no regulaba bien.

Al día siguiente nos acercamos a la orilla del embalse tratando de huir del sofocante calor que descargaba con toda su fuerza sobre aquel desolado y a la vez hermoso paisaje. Nos sentamos en unas piedras con los pies metidos en el agua y nos quedamos callados contemplando las fantasmagóricas edificaciones que se adivinaban a través de las cristalinas aguas. Yo no había tenido tiempo aún de pensar sobre las circunstancias que me había llevado a aquel lugar en compañía de una persona a la que apenas conocía. Tampoco sabía muy bien qué era lo que me había impulsado a acompañarlo debido a mi naturaleza retraída y llegué a la conclusión de que Fernando era una de esas personas especiales con las cuales te sientes totalmente a gusto y que uno se encuentra irremediablemente atraído cuando las conoces.

—Bueno. Ahora cuéntame algo de ti —dijo Fernando de pronto interrumpiendo bruscamente mis cavilaciones.

—No hay mucho que contar, la verdad.

—Venga. Todavía te conozco mucho, pero se ve perfectamente que no lo has pasado muy bien últimamente. Y no creo que sea por estar en la mili.

Me asombró la capacidad de ver en mi interior y lo directo que resultaba en sus afirmaciones, aunque no me molestó en absoluto. No sé cómo me decidí a hacerlo, el caso es que a borbotones salió todo lo que tenía guardado desde hacía tantos años, y así, le conté lo del traslado de mis padres a Vigo unos años atrás y lo traumático que había resultado para mí la muerte de mi abuela. Tampoco le oculté que la relación con mis padres no era precisamente idílica y sobre todo la incomunicación que mantenía con mi madre desde siempre. Mi relación con Paco, mi amor por Inés, y finalmente mi despertar al sexo de la mano de Silvia tampoco los dejé en el tintero. Únicamente le oculté por vergüenza que Silvia era realmente mi tía, pues aún no había tenido tiempo de digerir aquel acontecimiento el cual, debido a unas reminiscencias morales fruto de mi educación religiosa, me mantenían sumido en una angustia que no me permitía dormir bien por las noches. Aun así, Fernando no hizo ningún comentario en cuanto acabé de hablar. Solamente me miró, con una mirada ausente de juicios y yo lo agradecí enormemente.

Aquella noche tampoco pude dormir bien. Fue seguramente al sacar a la luz de golpe todas las cosas que me atenazaban el corazón, aunque especialmente fue el rememorar, ahora ya con cierta distancia, los acontecimientos vividos con mi tía Silvia. Sabía que algo había cambiado ya entre nosotros dos a partir de aquel momento y sentía con pena que una de las pocas personas de la familia con la que tenía un lazo entrañable se alejaría irremediablemente de mí. Por otro lado, no podía dejar de rememorar el momento en que había perdido la virginidad y una parte de mí deseaba repetir de nuevo las sensaciones vividas. Tampoco dejó de aparecérseme la imagen de mi adorada Inés, y hasta llegué a sentir una extraña sensación como si le hubiese sido infiel. Este nuevo pensamiento me sumió en una profunda melancolía y las lágrimas rodaron por mis mejillas como antaño, aunque esta vez fue un llanto tranquilo y silencioso, un llanto de alguien que ya estaba cansado de tanto sufrir pero que aún no había hallado el modo de alcanzar un poco de calma en su vida. Yo no lo sabía entonces, pero había dado un nuevo y fatídico paso en mi camino hacia mi propia destrucción.

El lunes siguiente nos incorporamos en al cuartel cada uno a sus respectivas compañías. Fernando trabajaba en el cuartel general y a mí me habían destinado al Grupo

Logístico, que se encargaba, entre otras cosas, de mantener en perfecto estado los útiles necesarios para la tropa.

Mi vida a partir de entonces fue de lo más rutinaria. Nos levantábamos al toque de diana, desayunábamos y comenzábamos a trabajar cada uno en nuestro destino; comíamos, un pequeño descanso y de nuevo a la faena hasta las seis de la tarde en que nos dejaban salir de permiso hasta las diez de la noche. Yo, por tener familia en Salamanca podía haberme acogido al permiso de pernocta, pero debido a lo que había pasado con Silvia no me atreví a solicitarlo pues no estaba muy seguro de que a ella le hiciera mucha gracia que viviéramos bajo el mismo techo. Afortunadamente tanto mis padres como mis abuelos atribuyeron el hecho de que prefiriera dormir en el cuartel a un sentido de la responsabilidad que, según ellos, había adquirido gracias a mi recién estrenada vida militar. La conclusión a la que habían llegado era de lo más ridícula, pero como no tuve que dar explicaciones, no los saqué de su error dejándoles pensar que el ejército estaba haciéndome madurar.

En ocasiones salía con Fernando a dar una vuelta por la ciudad y en otras quedaba con Paco. Fue en una de estas ocasiones en que quedé con mi amigo que me decidí a contarle lo que había pasado con Silvia. Al principio Paco pensó que le estaba gastando una broma, aunque al ver la seriedad reflejada en mi rostro acabó dándose cuenta de que era verdad.

—Coño Sebas. No sé qué decirte la verdad.

—No quiero que digas nada. Solamente quería contártelo

—¿Has hablado ya con ella desde entonces?

—No —respondí yo escuetamente.

—Sabes que deberías hacerlo, ¿no? Es mejor que no dejes pasar mucho tiempo.

—No me atrevo a hacerlo. La verdad es que no sé cómo responderá ella.

—A ver amigo. En esta historia tiene ella tanta culpa como tú.

Paco al ver la cara que yo ponía trató de rectificar sus palabras.

—Bueno… no quería decir culpa, pero ella tiene tanta responsabilidad como tú en todo esto. Yo creo que lo mejor que podéis hacer es hablar para tratar de normalizar las cosas por el bien de tu familia.

—Mi familia me importa un cuerno —respondí yo airado aun a sabiendas de que tenía razón. Lo que me pasaba es que sentía una gran vergüenza ante la posibilidad de ver de nuevo a Silvia pues sabía que ya nada volvería a ser como antes y trataba por todos los medios de demorar un encuentro que sabía en mi fuero interno que tarde o temprano tendría que producirse.

Paco se quedó callado un momento en un intento seguramente de que yo me serenara un poco. Al rato, cambió de conversación de repente y yo agradecí internamente su gesto pues no me apetecía hablar más de aquel asunto.

—Y qué ¿cómo te va en el cuartel? ¿Ya sabes desfilar? —dijo entre risas cambiado de súbito de registro.

—Otra cosa no sabré hacer, pero desfilar lo hago genial. Durante el campamento no dejarnos de ensayar por las mañanas y por las tardes. Un verdadero coñazo la verdad —le respondí yo en el mismo tono.

Seguimos hablando un buen rato hasta que llegó la hora de regreso al cuartel. Durante el camino Paco se ofreció a acogerme en su casa para que pudiera disfrutar de la pernocta, pero yo rechacé la proposición por lo complicado que sería de explicar a mis abuelos que me alojara en otra casa que no fuera la suya, aunque la verdad es que me estaba empezando a cansar de tener que estar dando tantas explicaciones a aquellas alturas de mi vida.

Nos despedimos varias manzanas antes de donde se encontraba el cuartel y a mí me entró una congoja extraña. Inconscientemente fui ralentizando el paso y a cada metro que me acercaba a mi destino parecía como si mis pies se convirtieran en plomo. Un extraño mareo se instaló en mi cabeza y a mi mente volvió el recuerdo del día que me desmayé en Santiago de Compostela. Sentí miedo y a mi mente regresaron antiguos temores. Supongo que la presión de los últimos acontecimientos vividos, unidos a la tensión por las semanas de instrucción lograron hacer mella en mí y me provocaron aquella desagradable sensación. Por fin y muy a mi pesar me encontré en el puesto de guardia del cuartel. Desafortunadamente en aquella tarde aciaga, quien estaba de cabo en la guardia de la entrada era Canuto. Cierto es que me había dejado más o menos en paz, pero en cuanto enfilé la rampa hacia el arco que daba entrada al cuartel, creí adivinar en la cara de aquel sujeto una maliciosa sonrisa que me hizo estremecer. Realmente aquel no era mi día y estaba claro que no iba a acabar bien. Procuré entrar de forma que pasara inadvertido arrimado contra la pared, pero mi intento de evitar el encontronazo con aquel sujeto fue inútil. A grandes zancadas y sin dejar de sonreír de forma maliciosa, el Canuto se plantó delante de mí impidiéndome el paso.

—¿Qué pasa nenita? ¿Ya has vuelto de tu paseíto?

—Sí —repuse yo escuetamente para no provocarlo.

—Pues ahora a lavarte los dientes y a la camita.

—Los que estaban allí no paraban de reír ante las bromas de Canuto y en mi interior comenzó a encenderse una llama de ira parecida a la que muchos años atrás había provocado mi pelea en el colegio. Afortunadamente para mí, en aquel momento apareció Fernando el cual regresaba al cuartel.

—¿Vamos para dentro Sebas? —dijo mientras me agarraba por los hombros ignorando a Canuto.

Yo no le contesté y me limité a dejarme llevar por él hacia el gran patio que se abría en el centro del cuartel mientras Canuto, visiblemente contrariado, pero sin atreverse a enfrentarse con Fernando, desistía de seguir haciendo mofa de mí. Yo estaba terriblemente avergonzado por tener que ser rescatado de aquella manera tan humillante, aunque agradecí internamente la providencial aparición de mi amigo.

—Este está decidido a no dejarte en paz —dijo Fernando seriamente.

—Pues yo no le he hecho nunca nada para que se comporte así conmigo.

—No es cuestión de que le hayas hecho algo. A este tipo de gente eso no le importa. Cogen a alguien por banda y ya está. De todos modos y si te sirve de consuelo, este tipo de actitudes esconden un terrible complejo de inferioridad, así que si quieres sentirte más tranquilo piensa que detrás de su mirada burlona se esconde una personalidad angustiada.

Cuando llegué a mi compañía me aguardaba una nueva sorpresa. Alfonso, un chico muy callado y reservado que dormía en la misma litera que yo, me dio una carta que había llegado para mí. Me quedé mirando el sobre como un tonto y un escalofrió me recorrió la espalda cuando leí el remitente: se trataba de Silvia. Me senté en la cama sin saber muy bien qué hacer. Trataba de poner en orden mi cabeza, pero no lo conseguía. ¿Por qué Silvia me había escrito una carta? ¿No podía haber quedado conmigo a la salida del cuartel? Esas y otras preguntas se agolpaban en mi cabeza y no me dejaban pensar con claridad. La vieja cháchara mental que tantas veces me había acompañado en mi vida despertaba otra vez intentando tomar de nuevo el mando de mi cabeza el cual, a duras penas, había conseguido mantener durante los últimos tiempos, antes de que ocurriera lo mío con Silvia. Fue la voz del cabo de guardia la que me sacó de repente de mis pensamientos:

—Todos a dormir. Voy a apagar las luces —dijo de malos modos. Decidí esperar a que el cabo se marchara y, procurando no hacer mucho ruido me escabullí entre las sombras hacia los cuartos de baño del pabellón. Cuando llegué allí me metí furtivamente en uno de los aseos y me senté en la taza del wáter. No pude evitar pensar en lo ridículo de la situación: a punto de leer una misiva tan importante para mí y yo de aquella guisa. No obstante, la urgencia que comencé a sentir por leer las líneas que me había escrito Silvia me hicieron desistir de buscar un lugar más cómodo o de dejar la lectura para el día siguiente.

Con dedos temblorosos rasgué el sobre y con un nudo de angustia en la boca del estómago me puse a leer:

«Hola Sebastián.

Me voy a marchar una temporada y quería que lo supieras. Estos últimos meses han sido caóticos. Lo que pasó aquella noche no debiera haber ocurrido nunca. Te ruego que lo olvides como también trato de hacerlo yo.

Silvia»

Me quedé como un tonto dándole vueltas a la nota. No sé qué me dolió más, si la frialdad del texto o la brevedad de la misiva. Yo había imaginado un emotivo encuentro entre los dos donde hablaríamos de lo sucedido y en el cual trataríamos de buscar una solución (si es que la tenía) entre los dos de cara a normalizar la situación en la medida de lo posible, y lo que me encontraba era una nota de "prensa" en la cual no me decía nada y me decía todo. De pronto, seguramente debido a la tensión acumulada, comencé a golpear con saña la puerta del baño hasta que esta, con un crujido, cedió a mis golpes. Por si esto no fuera poco, el cabo de guardia no andaba muy lejos de allí, y al oír los golpes acudió presuroso a donde yo me encontraba con cara de pocos amigos.

—¿Qué se supone que estás haciendo? Esto te va a costar unos cuantos días en el calabozo.

Al principio la idea de pasar una temporada recluido en la fría y sucia estancia del cuerpo de guardia (pues tal era la que hacía las veces de calabozo) se me antojó liberadora. Un dolor agudo me invadió la mano y de pronto me di cuenta de que se hinchaba rápidamente. El cabo de guardia se dio cuenta de ello y, con un gesto de fastidio me instó para que acudiera al servicio médico del cuartel. Salí al patio mientras el dolor iba progresivamente en aumento y sentí el aire helado en mi cara lo cual contribuyó a que mi estado de ánimo, ya de por si maltrecho, se acabara de hundir irremediablemente.

Me enviaron a casa de baja con la mano rota. A pesar de mis peticiones de que me dejaran quedarme en el cuartel durante la convalecencia, no me lo permitieron, recordándome también que cuando estuviera repuesto me aguardaba una buena temporada de arresto por haber roto la puerta del cuarto de baño. No es que tuviera ganas de quedarme en el cuartel ni mucho menos, lo que pasaba es que me aterraba la idea de pasar una temporada en casa de mis abuelos mientras me curaba la mano. Afortunadamente, mis abuelos se marcharon a Vigo a visitar a mis padres y yo me quedé sólo en la casa vacía, pues Silvia se había marchado ya a un destino que ni mis abuelos pudieron decirme.

Aquellos días, a diferencia de lo que me había imaginado, transcurrieron tranquilos y tuvieron la facultad de hacer que me serenara de los últimos acontecimientos. De vez en cuando quedaba con Paco y con Fernando, pero la mayoría de las veces me dedicaba a pasear sin rumbo fijo tratando de despejar la mente y de no pensar demasiado. Sin embargo y sin poder evitarlo, mi mente me llevaba a veces a pensar en Inés y en Silvia y la profunda melancolía que se adueñaba de mí en esos momentos hacía que me quedara acostado en el sofá durante horas mirando la tele mientras cambiaba de canal a cada momento como si lo que quisiera hacer realmente fuera cambiar mis pensamientos que me llevaban inmisericordemente a lo mismo una y otra vez. Sabía en el fondo de mi corazón que tanto la relación que tenía con Silvia como el grado de confianza que había alcanzado con Inés eran ya cosa del pasado y que jamás volvería a ser como antes.

Un frío lunes por la mañana fui requerido por mis mandos para que acudiera al cuartel. La mano ya la tenía curada y, aunque sabía que aquel momento llegaría tarde o temprano, no pude evitar un estremecimiento ante la idea de lo que me esperaría de nuevo allí. A pesar de que al principio había pedido permiso para quedarme en el acuartelamiento, finalmente me había acostumbrado a la vida de aquellas últimas semanas en las que la soledad no se me había vuelto tan insoportable como hacía años y que incluso había logrado apreciar ligeramente.

La vida en el cuartel a partir de entonces se tornó tremendamente monótona. Apenas salía por las tardes al finalizar mis obligaciones y me quedaba, o bien tumbado en la cama leyendo, o bien deambulando por los escasos confines del acuartelamiento intentando no cruzarme con la gente. Me volví huraño y taciturno y así, poco a poco, no tuve que realizar grandes esfuerzos para huir de los compañeros pues ya ellos mismos rehuían mi gris compañía. La única persona que aún no había tirado la toalla en lo que a mí respecta era Fernando el cual, a pesar de que disfrutaba de pernocta y se iba del acuartelamiento todos los días a eso de las cinco de la tarde y no regresaba hasta la mañana siguiente, siempre me buscaba a la hora del descanso matinal y literalmente tiraba de mí hacia la cantina cuando era capaz de encontrarme. Incluso Canuto, que tanto se había obcecado en hacer de mí blanco de sus burlas, parecía haberme olvidado y se dedicaba a martirizar a los chavales que habían ingresado en el último reemplazo.

No volví a hablarle a Fernando de lo que me había pasado con Silvia y él nunca me preguntó nada al respecto, aunque intuyo que él sabía perfectamente a qué se debía mi estado de ánimo. Ahora que lo veo en la lejanía no puedo por menos que sentirme enormemente agradecido con él por su discreción y afecto hacia mí, aunque no puedo evitar la tristeza al recordar su trágico final.

CAPITULO 17

Fue por aquellos días en que la noticia del nuevo destino del sargento Romero llegó a nuestros oídos. Desde que tuviéramos que sufrirlo en los duros meses de instrucción, no habíamos vuelto a coincidir con él gracias a que lo habían destinado temporalmente al cuartel de ingenieros situado a la entrada norte de Salamanca, enfrente del coso taurino, pero al parecer aquel traslado se había terminado y de nuevo lo habían vuelto a enviar a nuestro acuartelamiento, con tan mala suerte que fue destinado a la compañía de sostenimiento en la cual nos encontrábamos Fernando y yo (a él lo habían enviado a mi compañía desde el Estado Mayor para mi alegría). La noticia me la dio el mismo Fernando en la cantina una de aquellas mañanas en las que había logrado arrástrame hasta allí.

—Ya te habrás enterado de la noticia ¿eh Sebas? —me dijo mientras sorbía despacio su botellín de Mahou.

—¿A qué te refieres?

—Al sargento Romero. Mañana se incorpora de nuevo en el cuartel y a que no sabes a qué compañía lo han destinado.

Yo lo miré un poco preocupado, aunque enseguida supe a qué se refería mi amigo.

—No nos queda nada —continuó él— habrá que armarse de paciencia porque con este hombre no se sabe cómo pueden ir las cosas. Mejor será intentar pasar lo más desapercibidos posible.

—A lo mejor viene un poco más calmado… —repliqué sin demasiada convicción.

Fernando no dijo nada y se limitó a sonreír mientras apuraba los últimos tragos du su cerveza.

Pero las cosas no fueron como habíamos pensado, sino peor... Aquella mañana, la primera de la incorporación del sargento, fuimos despertados a gritos con un volumen tal que incluso apagaron los ecos de la cinta magnetofónica con el toque de diana que sonaba todos los días desde los altavoces del patio.

Un malhumorado sargento se lio a dar patadas a los camastros de los más rezagados e incluso consiguió tirar de la cama a algunos asustados compañeros que por su cara de horror me di cuenta que no sabían aún nada sobre el nuevo mando que nos tocaba sufrir a partir de aquel día.

—¡Arriba pedazo de cabrones! ¡Vagos de mierda! ¡Quiero veros en cinco minutos en el patio vestidos y formados así que lavaros los huevos rapidito o si no, yo mismo me encargaré de cortároslos!

Aún hoy en día no entiendo cómo no había ningún mando que lograra ponerle freno a las vejaciones de aquel tipo. El caso es que por la cuenta que nos tenía, y con el corazón latiendo a cien por hora, logramos estar en el patio formados en el tiempo indicado observando celosos cómo el resto de los reclutas de las demás compañías se encaminaban tranquilamente en dirección al comedor para desayunar. La mayor parte de ellos nos miraban con cara de pena, pero había también los que se reían abiertamente de nuestra situación, entre ellos por supuesto Canuto y sus acólitos.

El sargento Romero comenzó a pasear despacio entre nosotros observando minuciosamente nuestra indumentaria. Todos sabíamos que a alguien le caería una bronca puesto que para un hombre con la mentalidad tan retorcida como aquel, era impensable que nos dejara ir a desayunar sin proferir otra sarta de gritos e insultos. Aquella mañana le tocó en suerte (o mejor dicho en mala suerte) a Jaime, un compañero bonachón y algo gordito que a todos nos caía bien pero que, debido a su aspecto, se había convertido desde el principio en blanco de las burlas de Canuto y compañía.

El sargento se acercó a él, y situando su cara a muy pocos centímetros de la de nuestro asustado compañero, comenzó a gritarle mientras multitud de gotas de saliva le saltaban a la cara de Jaime.

—¡Qué cojones crees que estás haciendo!

—Disculpe mi sargento, pero no sé a qué se refiere —dijo Jaime con un hilo de voz.

—¡Que no sabes a que me refiero! ¡Cuádrate bien para empezar mamón, esto es el ejército y no el patio del colegio!

Instintivamente todos nos removimos intentando modificar nuestra postura para evitar ser el siguiente blanco de sus iras.

—… y córtate el pelo o si no lo haré yo mismo con mi machete —continuó él.

Afortunadamente para el maltrecho Jaime, el sargento continuó con su paseo y fue a pararse frente a donde se encontraba Fernando, justo a mi izquierda. Cuando ya esperaba ser salpicado de la asquerosa saliva de aquel hombre y entornando ligeramente los ojos para que esta no me entrara en ellos como daño colateral, me quedé perplejo y un leve escalofrío me recorrió la espalda pues, contra lo que todos estábamos esperando, se limitó a mirarlo con una fría sonrisa en los labios y no dijo nada. A mí aquello no me dio muy buena espina, pero en aquel momento lo aparté de mi ya bastante ocupada mente. Ni de lejos intuía que aquello era el trágico prólogo de lo que pasaría meses más tarde.

—Y ahora todos a abrevar y cuando acabéis, cada uno a su trabajo. ¡Rompan filas, joder!

Y sin más, se alejó a grandes trancos camino a la cantina la cual en aquellas horas de la mañana estaba cerrada aún, pero que a buen seguro alguien abriría para aquel despreciable sargento y así evitar males mayores.

— Ostias tío. Menudo elemento. ¿Y dices que no para de insultaros a cada momento? No me extrañaría que cualquier día de estos os ponga la mano encima. —Paco no salía de su asombro después de que yo le relatara los últimos acontecimientos desde la llegada del Sargento Romero.

Ya había pasado una semana desde su llegada y para mí había sido con diferencia la peor desde que comenzara mi servicio militar. Se me había hecho tremendamente larga y aquel sábado tan ansiado durante los últimos cinco días no estaba resultando lo que esperaba, puesto que ya veía muy cerca el momento de tener que volver al cuartel a última hora del domingo para afrontar de nuevo otra larga semana de vejaciones e insultos.

Tal era la ansiedad que este cambio de rumbo en mi vida militar había generado en mí, que incluso mis antiguos quebraderos de cabeza sobre Inés y Silvia habían pasado a ocupar un segundo plano en mi mente. Hasta tal punto era esto así, que las noticias que me dieron mis abuelos sobre el viaje que estaba realizando Silvia por el norte de Europa en compañía de unos amigos no lograron desestabilizarme tanto como la perspectiva de ver de nuevo la cara avinagrada de aquel ser que ya se me antojaba que había venido al mundo con la única finalidad de amargarme la existencia.

A pesar de que yo no era en los últimos tiempos una compañía que digamos entretenida, a Paco se le veía disfrutar de nuestras salidas nocturnas y, según me decía, todas las semanas esperaba ansioso la llegada del fin de semana para poder carretear juntos por las calles de Salamanca.

—Sebas, vámonos al "Puerto de Chus". He quedado allí con unas chavalas que conocí en la facultad. Están buenísimas tío. A ver si esta noche tenemos suerte y mojamos —comentó entre risas mientras se levantaba del taburete del bar donde nos encontrábamos, sin esperar una respuesta por mi parte.

Yo me levanté con desgana sin evitar pensar en la tarde que había pasado con Silvia antes de mi entrada en el Cuartel; y es que, a decir verdad, aquella había sido mi primera y única vez con una mujer y, a pesar de que me había gustado, el hecho de haberse producido de aquella manera y con aquella persona, había generado en mí un bloqueo difícil de precisar que me provocaba una especie de nausea y vacío en el vientre cada vez que pensaba repetirlo. Además, pienso que por alguna absurda reminiscencia de mi pasado en el colegio de los Salesianos, sentía que de alguna forma sería infiel a algo o a alguien si me acostaba con otra mujer sin antes aclarar las cosas con Silvia, cosa que era totalmente absurda puesto que a aquellas alturas yo sabía en el fondo que ya nunca hablaría con ella de lo ocurrido en el caso de que volviéramos a vernos a solas.

Así que arrastrando los pies seguí con desgana a mi amigo hacia la salida del bar y nos encaminamos en dirección a Gran Vía, la cual a aquellas horas estaba atestada de gente.

Cuando ya llevábamos recorridos unos quinientos metros nos encontramos con Fernando. Estaba parado a la salida de un chiringo hablando animadamente con una chica alta y bien parecida que lo miraba hablar con una cara de admiración nada disimulada.

—Hombre chavales —dijo en cuanto nos vio—. ¿Qué tal todo?

—Genial. —Se adelantó Paco a responderle—. Vamos de camino al "Puerto de Chus", si te animas… aunque veo que estás muy ocupado —le dijo Paco guiñándole un ojo y señalando con un gesto de cabeza hacia donde se encontraba la esbelta chica con la que Fernando estaba hablando.

Ésta, con cara de fastidio miró a Fernando implorándole que no se fueran, tras lo cual nos miró con ojos rencorosos a nosotros dos por haber aparecido en aquel momento.

—Claro que vamos con vosotros, ¿verdad Rosa? No te importa ¿no?

—Seguro que no, si te apetece… —mintió ella

—Vamos pues —replicó Paco encabezando la marcha

Yo traté de quedarme rezagado para poder hablar un momento con Fernando pues, a decir verdad, la mirada maligna que el Sargento Romero le había lanzado en el cuartel me había dejado escamado y quería comentárselo. Desgraciadamente, la chica no lo soltaba del brazo y tuve que posponer mi conversación para más tarde.

Aquella noche hacía fresco, augurio del invierno que ya se aproximaba, pero aun así disfruté del paseo en compañía de mis amigos. La Gran vía se encontraba atestada de gente y resultaba difícil caminar sin tener que desviar el paso continuamente. Fue así como poco a poco y sin darme cuenta, me alejé del grupo con el que iba y quedé solo entre la marea humana que se dirigía a los locales de ocio desperdigados por la zona. No me preocupé puesto que conocía perfectamente el camino al local al cual nos dirigíamos, así que aproveché para entrar en un pequeño café el cual hacía esquina con un pequeño callejón oscuro. El sucio local se encontraba casi vacío a excepción de dos hombres mayores que jugaban a las cartas en la mesa más alejada de la puerta. El que parecía el dueño del local se encontraba de pie observando la partida de sus dos clientes. El barman giró la cabeza hacia la puerta cuando escuchó que yo entraba y se dirigió a la barra lentamente sin dejar de observarme como si mi presencia allí le importunara de alguna manera.

—¿Qué va a ser?

—Un café con leche templado por favor —contesté mientras echaba mano a un sucio diario que estaba en la barra. Enseguida me arrepentí de haber entrado allí al observar la suciedad de la taza que aquel hombre había colocado en la máquina, pero intenté hacer de tripas corazón y comencé a sorber el café mientras ojeaba el diario distraídamente.

Cuando estaba dando el último sorbo al café se abrió la puerta del bar y vi aparecer a Fernando el cual al verme dibujó en su cara una de sus acostumbradas sonrisas.

—Así que estabas aquí —me dijo mientras se acomodaba en un taburete raído y pegajoso—. Nos preguntábamos dónde te habías quedado, aunque conociéndote no nos extrañó mucho tu ausencia —dijo haciéndome un guiño.

—Os perdí por el camino y me entraron ganas de tomar un café. Ahora mismo iba a ir al "Puerto" a buscaros. ¿Y tú? ¿Cómo es que no estás con tu amiga? —le dije devolviéndole el guiño.

Fernando se echó a reír.

—La dejé hablando con Paco y decidí salir a buscarte. Además, me estaba meando y allí está todo petado de gente. En los baños no hay quien entre.

Empezó a recorrer el sucio local con la mirada tratando de localizar los lavabos. Estos se encontraban justo detrás de una mampara situada detrás de la mesa de los concentrados jugadores de cartas.

—Ahora vengo. Y no te vuelvas a perder por ahí.

Yo aproveché para pagar mi consumición. Cuando estaba recogiendo la vuelta de las mugrientas manos del mesonero ocurrió una cosa muy extraña. Vi como Fernando salía apresuradamente del baño y se dirigía a mí muy serio.

—Vámonos —me dijo mientras me agarraba fuertemente del brazo y me arrastraba hacia la puerta.

—¿Qué pasa? —le pregunté sin oponer resistencia. Instintivamente miré hacia atrás segundos antes de traspasar la puerta y lo que vi me dejó helado. El sargento Romero salía del baño agarrando su desabotonado pantalón seguido de un chico rubio que no tendría más de veinte años, mirando hacia todos los lados con unos ojos de poseso que parecía que se le iban a salir de las órbitas. No logró verme porque ya la puerta se cerraba detrás nuestra. Me dejé arrastrar por el firme brazo de Fernando mientras mi mente trataba de asimilar la visión que acababa de tener.

Cuando ya llevábamos varias manzanas recorridas, mi amigo me soltó y aflojó el paso.

—¿Lo que acabo de ver es lo que creo? —le dije por fin

— ¿Crees que te vio? —dijo él sin responder a mi pregunta.

—No creo… ya estábamos saliendo… ¡No me lo puedo creer!… El sargento Romero un ma….

—¡Calla! No quiero que se lo digas a nadie, ¿de acuerdo? —La seriedad de Fernando en aquel momento contrastaba enormemente con el carácter afable que solía tener—. No debes decírselo a nadie. El sargento es más peligroso de lo que te crees. Además, cada uno puede vivir como le plazca.

Yo me estremecí pues me di cuenta de que mi amigo, sin quererlo, se había metido en un lio. Me sentí culpable inmediatamente por haber entrado en aquel bar pues, de no haberlo hecho, Fernando no hubiese entrado nunca y no habría presenciado la desagradable escena.

Habíamos llegado a la puerta del local donde estaban los demás, pero evidentemente ni Fernando ni yo teníamos ya ganas de fiesta. Al verlo llegar con la cara compungida, Rosa, la acompañante de Fernando me dedicó una mirada cargada de resentimiento seguramente acusándome en silencio de que Fernando hubiera causado aquel cambio tan súbito en su estado anímico. Yo busqué a Paco recorriendo la mirada por todo el local y lo encontré apoyado en un hueco de la barra hablando animadamente con dos chavalas las cuales se reían a carcajadas. No pude evitar sonreír puesto que la escena me recordaba a la que habíamos vivido en Bayona el verano anterior. Al igual que aquella vez, yo no me encontraba con ganas de hablar con nadie, preocupado por el ensimismamiento en el que se había sumido Fernando, así que me escabullí sin que se diera cuenta con la intención de dirigirme hacia la Plaza Mayor. Fernando ya se había marchado con Rosa y sentí una punzada de angustia por cómo había terminado tan bruscamente la noche.

Deambulé por las calles mientras pensaba en qué excusa le pondría a Paco al día siguiente para explicarle mi desaparición. Afortunadamente, sabía que Paco me lo perdonaba casi todo y que no sería un problema. A aquellas alturas del mes ya el fresco de la noche era suficiente como para ser desagradable y me abroché hasta arriba la cremallera de mi cazadora mientras caminaba pausadamente por las calles semiabarrotadas de la ciudad. La soledad, triste compañera mía, me acompañaba silenciosa mientras aciagos pensamientos se agolpaban en mi mente sin yo poder evitarlo. El gélido aire de la madrugada me golpeó inmisericorde en la cara cuando penetré en la Plaza Mayor por su entrada sur y comencé a sentir la sensación tan conocida de angustia en mi pecho. De pronto y como un mazazo cayó sobre mí con toda su crudeza la realidad de todos los acontecimientos acaecidos en los últimos tiempos, así, el dolor por la pérdida de Inés, mi triste relación con mis padres, mi ingreso en el ejército y sobre todo, mi breve pero intensa relación incestuosa con mi tía Silvia me golpearon en la cabeza y en el pecho de una forma tan violenta como no recordaba desde hacía mucho tiempo, y me di cuenta de una forma brutal que aquello que creía que había superado casi completamente simplemente permanecía oculto bajo una tonelada de tierra esperando el momento oportuno para desenterrarse y atacarme con toda su fiereza. En aquel momento me creí morir…cada uno de los acontecimientos acaecidos me torturaba y giraba en mi cabeza sin que yo pudiera evitarlo y me sumieron en una tristeza tan profunda que me dejé caer en el suelo frío de la plaza.

Cuando me desperté me encontraba en un pequeño box del hospital con una vía de suero sujeta en mi brazo. Me dolía todo el cuerpo y sentía una apatía tal que no era capaz de moverme. Giré ligeramente la cabeza hacia la derecha y observé a una mujer bastante joven ataviada con una bata blanca, sentada frente a un pequeño escritorio escribiendo lo que supuse que era mi informe médico.

—¿Qué me ha pasado? —inquirí con voz quejumbrosa a la doctora. Ella, al escuchar mi voz se giró y a pesar del lamentable estado en el que me encontraba, no pude por menos que asombrarme por su belleza. Tenía los ojos azules ligeramente rasgados protegidos por unas largas pestañas que no hacían otra cosa que acentuar su exotismo. Su larga cabellera de un negro lustroso y sus labios carnosos ligeramente maquillados con un color natural enmarcaban un rostro que a buen seguro no pasaba desapercibido a nadie.

—Te has desmayado. Te han traído en una ambulancia. Llevas inconsciente alrededor de una hora. Tus constantes vítales están normalizadas y las analíticas son normales… ¿Te ha ocurrido algo parecido antes?

Enseguida me vino a la memoria el episodio ocurrido años atrás en Santiago de Compostela y así se lo hice saber a la doctora.

Ella se quedó pensativa unos momentos y al rato se puso a garabatear en el informe que estaba redactando en el momento en que me desperté. La evocación de aquel episodio me provocó inmediatamente un desagradable nudo en el estómago y no pude evitar pensar en Inés.

—¿Cómo se llama? —dije de repente

—Soy la doctora Flores… eh, Sonia —respondió ella ligeramente confundida por mi inesperada pregunta—. Te voy a dejar ingresado en observación hasta que estemos seguros de que está todo bien. Ya tienes reservada una cama en planta. Más tarde me paso a ver cómo te encuentras.

Y sin más salió del box apresuradamente y a mí me pareció observar un ligero rubor en sus mejillas. No sé por qué, pero aquello hizo que me empezara a encontrar mejor.

CAPITULO 18

Nunca me gustaron los hospitales. El recuerdo de la muerte de mi abuela en aquel mismo sanatorio había contribuido a crear en mí una fobia que no había logrado superar. La habitación a donde me condujeron era pequeña pero luminosa. La cama de al lado estaba vacía, lo cual agradecí pues no me apetecía tener compañía en aquellos momentos. De repente me acordé de Fernando y de Paco y pensé que debería avisarlos de lo que me había pasado. Estaba yo con estos pensamientos cuando de repente entró en la habitación una chica ataviada con un pijama de enfermera y que no tendría más de 30 años.

—¿Eres el nuevo enfermo? —me dijo sin mirarme y ojeando unos papeles que traía en la mano.

—Me llamo Sebastián —dije de mala gana y acentuando levemente las sílabas de mi nombre. Nunca había entendido aquella costumbre del personal sanitario de dirigirse siempre a la gente con el calificativo de "enfermo".

—Si vale… Sebastián —replicó ella con aire de suficiencia— ponte ese pijama y acuéstate que te voy a tomar la tensión.

Realmente me disgustaba sobremanera aquella mujer y añoré inmediatamente el trato que la doctora Flores había tenido conmigo unos momentos antes.

—¿Cuándo va a venir la doctora a verme? —le pregunté mientras me ponía el pijama.

—Cuando pueda —respondió ella visiblemente molesta, al parecer, de que le hiciera preguntas—. Tú acuéstate que ya vendrá ella cuando tenga que venir.

—Mira… Te agradecería que me hablaras en otro tono, si no te importa…

Ella por fin levantó la cara de las hojas que estaba leyendo y con cara de pocos amigos y obviando mi observación me espetó:

—¿Quieres que avisemos a alguien de que te encuentras aquí?

—Supongo que habrá que avisar al cuartel. Estoy haciendo la mili en El Charro.

—Joder, ¿y por qué no te enviaron a la enfermería de allí?

A mí se me encendió la sangre cansado ya de las malas maneras de aquella persona, pero cuando me disponía a contestarle, apareció por la puerta la doctora Flores.

—Te puedes marchar ya, Marta. Ya me ocupo yo de tomarle la tensión a Sebastián —dijo mirándole a los ojos a la dichosa enfermera, la cual, poniéndose roja de ira y tras un momento de vacilación, se escabulló por la puerta de la habitación mientras mascullaba algo que no logramos entender. Sin decir nada, la doctora Flores procedió a colocar en mi brazo el tensiómetro y yo sentí una leve descarga eléctrica cuando sus dedos rozaron mi brazo. Hacía mucho tiempo que yo no sentía una atracción como aquella y me ruboricé inmediatamente. Creo que la doctora se percató de ello porque con cara de preocupación y llevando su palma a mi frente me dijo:

—¿Te encuentras mal? Parece que te está subiendo la fiebre.

—No… estoy bien —le respondí yo balbuceando mientras saboreaba la sensación de su mano en mi frente. No sé si ella se dio cuenta de lo que me pasaba realmente pero el caso es que retiró la mano despacio y me miró de una forma extraña y con un leve brillo en sus ojos. En aquel momento fue ella la que se ruborizó y retirando nerviosamente el tensiómetro de mi brazo se despidió prometiéndome que aquella tarde pasaría a verme otra vez.

Estaba yo intentando analizar lo que acababa de pasar con la doctora cuando Fernando asomó la cabeza por la puerta de la habitación. Detrás de él apareció Paco.

—Joder, ¿has visto el pedazo de doctora que acaba de salir? Está buenísima —dijo en tono jovial Paco mientras Fernando le lanzaba una mirada de reproche.

—¿Cómo te encuentras? Estábamos muy preocupados por ti. —Fernando se acercó a la cama y me puso una mano en el hombro mientras Paco procedía a sentarse a los pies.

—Estoy bien. ¿Cómo os habéis enterado de que estaba aquí?

—Ayer después de dejar a Rosa en casa volví al Puerto de Chus a ver si os veía, pero Paco me dijo que te habías marchado —comenzó a contar Fernando— me quedé un poco preocupado y fui a dar una vuelta para ver si te encontraba. Como no te vi, me fui al bareto que está cerca de la plaza y hablando con el tipo de la barra me comentó que había pasado una ambulancia a recoger un chico que al parecer estaba borracho... eso es lo que me dijo —rectificó al ver que yo iba a replicar—. El caso es que me entró la mosca y me acerqué al hospital y pregunté por ti... ¡Pero ya sabes lo agradables que son algunas enfermeras! Tardaron una hora en decirme que estabas en urgencias, pero al no ser familiar no me dejaron entrar. Me fui a avisar a Paco y aquí estamos.

—Y ahora que Fernando ya acabó el rollo —intervino Paco guiñándole el ojo a nuestro amigo— ...cuéntanos que tal con la doctora cachonda.

—Se llama doctora Flores —le dije con un claro tono de ira en la voz.

Lejos de amedrentarse, Paco abrió mucho los ojos y con un tono de voz más alto del que yo quisiera replicó:

—¡No me digas que te gusta la doctora! No me extraña amigo está muy cachon… esto... es muy guapa.

—Nos han dicho que vas a pasar la noche aquí en observación pero que en principio está todo bien. Sólo un episodio de ansiedad —intervino Fernando con un deje de preocupación en la voz.

—Si. Seguramente es también debilidad debido a la bazofia que nos dan en el cuartel —dije yo para quitarle importancia.

—Bueno, yo me tengo que ir. Necesito hacer unas cosas antes de ir a casa —dijo Paco mientras se levantaba de la cama— por la tarde paso a verte. Ciao.

Yo agradecí que Paco se fuera, aunque sabía que Fernando iba a abordar el desafortunado incidente de la noche pasada.

—Ahora dime la verdad Sebas. —Empezó Fernando una vez que Paco se hubo ido—. ¿Cómo te encuentras?

—Ahora mejor, de verdad, solo que se me empezaron a pasar muchas cosas por la cabeza y creo que reventé…

—Mira, no quiero que estés preocupado por lo de ayer. Seguramente el sargento ni se acuerda mañana de lo que pasó —dijo no muy convencido— y si te pasa algo más ya sabes que puedes contar conmigo para lo que quieras.

—Gracias Fernando. En cuanto a lo del sargento, me preocupa de verdad la reacción que pueda tener. No me fio de él. Es un tipo muy peligroso y no se sabe cómo puede reaccionar…

—Tranquilo. Trataremos de mantenernos alejados de él. Ahora me marcho. He quedado con Rosa para ir a tomar un café. Cuídate.

En cuanto se hubo marchado Fernando me tumbé en la cama para tratar de dormir un poco pero no lo conseguí. A mi cabeza sólo acudían negros pensamientos en los cuales se mezclaban imágenes del Sargento Romero, de mi tía Silvia y, como no, de Inés. La novedad era la imagen de la doctora Flores cuyo recuerdo hacía que un tímido rayo de esperanza se metiera en mi mente e hiciera que los funestos pensamientos que me habían llevado al hospital se atenuaran levemente.

Me sorprendí a mí mismo mirando el reloj continuamente ansioso por la visita prevista de la doctora Flores. Hacía mucho tiempo que no sentía una atracción así por ninguna mujer… en realidad desde que conociera a Inés, hacía ya tanto tiempo, nadie había conseguido llamar mi atención de aquella manera. Un sentimiento mezcla de miedo e ilusión comenzaba a instaurarse en mi pecho. Miedo porque la experiencia me decía que no debía entusiásmame demasiado y porque no deseaba sufrir como había sufrido antaño, e ilusión porque se abría una nueva ventana de esperanza de que las cosas comenzaran a cambiar un poco por fin en mi vida.

—¿Cómo te encuentras Sebastián? —la aparición de la doctora Flores, no por esperada, me sobresaltó levemente e interrumpió la rueda de pensamientos que ya comenzaban a instaurarse velozmente en mi cabeza.

—Bastante bien… ¿y tú? —Enseguida me di cuenta de lo estúpido de mi pregunta y me puse colorado.

—Yo muy bien, gracias —respondió ella sonriendo benévolamente.

—Mañana podrás regresar al cuartel. Las analíticas son todas correctas, pero quiero que vengas a verme a final de semana para ver como sigues.

Esta vez fue ella la que se sonrojó y a mí me dio un vuelco el corazón pues intuí que la visita que me estaba pidiendo ocultaba algo más que lo estrictamente profesional.

Gracias a que aquel fin de semana disfrutaba de pernocta en el cuartel, al día siguiente no tuve que dar explicaciones de mi ingreso en el hospital y me reincorporé a mis quehaceres habituales, y tendría el ánimo muy elevado si no fuera por la preocupación por el suceso acaecido el sábado con el Sargento Romero.

A la hora del descanso matinal me encontré con Fernando en la cantina. Apareció poco después de que me sentara en una mesa libre a sorber la Mahou que había pedido. Traía el semblante serio y parecía que arrastraba los pies. Me dio la impresión de que antes de entrar había vacilado un poco y que había recorrido el local con la mirada antes de dirigirse a donde yo me encontraba. Cuando llegó a mi mesa se dejó caer pesadamente en el banco y la preocupación que yo había sentido todo el día se acrecentó al ver las ojeras que maquillaban sus ojos.

—¿Qué tal te encuentras? —me dijo intentando vanamente esbozar una sonrisa.

—Creo que mejor que tú…

—Estoy bien, no te preocupes —respondió no muy convencido.

Yo ardía en deseos de preguntarle si se había encontrado con el sargento aquella mañana, pero no me atreví e intenté cambiar de tema.

—El viernes por la tarde tengo que ir a ver a la doctora Flores. Me dijo que quiere ver como sigo.

—Te gusta la doctora ¿no? —me dijo Fernando mirándome con cierto aire divertido.

Yo aproveché la oportunidad para tratar de distraerlo de sus preocupaciones, y aunque no me apetecía hablar por ahora del tema con nadie, empecé a relatarle los sentimientos que había comenzado a sentir desde que conociera a la doctora Flores.

—La verdad es que si… me apetece mucho volver a verla, aunque no quiero hacerme muchas ilusiones…

—Lo que tienes que hacer es invitarla a salir un día. Aprovecha el viernes y pídeselo. No tienes nada que perder.

—Si… ya veré.

En aquel momento, oímos un vocerío a la entrada de la cantina y de repente vimos como el Sargento Romero entraba con paso firme en el establecimiento. Yo me quedé rígido y vi cómo el semblante de Fernando se tornaba pálido.

—¡todos fuera joder! ¡donde os creéis que estáis! ¿de fiesta un sábado por la noche?

Yo palidecí cuando dijo esto último pues, no sé si por casualidad, mientras decía esto su mirada se dirigió a donde nos encontrábamos nosotros y su cara se endureció con tal mueca de odio que pensé que me iba a dar otro vahído en aquel momento.

Tanto Fernando como yo nos levantamos a toda prisa y nos encaminamos rápidamente a la salida tratando de confundirnos con el resto de tropa que ya salía a trompicones de allí. Pero no tuvimos suerte. Claramente, el Sargento iba a por nosotros, o mejor dicho a por Fernando pues, en cuanto se dio cuenta de nuestro movimiento, se apresuró a arrinconar a Fernando contra la pared antes de que éste alcanzara la puerta. Desgraciadamente, yo, que iba delante de él, fui empujado hacia el exterior por la marea de quintos que trataban de huir de las iras de Romero y no pude quedarme a ver qué pasaba dentro. Cuando intenté entrar de nuevo, en un alarde de temeridad todo hay que decirlo, el Sargento cerró la puerta de un portazo en mis narices y me quedé fuera sin saber qué hacer. Por mi mente comenzaron a pasar funestos pensamientos e imaginé al Sargento pegándole una paliza a mi amigo o incluso haciendo algo peor. Esos negros pensamientos lograron que el corazón me comenzara a palpitar a cien por hora y ya me vi ingresado otra vez en el hospital al cuidado de la doctora Flores. Ese pensamiento provocó en mí sentimientos encontrados. Por un lado, el miedo de que a mi compañero le pasara algo malo y por otro la franca ilusión de ver a la doctora otra vez, aunque fuera a costa de mi salud. En seguida me aborrecí por este último pensamiento y traté de alejarlo de mi mente mientras empujaba con fuerza la puerta para tratar de abrirla, con tan mala suerte que tropecé y caí de bruces a los pies de Fernando y el Sargento Romero. Cuando levanté la vista vi horrorizado cómo el Sargento tenía agarrado por el cuello a Fernando mientras le susurraba al oído algo que no pude comprender. El Sargento, al darse cuenta de mi presencia, soltó de inmediato a mi amigo y salió precipitadamente de la cantina no sin antes propinarme un tremendo pisotón en la pierna. Yo aullé por el dolor y traté de ponerme en pie para comprobar cómo se encontraba mi amigo, el cual, después de unos segundos se agachó para ayudarme.

—¿Estás bien? —me dijo mientras el color iba volviendo lentamente a su cara.

—¿Qué ha pasado? —dije sin responder a su pregunta— ¿Te ha hecho algo?

—Estoy bien… no te preocupes —respondió mientras me ayudaba a sentar en una silla.

—No me vengas con jodiendas. ¿se puede saber qué te ha dicho? De verdad Fernando, tienes que hablar con el capitán, si no, no sé de lo que será capaz de hacer este loco.

—No voy a hablar con nadie. Hay que darle tiempo. Ya se le pasará —contestó él no muy convencido.

—Pero ¿tú no te das cuenta de que no va a parar? Desde que el sábado le viste…

—¡Para ya Sebas!!! No quiero volver a hablar de este asunto. ¿Está claro? —Y diciendo esto salió apresuradamente de la cantina mientras yo me quedaba petrificado y dolorido, pues nunca desde que nos conociéramos lo había oído gritar de aquel modo.

No hablé con Fernando el resto de la semana. Cuando lo veía aparecer por algún lado del cuartel, no me daba tiempo de acercarme pues siempre se escabullía por alguna esquina. Rehuía a todo el mundo y ya ni se acercaba a la cantina en las horas de descanso.

Yo me instauré en la rutina de mis quehaceres diarios, me volví taciturno y rehuía a los compañeros que trataban de hablarme. A las pocas semanas ya nadie me hacía caso ni se dirigía a mí. Incluso Canuto me dejó en paz y se buscó a otro incauto para descargar sus frustraciones. Todo esto no me importaba en absoluto excepto el hecho de que Fernando no me volvió a hablar y trataba de alejarse de mí cuanto podía. No me podía imaginar en aquel momento el verdadero y generoso motivo que lo llevaba a actuar así…

CAPÍTULO 19

Habían pasado ya tres semanas y el frío seco del invierno salmantino se metía en los huesos como queriendo escapar de sí mismo. Era lunes por la tarde y yo me había quedado en el cuartel pues al día siguiente comenzaba una guardia y estaba cansado para salir a pasear. Ya había oscurecido y yo saboreaba una cerveza en la casi desierta cantina mientras leía el periódico cuando de repente observé que Fernando entraba por la puerta y se dirigía a la barra. Yo pensé que no se habría dado cuenta de mi presencia porque, si fuera así, hubiese dado marcha atrás y se hubiese ido como era su costumbre. Cuál sería mi sorpresa cuando, después de coger su cerveza, se dirigió con paso firme al lugar donde yo me encontraba mirándome fijamente. Inmediatamente sentí una mezcla de intranquilidad y enojo que desaparecieron cuando me di cuenta que en su cara lucía una de sus clásicas y amables sonrisas. Cómo si hiciera sólo unas horas que no hablábamos, se sentó en frente mía y me dijo:

—Hola Sebas. ¿Qué tal vas?

—Bien, supongo… ¿y tú? —No se me ocurrió nada más inteligente que decirle.

—Mira Sebas... —comenzó él haciendo caso omiso a mi pregunta— ya sé que he estado un poco raro estas últimas semanas y que te he estado evitando adrede, pero… tienes que entender que después de lo que pasó no estaba de humor para hablar con nadie…

—No te preocupes… ¿estás mejor? —En aquel momento cualquier atisbo de resentimiento había ya desaparecido de mí.

—Si, sí… Además, me queda muy poco para licenciarme.

A mi aquello me cogió de sorpresa pues no me había dado cuenta del tiempo que había pasado ya.

—A finales de abril me dan la "blanca" y te prometo que no volveré a pasar por aquí; ni siquiera por delante del cuartel, no vaya a ser que me metan "pa dentro" otra vez —me dijo quiñándome el ojo como tenía por costumbre.

Yo me reí de su ocurrencia, aunque no pude evitar sentir envidia de él; a mí aún me faltaban unos cuantos meses más para acabar la mili y, como a casi todos mis compañeros de quinta, a aquellas alturas ya se nos hacía muy pesado el curso.

Así que, después de tantas semanas de soledad, de comerme la cabeza y de ver como Fernando rehuía continuamente mi compañía, allí estábamos como si nada hubiera pasado… y es que él era así; tenía aquella extraña virtud de que, excepto en contadas excepciones, la gente no pudiera enfadarse con él por nada. Aún sigo echando de menos su forma de ser…

Aquella tarde nos la pasamos bromeando, riendo y bebiendo cervezas como si hubiésemos estado juntos los días anteriores. Yo me encontraba feliz y tranquilo en compañía de mi amigo al cual había añorado. Por supuesto, el famoso tema del sargento no salió en ningún momento a colación y yo francamente lo agradecí. Parecía como si nada de aquello hubiese pasado nunca y las cosas fueran como antes del incidente del bar. Fernando no paraba de contarme todos sus planes para después de que se licenciara y yo le contaba, cuando tenía un hueco, las escasas pero intensas citas que había tenido con Sonia durante las últimas semanas. Porque, aunque no lo haya mencionado, en tres ocasiones quedé con ella en una cafetería de la Plaza Mayor después de salir, ella del hospital y yo del cuartel. Bueno… en realidad (aquí se rio bastante de mí Fernando) yo me hice el encontronazo con ella las dos primeras veces… y la tercera, tengo que decir en mi defensa, fue ella la que me emplazó a que nos encontráramos en el sitio donde solía acudir después del trabajo.

—Así que la cosa va en serio ¿eh bribón? Si al final hasta vas a acabar casándote con ella. ¡menudo partido; una doctora! —dijo él entre risas.

—Bueno, bueno, no vayas tan deprisa —le contesté algo incómodo, aunque, a decir verdad, mi mente calenturienta ya había fantaseado un poco con la posibilidad de pasar la vida junto a ella.

Para ser sincero, las fantasías que me asaltaban algunas veces sobre Sonia tenían también otras protagonistas… y es que no lograba quitarme de la cabeza a Inés y a Silvia, de tal forma que en mis locas ensoñaciones se me aparecían las tres. Unas veces, Silvia se me aparecía vestida con una bata blanca de hospital hablándome con la voz dulce de Inés mientras Sonia me tomaba la tensión susurrándome al oído que estuviera tranquilo… otras, era la propia Sonia la que me acompañaba en una visita por la Catedral de Santiago mientras Inés y Silvia, ataviadas con unos trajes de tunos compostelanos trataban por todos los medios de vendernos sendos discos de folk gallego… En definitiva, carne de psiquiátrico.

—¿Quieres otra cerveza? —me preguntó Fernando sacándome bruscamente de mis ensoñaciones.

—No, gracias. Ya he bebido bastante y mañana tengo guardia.

Además, ya va a ser la hora de cenar.

—Si. Mejor nos vamos al comedor —dijo él levantándose.

Mientras hacíamos cola en el mostrador para coger la cena, no pude por menos que sorprenderme por el cambio tan brusco que había sufrido la situación… hacía tan solo unas horas que mi amigo se escabullía de mí, y ahora actuaba como si nada hubiera pasado (ya dije que gracias a su forma de ser no sentía ningún tipo de resentimiento contra él) y parecía incluso feliz y relajado.

De pronto, una incómoda sensación me invadió el estómago y no, no era por la pinta que tenía la cena (a la cual a la fuerza ya me había acostumbrado) sino que era algo así como un negro presagio… no sé, como si aquella tarde fuera un pequeño paréntesis, una pequeña isla de tranquilidad momentánea que el destino me quisiera dar para después arremeter con furia despiadada. Era como cuando acompañas a alguien querido a tomar un avión y en los momentos previos al embarque tuvieras la sensación de que finalmente no se iba a ir dejándote en la soledad colmada de gente de la terminal.

Aquella sensación, aunque más menguada, me acompañó buena parte de la cena de aquel sorprendente jueves y casi desapareció mientras hacíamos planes para el incipiente fin de semana. Fernando había pensado que podíamos quedar él, Paco y yo el viernes por la noche para ir a ver a un grupo gallego llamado "Los miserables" que iban a dar un concierto en un pub del centro. La idea me gustó enseguida, habida cuenta que el susodicho grupo era de Vigo. Pero una vez más, las cosas no iban a salir como lo planeábamos…

Aquel fatídico viernes amaneció soleado. Uno de esos días en que el optimismo es capaz de contagiar hasta al más nostálgico de los humanos. Un día en que ni siquiera los gritos e insultos del más zafio de los mandos lograría amargarnos el largo fin de semana que nos aguardaba. Qué equivocado estaba… creo que a partir de aquel aciago día, ni el más soleado de los amaneceres volvió a llenarme de alegría y ningún viernes me volvió a parecer tan maravilloso.

Trataré de relatar lo que pasó aquel día a pesar de que aún hoy en día, el solo recuerdo de aquellos sucesos hace que se me forme un nudo en la garganta.

Como decía, salimos a formar al patio previamente a ir al comedor a desayunar. Como cada mañana, observábamos desde la formación cómo el resto de los compañeros acudía tranquilamente al barracón anexo a las cocinas mientras nosotros esperábamos pacientemente a que apareciera el sargento Romero. Aquel día se retrasó más de lo normal, pero incluso eso no logró mermar nuestra alegría por el fin de semana.

De pronto apareció el odiado sargento por una de las esquinas del pabellón principal. A pesar de la distancia que nos separaba de él, todos nos dimos cuenta de que algo raro le pasaba… venía cabizbajo y a duras penas se mantenía erguido. No lograba caminar derecho y parecía que las botas le pesaban más de lo normal pues arrastraba los pies de tal forma que iba dejando un rastro sinuoso en la tierra del patio. Algunos de los compañeros soltaron algunas risitas, pero a mí se me erizaron los pelos de la nuca al observar que en su mano derecha aferraba un largo machete de los que se usaban en los fusiles reglamentarios. Miré de soslayo a Fernando que se encontraba a mi lado y atisbé una sombra de preocupación en su rostro.

—Callaos! —dijo alguien detrás nuestro— tengamos la fiesta en paz que parece que este no está hoy para lerias.

Las risas se fueron acallando, no tanto por la advertencia de nuestro compañero como porque el sargento Romero ya estaba a duras penas casi a la altura de la formación.

Increíblemente, una vez que se situó delante nuestro, el sargento se enderezó y nos recorrió con una mirada fría y llena de odio. Apretaba el machete con tanta fuerza que tenía los nudillos blancos.

—Buenos días señoritas —nos espetó con una voz sibilina—. ¿Cómo habéis dormido? ¿Han descansado los niños?

El nudo que se me había formado en la garganta amenazó con ahogarme al ver su nauseabundo rostro y el fino hilo de saliva blanca que le rebosaba por la comisura de los labios.

—…Y ahora querréis ir a desayunar ¿no? —continuó él mientras nos recorría con su siniestra mirada—. Pues venga… a reponer fuerzas que seguro que este fin de semana os esperan vuestras novias para echar un buen polvo y no podéis defraudarlas ¿no? Que no me entere yo que no se quedan satisfechas vuestras putitas ¿estamos?

Algunos se removieron incómodos y fastidiados por los comentarios en tono despectivo que profirió el sargento, lo que contribuyó a que este se desatara.

—¡Quietos todos malditos cabrones! ¡no quiero que mováis ni un pelo! ¿¿¿Entendido???

Seguramente debido al grito que pegó, enseguida se puso blanco y, doblándose sobre su barriga, vomitó parte de lo que probablemente había estado bebiendo desde hacía horas. El caso es que gracias a ello nos ordenó romper filas, lo cual hicimos tan rápido como pudimos. Éramos los últimos en entrar al comedor y nos abalanzamos hacia el pabellón no tanto por el hambre que teníamos como por poner cuanta más tierra por medio pudiésemos entre nosotros y el sargento.

Una vez dentro, el resto de acuartelados nos miraron con una mezcla de pena y alivio por no pertenecer a la compañía de aquel energúmeno. Incluso Canuto y compañía estaban serios después del último espectáculo protagonizado a escasos metros de donde se encontraban desayunando. Yo no tenía casi hambre después de aquello y me serví solamente un zumo de naranja para refrescar la boca.

—Hoy sí que se ha lucido, ¿eh, Sebas?

Fernando, con su acostumbrado buen humor trató de minimizar el asunto y logró arrancarme una tímida sonrisa.

Cuando ya pensábamos que aquel episodio había acabado y nos concentrábamos en repasar los planes para el fin de semana, oímos un gran estrépito en la zona donde se servían las comidas. El Sargento Romero había entrado y, debido a su embriaguez, había tropezado con las bandejas que estaban apiladas en una esquina cayendo junto con ellas sonoramente al suelo enlosado.

No sé qué hizo que se levantara… ahora que lo pienso, creo que su naturaleza era así y no podía cambiar. Puede incluso que por sus venas corriera la sangre de los mártires cristianos que se dejaban asesinar de forma horrenda en los circos romanos… no sé… El caso es que mientras todos nos quedamos clavados en nuestras sillas sin saber si huir de allí o quedarnos y no mover un pelo por temor a represalias, Fernando, el alegre Fernando, el generoso Fernando, el insensato Fernando, se levantó y con paso firme se dirigió a donde, rodeado de bandejas, se encontraba tirado el sargento Romero. Un sonoro pitido sonó en mis oídos como una alarma que anuncia un peligro y mientras me levantaba de mi silla casi maquinalmente, pude ver horrorizado lo que pasó a escasos metros de donde me encontraba… Las largas bandejas de latón, gastadas por el uso diario de cientos de soldados seguramente desde hacía años, se fueron cubriendo con el líquido rojizo que comenzó a manar del abdomen de mi amigo…

Contemplé horrorizado la mano extendida del sargento Romero todavía agarrando fuertemente el machete ahora cubierto con la sangre caliente de Fernando, el cual, poco a poco, fue doblando las rodillas hasta caer despacio al suelo frío, del que ya no se volvió a levantar…

—¿Sebastián Sánchez? ¿Está aquí el soldado Sebastián Sánchez?

Yo levanté pesadamente la cabeza y el Alférez se dirigió apresuradamente hacia mí, el cual aún no se había dado cuenta de lo que había pasado…

—¿Eres Sebastián Sánchez?

Moví lentamente la cabeza a modo de afirmación…

—Sebastián… tengo que darte una mala noticia… lo siento… tu padre acaba de fallecer.

CAPITULO 20

La sala de espera no se diferenciaba de cualquier sala de espera de cualquier especialista.... Una docena de sillas pegadas a las dos paredes enfrentadas, una mesa de centro repleta de revistas mezcladas de medicina y del corazón y al frente, un gran ventanal apenas cubierto por una cortina blanca. La música que sonaba por el hilo musical era tan insulsa como la cortina vieja de la ventana.

Odiaba las salas de espera... siempre las había detestado. No sé por qué, pero la intranquilidad que me dominaba en aquellos lugares me hacía revolverme nervioso en la silla y no quitaba ojo de la puerta, por si tenía que salir corriendo de repente.

Nunca acudía a gusto a la consulta de la psicóloga y aquel día era de los peores... acababa de hablar con mi madre a la cual, desde que muriera mi padre, había evitado todo lo posible... sólo que aquella vez me había decidido a coger el teléfono después de dejarlo sonar un buen rato. Algo me decía que tenía que contestar, y por desgracia, sabía por experiencia que cuando tenía aquella sensación que me nacía en el fondo del estómago, casi nunca me equivocaba. Sin embargo, en aquella ocasión mi madre no me llamó para darme una mala noticia o para hablarme de lo mal que lo estaba pasando; simplemente me dijo que me echaba de menos... y yo no supe que contestarle... era la primera vez que me decía algo así y me cogió por sorpresa; tanto que sin decirle nada más le di una pobre excusa y colgué el teléfono sin preguntarle siquiera cómo estaba mi hermana.

Ya nunca nos habíamos llevado muy bien que digamos, pero después de lo que pasó en el cuartel aquel ya lejano viernes yo rompí la poca relación que aún conservábamos. Ya habían pasado casi siete años, pero yo mantenía en mi memoria continuamente lo que había pasado y no era capaz de que pasara un solo día sin que recordara con angustia aquel aciago día. No había podido acudir al entierro de mi amigo Fernando porque fui literalmente arrastrado a un tren con destino Vigo para asistir al de mi padre. Estaba tan roto que no pude articular palabra durante una semana entera. Me ingresaron en el hospital militar con un diagnóstico de estrés post traumático severo y terminé allí mi servicio militar.

No volví ni de lejos a ser el de antes de aquello, si es que eso era algo bueno, pues mi vida hacía tiempo que rodaba cuesta abajo cogiendo más velocidad con el paso del tiempo y de los acontecimientos.

Cuando me licencié y me dieron de alta en el hospital me fui a vivir a Vigo y me instalé en el antiguo piso de mis padres una vez que mi madre, a la muerte de mi padre, decidió volver a Salamanca a vivir con mis abuelos. Yo me distancié de Paco, aunque él, siempre fiel, no dejó de tener contacto conmigo, aunque cada vez pasaba más tiempo sin que tuviéramos noticias el uno del otro.

—Sebastián… ya puedes pasar.

La enfermera de la doctora Vázquez me sacó bruscamente de mis pensamientos. Me levanté pesadamente de la silla y por una parte agradecí poder dejar aquella sala de espera que tanto detestaba, aunque la perspectiva de pasar los próximos cincuenta minutos en la consulta de la psicóloga no me apetecía en absoluto.

Recorrí los escasos cuatro metros que me separaban de la entrada al despacho seguido de cerca de la enfermera y entré en la sala donde ya me esperaba la doctora con su habitual sonrisa.

—¿Qué tal has pasado la semana Sebastián?—preguntó como siempre mientras tomaba asiento enfrente de ella.

—Bien —mentí lacónicamente mientras observaba todos los recovecos de su despacho; no porque no los conociera de sobra sino porque, como siempre, evitaba mirarle a la cara en un infantil intento de que no descubriera que le estaba mintiendo.

—¿Cómo llevas lo de Sonia? —espetó ella de repente.

Yo, a pesar de que me esperaba que saliera el tema, sentí una aguda punzada en el pecho; algo que no pasó desapercibido a la doctora.

Sonia no era otra que la doctora Flores, con la que había quedado alguna vez antes del suceso del cuartel y que había conocido con motivo de mi ingreso hospitalario. Después de recuperarme a medias, habíamos comenzado a salir y terminamos viviendo juntos. Ella había pedido el traslado al hospital de Vigo y se instaló conmigo en nuestro antiguo piso. Al principio todo parecía ir bien, pero entre mis crisis de ansiedad y que ella no logró adaptarse completamente a estar lejos de su familia, la relación había comenzado a deteriorarse lenta pero progresivamente. Las últimas semanas habían sido caóticas... pero eso seguramente lo sabía mi psicóloga, habida cuenta que era amiga de Sonia; por eso estaba en terapia con ella...

—Hoy por la noche regresa a Salamanca... Pero eso ya lo sabes —le contesté de mal humor.

Ella se revolvió un poco incómoda en su silla. Supongo que en el fondo no se encontraba a gusto haciendo terapia a la pareja de una amiga.

—Sí... me lo dijo. Lo que quiero saber es cómo te sientes tú. Yo la miré, pero no le contesté. Repasé mentalmente la conversación que había tenido con Sonia la semana anterior en la que me había dicho que no podía estar más conmigo y que regresaba a Salamanca… A pesar de que yo me esperaba algo así desde hacía tiempo, el mazazo de su anuncio despertó en mí sensaciones que había conseguido mantener a raya a duras penas durante los últimos años. Me negaba a contarle esto a la psicóloga, pues en el fondo intuía que ya lo sabía.

La sesión continuó pesadamente, y como siempre, volvimos a los temas que tratábamos todas las semanas y que, si soy sincero, no me servían realmente para mucho. Hacía tiempo que quería dejar de asistir a mi cita semanal pero no me había atrevido en un vano intento de que Sonia no se enfadara, aunque la falta de un verdadero progreso en mí era una de las cosas que había desencadenado el fin de nuestra relación.

En aquel momento, a pocas horas de la partida de Sonia, ya no tenía sentido que continuara con aquella mascarada y así se lo dije a la doctora… No pareció contrariarla mi decisión, y nos despedimos fríamente. A pesar de que me separaba una distancia de casi cuatro kilómetros hasta mi casa, y de que hacía un frío inusual para ser principios de primavera, decidí regresar andando. Sabía lo que me esperaba allí y, aunque tenía ganas de verla, no soportaba la idea de presenciar su partida.

Con paso cansino deambulé entre la gente mientras a mi mente acudían los remordimientos por no haber sabido salvar nuestra extraña relación. Ella había llegado en el momento que más la necesitaba en mi vida y realmente tuvo la virtud de hacerme olvidar, aunque sólo fuera en parte, mis antiguas decepciones. Puede que el problema fuera precisamente ese y es que, a pesar de que Sonia me gustaba, no estaba realmente enamorado, y ella lo sabía.

Comenzó a caer una fina lluvia, pero no me importó. La gente se apresuró a abrir sus paraguas cuando el chubasco se convirtió en aguacero y muchos corrieron a guarecerse donde podían. Yo continué mi camino sin importarme que el agua me calara hasta los huesos y hasta agradecí que la calle, hasta hace poco atestada de gente se quedara casi desierta.

Como una constante en mi vida, mi mente comenzó a hacer su trabajo y un cúmulo de sensaciones se agolparon en mi pecho. Hacía ya muchos años que había dejado de ejercer el control de mis emociones a pesar de que sabía que con sólo decidirlo cambiaría mi forma de ver las cosas… pero no sé si por evitar la responsabilidad que eso me suponía o, quién sabe, porque en el fondo no deseaba cambiar, había desarrollado un hábito que al menos en aquellos momentos me veía incapaz de eliminar.

Seguía lloviendo y rememoré las tardes lluviosas de mi Salamanca natal, cuando aún tenía algo de cordura, y también los días pasados en Santiago de Compostela en mi efímero paso por la Universidad. Recordé aquellas épocas con la sensación de que habían pasado mil años y una vaga impresión de que yo ya no era la misma persona e incluso que nunca lo había sido. A pesar de que en aquellos tiempos ya sufría mi mal de mente, fue la época en que conocí algo de tranquilidad, sobre todo cuando, estando en Compostela, mantuve la esperanza de que Inés llegara a ser para mí lo que nunca fue y lo que sabía que nunca llegaría a ser ya jamás.

Recordé con un escalofrío mi primera experiencia con Silvia… no sé si por la lluvia que empapaba ya mi cuerpo o porque, con el pasar de los años, el secreto tan celosamente guardado por los dos se había convertido en una fría losa, cada vez más helada... cada vez más pesada.

Con el paso de los años el sentimiento de vergüenza se había acrecentado hasta el punto que, cada vez que aquel recuerdo volvía a mi cabeza, se me hacía un nudo en el estómago y necesitaba sacarlo de mi mente inmediatamente. Cuando me pasaba aquello, trataba de recordar mi niñez, cuando aún Silvia no era más que una compañera de juegos para mí y para mi hermana y más tarde la hermana díscola de mi rígida madre.

No había vuelto a saber de ella desde que, en el entierro de mi padre, la viera en un rincón del cementerio acompañada por un tipo que la sostenía por los hombros. En aquel momento no había tenido el valor de acercarme a ella y ella tampoco demostró la más mínima intención de tener contacto conmigo. Hacía tres años que mi madre me había dicho de pasada, sin ningún tipo de interés, que esperaba un hijo y que se había ido a vivir a Andorra... Extraño sitio incluso para ella. En el fondo yo sentía que no la volvería a ver...

Estaba oscureciendo y yo, con el cuerpo calado y tiritando, alcancé la calle dónde vivía, por lo menos hasta entonces con Sonia. Me quedé parado en el portal del antiguo edificio y, cómo pude, sorteando las gotas que se deslizaban desde los balcones, me lié un cigarro y lo fumé con la contradictoria sensación de no querer subir todavía y de desear estar ya con ella. Finalmente arrojé el cigarro a medio fumar y con un gran suspiro abrí la puerta del edificio. Subí las escaleras pesadamente y llegué hasta el piso. Me invadió inmediatamente una sensación de congoja que subió desde la boca del estómago hasta mi garganta cuando, al introducir la llave en la cerradura descubrí que ésta estaba cerrada con dos vueltas. No podía ser... ella tenía que estar en casa, no se podía haber ido ya… Miré nervioso el reloj por si me hubiese demorado más de la cuenta, pero verifiqué que no era el caso. Entré en casa y una triste soledad casi palpable acudió a recibirme. No tardé en descubrir la nota pegada con celo en el espejo que teníamos a la derecha de la entrada… Me quedé paralizado mirándola… sin atreverme a leerla… anticipando lo que estaba escrito en ella… sabiendo en el fondo que Sonia ya se había marchado… que no había tenido el valor de despedirse intuyendo acertadamente que le pediría que se quedara…

Arranqué la nota despacio intentando vanamente demorar el cruel momento de verificar lo que mi corazón ya me decía dolorosamente.

No había emoción en lo que había escrito, y eso me dolió más que si me hubiera reprochado los años perdidos pasados junto a mí intentando hacer crecer algo que ni siquiera había nacido.

Arrugué la nota despacio mientras algo en mi cabeza y en mi pecho se rompía definitivamente. Ya no tenía fuerza para seguir sufriendo y levantándome como tantas otras veces. Sentía que había llegado a un punto de no retorno y no había nada ya que me importara lo suficiente como para tener el mínimo atisbo de querer recuperarme. Tiré la toalla después de tantos años de caerme y levantarme continuamente añadiendo más muescas a mi maltrecha alma.

Aún con el arrugado papel en mi mano derecha me dirigí al dormitorio que hasta hacía muy poco tiempo compartiera con ella y me senté en la cama aún sin arreglar. Extrañamente mi estado no se debía principalmente al abandono de Sonia… Más bien eso solamente era la pequeña gota que acabó por desmoronar el inmenso dique de tantos y tantos sucesos de mi vida que me habían hecho arrastrarme por la vida sin tener ni un solo propósito.

Dejé caer por fin la nota al suelo de la habitación y miré por la ventana cómo la lluvia arreciaba y se convertía en una cortina espesa de gotas que caían pesadamente, como si fuera la tierra la que tirara de ellas intentando absorberlas y hacerlas desaparecer. Abrí el cajón de la mesilla de noche y saqué la caja, aún sin empezar, de los antidepresivos que me había recetado el médico especialista después de una de mis crisis más fuertes. Jugué con la caja unos instantes pasándola de una mano a otra como si no supiera qué hacer con ella.... Pero sí lo sabía...

Volví al salón y me senté en una de las sillas frente a la mesa de comedor donde no hacía más de un par de meses habíamos cenado con Paco antes de su partida a Australia, país natal de su nueva pareja.

Aquella noche me acuerdo que no había podido disfrutar de la cena debido a la angustiosa sensación que tuve de que no volvería a ver a mi amigo en mucho tiempo. Él había sido mi incondicional apoyo desde que nos conociéramos en el colegio hacía muchos años ya, y se había convertido en mi imprescindible paño de lágrimas durante toda mi vida. A pesar de que manteníamos un ocasional contacto por email, me sentía vacío y mi vida social, bastante escasa ya, se había reducido a cero.

Mientras abría uno a uno los tres blísteres con diez pastillas cada uno, mi mente comenzó a repasar con una velocidad endiablada que hasta dolía, los acontecimientos más traumáticos de mi existencia... los pensamientos iban cada vez más rápidos y una fuerte migraña que llegó de repente me hizo llorar de dolor e impotencia... Mientras amainaba levemente el dolor de cabeza, me descubrí escribiendo toscamente con el puñado de pastillas que había colocado sobre la mesa el nombre de Inés…

Me levanté y fui hacia la cocina a coger una jarra con agua y un vaso… volví lentamente a la silla y me quedé un rato contemplando las letras que formaban el nombre de la que había sido mi amor platónico y jamás consumado…

Volví a juntar las pastillas en un montón mientras sentí cómo el dolor volvía con toda su crudeza… y apreté mis sienes con ambas manos en un intento de mitigarlo… pero no conseguí más que provocar unos fuertes latidos en mi cabeza que no ayudaron en nada…

Resuelto, llorando, con la cabeza dolorida y la mente arrasada por la velocidad ardiente de mis locos pensamientos, agarré un puñado de pastillas y las tragué mientras bebía copiosamente…

El agua resbaló por la comisura de mis labios y empapó mi camisa, pero no fue esto lo que me hizo estremecer, sino lo que acababa de hacer… el terror dio paso rápidamente a otro sentimiento extraño… me sentía…. ¡Valiente por primera vez en mi vida! ¡Pobre de mí… loco! Eso no era valor… pero en aquel momento de suprema destrucción no fui capaz de verlo…

Y volví a agarrar otro puñado… con más ansia y con más decisión… Con una aterradora risa en los labios, empapado de sudor y babas, tomé temblorosamente el resto de las pastillas que quedaba sobre la mesa y con un fuerte suspiro sentencié a mi cuerpo por lo que había permitido que asesinara mi mente…

Había por fin acabado con mi vida.

Me había costado mucho tomar la decisión, pero por fin había dado el paso. Todo a mi alrededor se estaba derrumbando y creía que mi vida no tenía sentido. Pensaba que, de no haber tomado aquella decisión, me hubiese hundido inexorablemente y el sufrimiento que había soportado en el pasado podría hacerse insoportable. Dejé que mi mente ganara aquella batalla y creí perdida la guerra...

Tuve miedo de dormir porque los sueños de mi subconsciente me hacían despertar a media noche gritando desesperado y tuve miedo a la vigilia porque mi cabeza, a pesar de los pocos esfuerzos que hacía, se recreaba en esos sueños dándoles un tinte de realidad que yo llevaba a mi presente. Llegaba a la noche agotado de tanto pensar y con una sensación en mi cuerpo de dolor físico que creía que no soportaría. Y luego el miedo a la noche... y después el miedo al día... y así un día tras otro, sin hacer nada por tratar de solucionar lo que me pasaba…

Sí. Decididamente, acabar con aquella vida había sido una buena decisión.

EPÍLOGO

Me despertó un cálido y agradable calor en las mejillas. Me sentía algo pesado, pero con una extraña sensación de serenidad…

Observé un momento sin ningún temor la vía que tenía en mi antebrazo derecho y oí el monótono pitido de la máquina que controlaba mis constantes vitales. Notaba el cuerpo muy relajado y me acomodé ligeramente en la cama del hospital.

Ya no me dolía la cabeza… estaba ligera y despejada… mi mente… había parado por fin su cuchicheo… sonreí, como no lo hacía desde hacía muchos años…

Se habían marchado todos mis fantasmas… me habían dejado tranquilo…

Repasé con la mirada la estancia y vi de pronto a mi madre que dormitaba en un pequeño sofá y, más allá, mi hermana, que no se había percatado de que yo estaba despierto, miraba por la ventana con los brazos cruzados… no quise decir nada. No había nada qué decir. De pronto, con una claridad que no había tenido en años, comprendí la intención positiva de mi madre, entendí que no había sabido hacerlo mejor y que esa era su desgracia… El antiguo odio que sentía por ella se tornó de pronto en compasión y, en ese estado de comprensión, mi pecho se volvió más ligero.

Sentí pena por haber tenido que llegar a aquello para darme cuenta de que había estado buscando fuera lo que siempre había llevado dentro... pero no era una pena amarga pues la amargura y la tristeza parecían haber hecho las maletas para irse y no volver más.

Comprendí que "el ahora" era lo único que tenía, y que, aunque yo era producto de mi pasado, mi futuro lo decidía yo en el presente. El tiempo de darle todo el poder a mi mente se había terminado… no había pasado… no había futuro… sólo el Ahora, plagado de oportunidades, de decisiones por tomar, de aciertos y equivocaciones de las cuales aprender. Quizás toda mi vida se había tratado de un ensayo para lo que estaba experimentando… no lo sé…

Sin prisa, disfrutando mi nuevo estado, seguí observando mi entorno que después de muchos años se me antojaba más claro y luminoso.

Recordé a mi padre con cariño, mi entrañable amistad con Paco; pensé en mi abuela mientras una lágrima serena resbalaba por mi mejilla y me vi de nuevo paseando con Inés por las calles húmedas de Santiago. Rememoré la sonrisa eterna de Fernando y su inagotable generosidad y también la complicidad con mi tía Silvia, sin la acostumbrada punzada de ansiedad que me asaltaba por lo vivido en los últimos días que nos vimos.

A mi memoria llegaron los recuerdos de mi reciente vida junto con Sonia y mi corazón, recién reconstruido, me dijo que no había rencor sino un sentimiento de amor hacia ella y un deseo sincero de que continuara con su vida y alcanzara la felicidad.

Me hubiese gustado que todos estuvieran allí, aunque sólo fuera por un momento para que conocieran al nuevo Sebastián, para pedirles perdón por haber tardado tanto en darme cuenta, y para darles las gracias por estar y haber compartido mi vida.

Volví mi mirada hacia mi interior y vi paz y libertad…

Me acomodé de nuevo en la cama y con un suspiro, totalmente diferente a los muchos que había emitido a lo largo de mi vida, entré en un profundo y relajante sueño.

Vigo, agosto de 2018

NOTA FINAL

Muchas gracias amigos lectores por haber llegado hasta aquí.

Cuando comencé a escribir "La Vida En Un Suspiro" se trataba tan sólo de un pequeño texto de no más de tres folios, condenado a perderse entre multitud de documentos dentro de un pendrive, pero poco a poco, fue creciendo con el paso de los años hasta convertirse en la novela que tienes hoy en tus manos.

A lo largo del tiempo sufrió modificaciones, paradas prolongadas en las que hibernaba sin ni siquiera acordarme de que existía, e incluso una tentativa de borrado en un momento en el que no me explicaba por qué estaba escribiendo algo así.

Afortunadamente, sobrevivió a todas aquellas vicisitudes e incluso llegué a escribir de forma compulsiva en algunos momentos en los que las ideas pugnaban por salir de mi cabeza a borbotones.

Pero llegó un momento en que el miedo se apoderó de mí cuando sólo quedaba un capítulo para concluir la novela (de aquella no me atrevía a denominarla así y mucho menos a pensar que yo era escritor) y perdí toda esperanza de terminarla.

Hace algo más de dos años, después de un suceso muy traumático en mi familia, comencé mis estudios de Desarrollo Personal y Coaching y fue gracias a esto que, de una forma natural, la novela despertó de su sueño y pude escribir su último capítulo.

Aprendí entre otras cosas a usar el miedo como palanca en lugar de dejar que me bloqueara, y que las dificultades no son más que oportunidades para avanzar en el camino.

Puedo afirmar que el crecimiento de "La Vida En Un Suspiro" ha ido parejo a mi propio Crecimiento Personal. Esto es algo que es intrínseco a la propia vida consistente en el progreso continuo, la búsqueda de un propósito y de nuestra misión en este mundo.

Hay muchas personas que transitan por la vida sintiendo en su interior una inquietud que no son capaces de definir, viviendo una vida tediosa y rutinaria cargados de creencias sobre lo que no pueden hacer, heredadas de nuestro entorno y de una sociedad cada vez más alienada y desprovista de esperanza.

La buena noticia es que es posible redescubrir tus sueños y alcanzarlos.

Y déjame decirte que, si yo lo he conseguido, tú también puedes. Sólo hace falta compromiso, estrategia y un buen acompañamiento.

YO YA HE ESTADO EN EL LUGAR EN EL QUE ESTÁS TÚ HOY Y MAÑANA PUEDES ESTAR EN EL SITIO EN EL QUE ME ENCUENTRO AHORA YO.

Si lo deseas, yo te acompañaré en tu camino para alcanzar la vida que sueñas. Ahora que he transitado por este sendero yo te puedo ayudar a que aprendas a creer en ti y a partir de ahí puedas dar rienda suelta a tus sueños.

Escríbeme un correo contándome tu historia y si quieres, pondré a tu servicio todos mis conocimientos y experiencia.

¡Ha llegado el momento de crecer!
Recibe un fuerte abrazo

J. Carlos Cabezas

e-mail: info@juancarloscabezas.es
www.juancarloscabezas.es

www.ingramcontent.com/pod-product-compliance
Lightning Source LLC
Chambersburg PA
CBHW060733180626
46819CB00001B/9
9788409062980